係－戰後○台灣語言相關資料○雜文及其他○蔡培火全集○家世生平
與交友○政治關係－日本時代○政治關係－戰後○台灣語言相關資料
○雜文及其他○蔡培火全集○家世生平與交友○政治關係－日本時代
○政治關係－戰後○台灣語言相關資料○雜文及其他○蔡培火全集○
家世生平與交友○政治關係－日本時代○政治關係－戰後○台灣語言
相關資料○雜文及其他○蔡培火全集○家世生平與交友○政治關係－
日本時代 關係－戰後○台灣語言相關資料○雜文及其他○蔡培
火全集○ 平與交友○政治關係－日本時代○政治關係－戰後○
台灣語言 料○雜文及其他○蔡培火全集○家世生平與交友○政
治關係－ 代○政治關係－戰後○台灣語言相關資料○雜文及其
他○蔡培火全集○家世生平與交友○政治關係－日本時代○政治關係
－戰後○台灣語言相關資料○雜文及其他○蔡培火全集○家世生平與
交友○政治關係－日本時代○政治關係－戰後○台灣語言相關資料○

【蔡培火全集 七】

雜文及其他

主　編／張漢裕

出　版／財團法人吳三連臺灣史料基金會

目錄

雜文 9

雜文及其他

附錄　323

雜文及其他

雜文

述空氣之概要（一九二〇、九、十五，一九二〇、十、十五）

一、空氣之所在與其狀態

大凡事物之易得者，不論其實質之貴賤，人皆輕視之，例如空氣之為物，於吾人，實至貴而且至重也，蓋因是物無處不有，極易於取得，以致吾人遂狎而不顧念其為貴重者也。夫吾等生活此世，苟一分鐘缺之則有關乎生命之存亡者，除空氣以外，有乎？嘻！空氣之於吾人，誠勝金玉萬萬矣。

我地球之上，如前所述到處皆有空氣，總是空氣之為物，原來透明無色無味又無一定之形體，吾曹不得目睹其存在，故自上古希臘時代至十七世紀之初期，全不諳此空氣本相，雖致知格物之先賢，亦只以為一種之靈氣而解說之。殆十七世紀之中葉，英人某如，始計欲說明之，總不得其深奧之理，後十八世紀之末葉佛人朒馬儕，以許多之苦心，遂明此物之祕密。欲覺空氣之存在，可用扇當空一搧之，自可感一種之抵抗，又能生風，夫抵抗乃因空氣之存在而發，風即空氣之移動也。諸君，請再將玻璃杯倒懸入水一看，杯中雖空，然水總不能入，如將杯倒歃些少，可見氣泡滾然而上，水入杯內矣，由是可知杯中有物存在，此即所謂空氣是也。夫地球之表面悉為空氣所包裹，與卵黃之被卵白所包擁一樣，依學者之研究，由地面三十里（即內地里）以上之空中，即全無空氣之存在，在地面之近接，空氣最為濃厚，愈上則愈疏薄矣。據登高山者，或乘飛行機輕氣船者所言，昇愈高則呼吸愈覺困難，終必氣絕，職是故耳。

凡物受熱必膨脹，受冷必收縮，空氣亦然，況空氣乃一種之氣體，無一定之形態，故每受冷熱，則脹縮而自由移動，因是而生風矣。空氣雖無形影可見，固亦物質之一種，故有質量（即有重量），大約一石空氣有六兩二分之重，若論地上所有空氣之全量，則非常之大矣。依實驗之結果，每一尺四方之地面，大約各載二百五十貫（即千五百六十二斤餘）之空氣也。今以吾人頭顱頂之面積，暫當作五寸四方之寬，則是吾輩頭上各載三百八十餘斤之空氣，是足見吾人頭顱之堅硬也矣。普以一平方糎之面積為標準，計量大氣（即空氣）之壓力，稱之曰一氣壓，夫一氣壓之壓力，乃與一〇三三・三瓦之重相當。即一斤十一兩六錢二分餘也。

二、空氣到底是何物

空氣到底是何物乎，答曰即集許多之氣體而混成者是也，其重要之成分，試略檢之，則知以窒素、酸素、阿如昂（アルゴン）、炭酸瓦斯、水素，及胡蒼（オゾン）、硫化水素、水蒸氣、塵埃、微生物等之微量，並其他所謂稀有之瓦斯，即禮旺（レオン）、奚爾無（ヘリム）、苦汝不通（ワリブトン）等之極少量而混成者焉。借化學上之用語而言，空氣是前記諸

氣體之混合物，非其化合物也。茲特將混合化合之語義略為之析明。譬如甕中入以白米、黑蔴、綠豆，以棒攪之，則米、豆、蔴，雖互相散雜混淆，究局米不改其白，蔴不改其黑，豆不改其綠，各自依舊散在，無所變化其特性，是謂混合。倘兩物接觸之際，遂變成一新物質，而與前一物質之本性不同，是即所謂化合也。譬如父精與母卵際會，即生子，視其子之體格性情，則別且一種非父又非母者，此則可稱謂父精與母卵相化合，而生子之化合物也。空氣即如米蔴豆之例，故稱謂混合物也。

論空氣之各成分之分量若何，今舉其重要者而言，若以體積言，一石空氣之中，窒素占七斗八升，酸素占二斗九合餘，阿如昂占九合四勺，炭酸瓦斯占三勺，水素占一勺。以重量言則一斤空氣之中，大約窒素占十二兩二分九厘，酸素占三兩六錢九分，阿如昂占二錢六厘，炭酸瓦斯占七分三厘，水素占二厘之重量也。再就空氣之主成分即窒素與酸素而言，窒素約占全體積之五分之四，酸素約占五分之一。

三、空氣與吾人之關係

甲、空氣與人體之關係

吾人之於空氣也，猶魚之於水，然魚在水中，可自由上下，隨意游動，若吾人則不然，僅能行動於空氣之海底，迨至近年，始有人能乘飛船飛機，上昇一點而已，終不能出於空氣之波面也。細察壺裡之金魚，不時吸吐以水，吾人則時時呼吸空氣，夫吾人為何而呼吸空氣耶。蓋欲供熱氣與我體，而保我體溫故也。然則空氣中之何物能供我以熱氣乎。無他即酸素是也。蓋酸素之性質猛烈，易與他物化合，其化合之際，自然可以生熱，如酸素與鐵線節化合而生鐵鏽之時，亦有熱氣之發生也。吾人由鼻吸空氣入於肺，肺之各部分，具有血管之末端，血中有一種物曰赤血球，極其微小，自外入肺之空氣，其中所含之酸素，即與此赤血球握手相攜，由肺出而入動脈以巡迴四體五臟，斯時血液之色極鮮紅，此鮮紅之血及到四體五臟之各部分，赤血球即與酸素分離，酸素遂與其所到之部分所有之炭素化合物（即組織我體之物質）化合，生熱以保我體溫也。赤血球與酸素分離後即由靜脈返歸肺臟，再與新吸入之酸素攜手復巡迴各部也。赤血球之色本來非鮮紅，係暗紅，是故我皮膚下之靜脈，常呈暗紫色也。查吾人一晝夜間須要酸素之量，約二石七斗五升，由是可知吾人一晝夜間吸空氣之量，是四十九石五斗。再以重量言之，吾人一日間須吸九斤四兩之空氣，方能保我三十七度之體溫也。

乙、空氣與衛生之關係

空氣與吾人衛生之關係，誠為至重至要，吾人必要時時吸收清淨之空氣，方為保生之大道也。雖然何謂清淨之空氣耶。即酸素之含量近於自然之額，而又不含無用或有害之物質，如炭酸瓦斯，一酸化炭素，流化水素，塵埃，微生物等，方可謂純全清淨之空氣也。今察污穢空氣之主因有三，塵埃與微生物（即細菌）之浮揚一也。有機物之腐敗二也。物之燃燒三也。

污染空氣之第一主因

塵埃之浮在空中者誠為不少，試看由天窗透入之日光，則可知之。觀佛國人子產底如（チサニテール）氏，在巴里市中所實驗之結果，七日間連連晴天之時，一立方米突之（一米突係三尺三寸）空氣中，各含有〇・〇二三瓦之塵埃，在雨後實驗之，則含有〇・〇〇六瓦，可知雨後之空氣，較為清淨也。巴里市誠可謂在世界中，為道路最好之市衢，然其塵埃又如此之多，其餘則可想而知矣。如東京之街道，甚不完全，風過處則紅塵萬丈矣。道路之改良誠不可忽，我島重要市衢，昔日皆敷之以磚石，可稱為進步之施設也。細菌之浮游於空中者，皆由乾燥而來。日光雖有殺菌之力，間亦有見日而不死者，病人啖唾之中，含有無數之細菌，設如不管所在，隨便唾棄，其啖唾乾燥之後，則細菌多獲昇上之機會，遂傳布惡病於他人矣。故有公德心之文明國人，都不在街上四處唾啖，以守公眾之衛生，大可為我之模範也。

污染空氣第二主因

所謂有機物者，即動植物之遺骸，或其排泄物等之謂也。有機物腐敗之際，不但發生種種之細菌，且發種種之毒氣，即硫化水素，庵母尼亞（アムモニセ），炭化水素，炭酸瓦斯等者是，西歐學者誨兔（フオイト）氏，曾就十八立方米突（九石九斗）之糞便，檢驗其一日間，發生毒氣之量，今錄其報告如左。

炭酸瓦斯	三十石一斗七升
庵母尼亞	十四石七斗一升
硫化水素	一斗一升九合
炭化水素	五十七石三斗七升

今我島人之寢室，都有糞桶之設，若觀上記之報告，可知其於衛生上，實大有害，務必及早改良為要。我島各地之市街，溝渠排水之設備，雖已稍獲其緒，然大多數之鄉村，則全未著手，以致污水注積四處，發生種種惡蟲瘴氣，污染自然清淨之空氣，奪取人命，此誠非瑣細之問題，深願我同胞，勿待政府之手，急切自施處置。

污染空氣之第三主因

是在物質之燃燒。夫燃燒乃急激之酸化作用。燃燒之際，因燃料概是炭素化合物，（如薪炭，油類等皆是），故發生莫大之炭酸瓦斯，混入空氣之中，以污染之。吾人由呼氣，亦不時吐出多量之炭酸瓦斯。普通由洋燈，一時間所發生之炭酸瓦斯之量，夠值吾人呼氣中所含之三倍。若點蠟燭，則其所生炭酸瓦斯之量，又更多矣，大約其一時間發生之量，對當吾人呼氣中所有之三十倍也。至如現今我台鄉村所用之燈器，極不完全，不但其發生之炭酸瓦斯，非常多量，其所生之煤煙亦非尠少。再如彼等不設煙筒，而為炊事之家，因其通氣不良，遂致炭酸瓦斯與柴煙，積滿屋內，故其天房四壁，恰似以火炭造成者，家人之顏色，又都比黃紙之色更黃矣。

以上所記而外，尚有許多污穢空氣之理由，是故吾人之住宅，倘不加意於空氣之流通，而建築之，誠大有害衛生。舊來之建築，窗戶甚少，於通氣上，大不合宜，吾人既是每日各要五十石新鮮之空氣，終不得不再加研究改良之。純良之空氣，不適合有萬分之四以下之炭酸瓦斯，若此瓦斯之量加至萬分之六，則不合衛生，使人自覺神氣不爽。公眾聚會之所，如劇場，時有積至千分之五，故吾人觀戲後；多覺頭痛，依許多之研究，始知空氣中所含之炭酸瓦斯，若增至百分之二十五，吾人則不能生活矣。

諸君，如前述，既以種種之理由，空中之炭酸瓦斯漸次增加，全地球上之空氣豈非漸向不合吾人之生活哉。大氣中之炭酸瓦斯，如積加至百分之二十五，人類及眾生物，豈非盡歸於滅亡哉。雖然，諸君請勿著急，上天好生，為吾等創設除卻此瓦斯之作用在焉。吾儕當炎天氣鬱之時，步至古木蒼茂花草叢生之地，自覺一種清涼爽快之感，此即旻天創設之所在也。夫草木之枝梢，具有無數之綠葉，葉中含有一種葉綠素，草木雖非動物，亦如動物時常呼吸空氣，而空氣中之炭酸瓦斯，一入葉之組織內，受葉綠素之作用，與日光之援助，炭酸瓦斯遂分離為炭素酸素。炭素乃草木營生上所不能缺者，故留而作自體之養分，酸素則無所為用，故排出而返之於空中，此所謂炭素同化作用者也。即是草木以此同化作用，消卻炭酸瓦斯，而增加酸素給與吾人為保生之用，由是可知草木與吾人及其他動物，有有無相通互助共立之關係，亦可感激天功運用之竅妙也。吾人既明此理，當即取之以厚我生，住宅並閭里之周圍，務要多植樹木花草，一可清淨空氣，一可美化景趣，誠為切要之至也。我輩從來不親林木，雖有蹈青之言，總無蹈青之行，實可謂反自然，背天命之生命，欲不孱弱夭折詎可得哉。

四、液體空氣

甲、液體空氣之製法

大凡物質，以其所保有熱度之高下，其形體可化為三樣，試舉水作例而言之，其所保有之熱度如在零度以下（以攝氏寒暖計為準），則化為冰，具有一定之形體，是謂之固體也，其熱度如昇至百度以上，則化為蒸氣，四散無形，是謂之氣體也，其熱度如在百度以下零度以上之間，則化為普通之水，雖具有形體，然非一定，是謂之液體。由固體變為液體之時所有之熱度，謂之融點，由液體變為氣體時之熱度，謂之沸點。物質之融點與沸點，各有一定，如前述水之融點係為零度，其沸點即百度也。金之融點是一千六十二度，其沸點乃二千五百三十度也，是故若將金熱至一千六十二度之時，金則不能保其一定之形體，遂熔化為金液矣，再加其熱至於二千五百三十度之時，金液即沸騰而化為金之蒸氣，飛散於四處矣。空氣亦有固，液，氣三體之變化，但以其融點沸點甚低；難於到達其度，故古來學者，皆信空氣為永久之氣體，不能化成液體固體者，迨至西曆一八九〇年，土入夫臘氏，始發見化空氣為液體之法，嗣後六年，獨逸人里因帝氏，發明一巧便之機械，遂得容易製造液體空氣焉。夫空氣之沸點，係零度以下一百九十一度，融點乃零度以下二百七度也。是故若將空氣冷卻至於零度下一百九十一度，則自變為液體空氣矣。然則如是非常低下之溫度，何以能得見之乎，茲將其原理略為述之。凡諸氣體若受壓，則縮小而發熱，減壓則膨脹而降其溫度，前記裡因帝氏之機械，蓋係應用此理者，始以壓榨機強壓空氣，使之縮小，斯時發生之熱，即由外部以冷水奪去，然後使其受壓之空氣，突然由極細微之小孔迸出於一寬大之密室，時空氣急激膨脹，遂降其所有溫度矣，後再將此寒冷之空氣，加以壓力縮小之，更使其如前急速膨脹減熱，以此操作反複數次，其溫度則漸次降下，終生液體空氣是也。以上所記係為製造液體空氣之原理大要，其製造之方法與其器械之種類，則甚多樣。各國所有之製造液體空氣之工場會社，據五年前之調查，在獨逸有三十九所，英國有八所，佛國有九所，墺匈國亦有九所，伊太利有四所，白耳義與和蘭計有五所，露國有八所，西班牙與葡萄牙有三所，瑞西有四，瑞典有六，巴爾幹半島有三，米國有九，南米有六，中國一、日本三，合計有百十八所之多數也。聞若用三馬力之原動機，並加以百七十氣壓之壓力，每時間可以製出五合或八百之液體空氣云。

乙、液體空氣之性質與其用途

液體空氣之形狀，透明帶微青色且易為流動，因其熱度較之冰水，更冷有一百九十度，而吾人周圍所有空氣之平均熱度大約有十度，故如將液體空氣放置於機上，則猶如置冷水於炭火之上，液體空氣則自蒸蒸沸騰，頃刻間盡化為氣體（**即普通之空氣**）也。因欲貯藏此種之冷液，英國蘇格蘭人畫瓦氏，發明一器，即俗稱為魔法瓶或保溫罐者，具有兩種壁，其壁間所有之瓦斯盡行抽出，且塗以水銀或銀於罐壁，俾內、外之熱氣不能出入，得保器中之溫度也。

液體空氣之用途甚廣，茲謹舉其重要者簡略述之。

一、於研究學術，液體空氣甚為切要。凡物以其熱度之高低，其性質大有差異，在高度之研究，則依電氣爐之熱，在極低度之研究，則皆藉液體空氣之冷也。如以鋼鐵，浸之液體空氣之中，則其堅硬之程度大見增進，但其彈性大為減退焉。或浸植物之種子於液體空氣之中，然後播之，其發芽之狀則見甚捷。又以種種之實驗，發現大概之細菌，逢如液體空氣之寒度則死，但間亦有不死者。又於研究電氣之性質或其他，多要完全之真空管，然以排氣機製作之真空管，概不得十分排出其管中之空氣或其他之氣體，但倘用木炭浸之於液體空氣，然後將其木炭封入管內，則容易可以製造完成之真空管也。

二、於開礦山或鑿隧道或造山路之時，多用爆發物以炸裂岩石，然以前所採用之藥品，在運送途上多有爆發之危險，且當裝填之於岩隙之時，亦常有意外之爆發，致傷人命者不乏其例，及自發明液體空氣，且知其具有猛烈之爆發力而採用之以來，則全無如上述之危險矣。

三、液體空氣之第三重要之效用，在乎供給製造肥料之要素。夫肥料可大別為三種，即燐酸肥料加里肥料窒素肥料是也，其中窒素肥料為最重要者。可充為窒素肥料之物質，係人糞，骨粉，血粉，乾魚，豆粕，綠肥，硫酸安母尼亞，智利硝石等，本國一年間由外輸入之肥料合計五千萬圓，其中四千萬圓實為窒素肥料之額，以此亦可推想窒素肥料之如何關重也，但是此等窒素肥料皆係有限，糞尿既是不多，綠肥又非隨時隨處可得者，硫酸安母尼亞乃製造石炭瓦斯時之副產物，而世界中所有石炭之量，誠非可以補充永遠之需用，至於智利硝石，若依學者之測算，不三十年之外，則可掘而盡之矣。如是窒素肥料漸見缺乏，則農產自然漸趨減退，吾人人類之生活豈非漸趨於不安全者哉。是故此窒素肥料補充之事，現為世界人類公共之大問題，各國政府學者無不對於此事大為焦心研鑽也，幸以近代物理化學之進步，已稍發見解決此問題之頭緒矣。蓋如前述，空氣中所含之窒素，其量極多，殆有用之而不能盡者，學者早已注意乎此，發明種種方法，今既能就此空中窒素，製造窒素肥料焉。如應用液體空氣之性質者亦其一法，夫窒素與酸素之氣化溫度（即沸點）不同，窒素之沸點較低，故先化為氣體散出而與酸分離，茲採集此窒素，再加以其他之要素，即可製出窒素肥料也。與窒素分離後之酸素，亦甚屬貴重，或可以資給治金之用，或可利便吾人海底之作工，或可用之以救炭坑中之人命者也。

五、空氣之壓力

甲、空氣之壓力之實證

空氣具有壓力之事，於前已略述之矣，今再舉數例以說明之。在西曆十六世紀，伊太利國之皇族達斯加尼公爵，命工人造一大噴水於其庭園，欲以唧筒吸水上於三十四尺以上之處，但全不如其所願，乃遣人下問其原因於同國之大物理學者牙里禮氏，氏乃與其高徒兔里仄里氏潛心苦究，始明其理焉。蓋空氣亦係物之一種，其所有之重量一定也，故由此重量而生之壓力（即空氣之壓力或曰氣壓）亦必一定者，是自明之理耳。今夫水之能由筒上昇者，以受空氣所壓之故也。水之不能昇至三十四尺以上者，蓋因乎空氣僅能給與使其昇至三十四尺之程度之力而已。兔里仄里氏亦案一法證明之矣，氏用一管約一米突之長，其一端閉塞，先滿之以水銀，然後將此管倒立於盛有水銀之器中，則見管中之水銀不全墜下出管，乃僅降至七十六糎（約二尺五寸）之處（由器中之水銀面算起至於管中之水銀面而止），今若將其閉塞之管端（即倒立時之上端）開放，管中之水銀則盡墜下於盛器之內矣。以此實驗則可知上端閉塞時水銀不盡降下者，為上端之空所無一物存在（是謂真空），故管中之水銀面不受壓力，但管外則空氣通在，以其壓力壓迫管外之水銀之面，因是水銀得上昇而不盡降下也。反之，管端若為之開放，則管中之水銀盡降於盛器之中，蓋因管既開，則管中之水銀面，亦有空氣覆載於其上，而受如管外水銀面所受之壓力故也。然則水與水銀同是受一様之氣壓，何以水能昇至三十四尺之高，而水銀則僅二尺五寸，豈非矛盾哉。此以其雙方之比重之不同故也，水銀比水，加有十三倍六分之重，是故可知三十四尺之水柱之重，與二尺五寸之水銀柱之重量為同一也。（柱底係皆以一平方糎之寬為準）由是可知氣壓同，受其壓而上昇之物之重量亦同，共受同等之壓，水即昇至三十四尺，水銀僅二尺五寸者實依此理，是理之當然也，毫無矛盾之事焉。

乙、氣壓之計量

前謂氣壓（即空氣之壓力）是一定者，係非精密之言，蓋以太陽之熱之關係，空氣時為膨脹或為收縮，脹時則疎而輕，謂之氣壓降下，縮時則密而重，謂之氣壓上昇，氣壓之高低於時不定，前言一定者不過舉其大概而言之耳。欲計氣壓之高低，則使用氣壓計，夫氣壓計之種類殊多，普通所使用者為水銀氣壓計與空盒氣壓計之二種，水銀氣壓計較之空盒氣壓計，其計量之結果大為精確，然甚不便於攜帶，故於航海或旅行，皆用空盒氣壓計也，水銀氣壓計，是依一管中之水銀柱之昇降，而知氣壓之高低者，空盒氣壓計，是依一銅盒（盒中真空也）壁之突出或縮入之程度，而計氣壓之大小者也。在乎平地，普通之氣壓，概是七百六十粍內外。

丙、利用氣壓之例

吾人於生活上利用氣壓之理之事例不少。水罐或茶瓶之具有兩孔者，以水由一孔注出，則罐中新生空處，若不再備一孔，空氣自不能竄入罐中以補充之，遂致罐內空氣疎薄，其罐裡之氣壓比之罐外較低，水被外面之氣壓所壓止，不得流出，故於實際各別具 孔，以引空氣入於其內，俾內邊之壓力，較強於外邊，水則隨意可以流出也。使用唧筒即能吸水出井者，是亦利用氣壓之一例，其理經略述在前，茲不重複述之。吾人皆知新高山之高，是一萬三千七十五尺，但以何法測量，想未必人皆蓋知，此非他法，是亦應用氣壓以測定者也。夫氣壓，係以空氣之重而發生者，在乎平地之氣壓，因空氣之層最厚故最高，由平地彌上則空氣之層彌薄，故氣壓漸次減小，依實驗之結果，大約每上四丈之高，則減一粍之氣壓。吾人茲假作測某山之高，先測山麓之氣壓（以氣壓計測之），假作是七百五十粍，次在山上所測之氣壓假定為五百五十粍，究局山麓與山上氣壓之差是二百粍也，而每一粍之差係約當四丈之高，由是可知某山之高為八百丈即八千尺也。氣象技師之能卜天氣者，亦係應用氣壓之理，蓋空中之濕氣多則氣壓降下，濕氣少則氣壓上昇，是故觀測氣壓計所示氣壓之高低，遂可預卜天候之晴雨也。因用氣壓計能卜天氣之晴雨，故氣壓計又稱之曰晴雨計。

原發表於《台灣青年》第一卷第三號、第四號

雜文及其他

台湾教育に関する根本主張（一九二一、九）

一、台湾教育は台湾の特質に立脚すべきこと

教育の意義　教育とは何であるか、何う云ふことをするのが教育であるかと云ふ教育の意義については、吾人先づ一言するの必要がある。世には教育萬能の意味に於て、教育によつて人を造る、即ち教育者の思ふ儘に被教育者を造換へることが出来ると誤解するものが少くない。即ち創造の意味に於て教育を解するもので、これは実に誤りも甚しい考へであると云はねばならぬ。東洋に於ても教育に対する見解は、旧い時代から既に創造でないと明かに指摘した。中庸の第一頁に子思は「天命之謂性、率性之謂道、修道之謂教」と教の真義について極めて簡明に喝破されたではないか。道を修めること、人間の従ふべき不易の道、事物の真相を体得探求することが即ち教育であつて、教育は何をも創造し得ない。教育は単に宇宙社会の間に存在する当然にして既有の事物を発見し整理し修得するだけの作用である。教育を英語では Education と云ふが、Educe と云ふ動詞から転変した名詞である。Educe とは引出

すとか喚起するとか云ふことを意味する。即ち既に存在した或るものを取出して或る状態の下に置くことを指す、決して無いものから有るものを生出すことを言ふのでない。要するに教育の真義は東西両洋とも之れを創造の意に解せず、凡て啟発の意に於て解してゐると知るべきである。故に教育によつて教育者の思ふ儘に被教育者を造り得ると考へるのは間違で、此の間違つた思想を以て教育に携へるものがあつたらば、それは必ず失敗に終る。教育は啟発であるから、被教育者の個性特質を無視することが出来ぬ。其の個性特質を尊重し土台として益々之れを完全にして高尚なる理想境に導き上げるのは即ち教育の真義であり大使命である。

台湾人の特質　台湾に居住する人が即ち台湾人であるのだけれども、茲には単に旧から台湾で生活して来た所謂本島人と山内人だけに限定したい。而も山内人と本島人と全然別種族に属してゐるから話を二段に分ける要がある。先づ山内人から言へば、山内人は生蕃々々と言はれて幾百年来漢民族を始め大和民族等から虐げられた世界人類中で最も憐な人達である。彼等は現在十幾萬在るか、確実に知るべき由がない、夫程彼等は其他の人種と隔離して居る。彼等は文字を有せず歴史を有せず、殆ど原始的生活を送つてゐる。彼等は狭い範囲に於ける自然的恩恵を受けてゐる外何物をも有たない。文明を彼等が所有しないと言つた方が妥当であらう。されど彼等は少数ながらも矢張群居して最初歩の社会生活を営んでゐるから、種々なる祖先伝来の約束慣習がある筈であつて、それに律せられることによつて彼等は一種の幸福を感ずるねであらう。夫れ以外彼等は鳥が空を飛ぶやうに鹿が山を馳けるやうに何等の覊絆にも拘束されざるを望むであらう。然し彼等の経験は餘り狭く知識は餘り浅いために、その日常の生活上随分自然界から脅威を受けて、それを制御するの道あらばと朧げながら智識を求めるの慾があるに相違ない。一言にして云へば山内人は生れたばかりの幼児の如きものである。彼等は全く無経験で、若し其の本質其の現状に対して斟酌の餘地を遺すならば、如何なる境遇に置き如何なる文明を授けようとも、彼等はそれを受入れてそれに相応した発達向上を遂げるのであらう。山内人の特質は白紙の如きであると考へる。

内地在住の多くの母国人は本島人を山内人と誤解するが、三百五十萬の本島人は決して山内人の様に白紙的ではない。彼等は立派なる漢民族の分れであつて、固有の文字あり歴史あり古色蒼然たるの文明を有する大民族の一分派である。山内人は単なる原始人、気色のない人々であるが、本島人は種族的自覚と信念を有する気色の濃厚なる民族であるのを見落してはならぬ。即ち本島人は其の長い社会生活によつて一種独得の民族性を構成してゐる。本島人の民族性を知るには、その人種的関係、歴史的関係、地理的関係の三方面から観察せねばならぬ。併し茲ではこれを論究するの餘裕がなくまたその必要もないから、唯本島人は山内人と違ひ内地人とも違つて、或る特種の資質を具備してゐるものであると述べて置くに止めよう。此点に関して若し詳しく予の観察を知りたいならば、本誌第一巻第四号和文部にある「我島と我等」及び第二巻第三号漢文部にある「漢族之固有性」の両文を御一読下されば結構と存ずる。

同化主義に基ける教育方針の可否　前述の如く、事実上台湾人には内地人と異った特質を持つて居て、此れを統治する日本帝国は如何なる方針を以て台湾人を教導すべきであるかは緊要なる問題である。而して在来称へられた同化主義の教育方針は果して如何なるものであらうか。吾人の所信を以てすれば、山内人に対して若し其の現状に留意するならば同化主義を取つても不可ないと考へるけれども、本島人に対して矢張り此の主義を採るならば、それ必ず多大の不幸を生むべきであると断じて憚らない。山内人は僅少な不文の制度、習慣があると云つても、文明と称すべきものを所有せず、しかも彼等は全し孤立した十余萬の人達で他と全く関係がない。夫れ故、誠実なる意志の下に緩急の度を適宜に保ちさへすれば、日本文化を其儘伝授しても、彼等は何等の打擊を受けずに喜んでそれを受入れて追々発達を遂げるのであらう。これは山内人に於て然るべきのみならず、沖縄人は既にその実証を与へた。

翻つて、一部の論者は沖縄の前例を以て本島人にも同一方針でやれる、やつてよいと主張する。吾人は大いに其の浅見にして速断に過ぎるを譏りたい。成程沖縄人は台湾の山内人の如きものでない、それよりも一段上の文化を有するが、台湾の本島人は沖縄と同等の文化をしか有しないか。本島人の人数は沖縄人の幾倍になるか。本島人の国内国外に対する関係が沖縄人と同一であると思ふか。また台湾の地理的関係は沖縄のそれと違はないであらうか。若し、此等の諸点に於て假設台湾と沖縄の間に相違があつても、強権を以てせば、十分にやれるとならば、或は論者の言ふやうになるかも知れぬ。けれども、その結果は日本帝国に取つて如何程の価値があらうか。吾人は本島人をして文化的に孤立せしめようとし、過去の陳腐した遺物を保守せしめようとする程、夫れ程愚物であるとは自ら決して思はない。唯、山内人や沖縄人と同一のものとして取扱はれるに対して異議を称へるのみ。白紙的民族たらざる本島人を教育するに白紙的民族たる山内人、沖縄人に対すると同一の方針を採つて而して同一の結果を得ようと夢るものゝ多く在るは遺憾の至りである。失望が遂に彼等の獲物として残るであらう。同化については吾人既に本誌第一巻第二号に於て詳しく所信を披瀝した如く、自然的同化は宇宙間に実在する大作用であつて、宇宙間の萬物より人間社会に至るまで一として此の作用に因つて運行し進化しないものはないと断定した。故に人類間に於ける自然的同化は吾人は之れを承認するのみならず、その進行を速める方法あらばそれを採るに躊躇しない態度を持してゐると自信する。されど極端なる人為的同化を台湾の本島人教育に於いて割てようとするに対しては、良心の命ずるを以て、吾人は明瞭にその不可なることを称へざるを得ない。本島人に対する同化的教育方針は合理的にあらざれば本島人はこれを喜ばず、日本帝国の隆昌を致すべき道でないのであると吾人は断言する。教育は創造でなく、啟発である。此の真義を辨へずして台湾教育を為さうとする、不幸にこれより大なるは無し。

台湾語による学習の途を開くこと

二十幾年来の台湾教育は前記同化主義の教育方針から割出した国語本位主義で強行されて来た。是れは同化主義論者から云へば当然の帰結ではあるが、台湾文化の向上から云へば誠に悲しむべきことである。其の為めに三百五十萬本島人中の老年壯年は悉く盲唖に化して青年少年は鸚鵡となつて了つた。台湾島内に於ける人心の沈滞腐敗が益々其の度を加へて、旧文明はその権威を失して新文明は耳目に入らず、小人は其の志を逞うして無心の言を吐き世上を濶歩する、君子は忌避せられて市井に隱遯し沈默を守る、青年子弟は帰依する所を知らずして取捨に迷ふ有様に陥つた。三百五十萬民衆は宛ら霊性なき木偶のやうに物質の塊りとなつて立働いて居る其の様は何んと云ふ悲惨事であらう。斯くの如きは決して本島人それのみの不幸に止まらず、実に大正の盛代に於ける文明史上の一大污点であると云はねばならぬ。本誌第三巻第一号で姉崎博士が次の権威ある論断をなされた即ち「台湾や朝鮮で民謠をとれば、土語を用ひなければならず、それは国語本位主義を捨てることになるといふ非難反対が、必ず生ぜうが、その様な考が即ち形式主義であつて、教育の事実、人生の内容を行政の形式で律せうとするもの、それが即ち失敗の源である」と。今日の台湾は即ち博士が断ぜられた其の失敗の源の立派なる具体的実証ではないか。

国語普及の須要なるは言を待たぬ。されど法令を以て之れを強ひねばならぬ理由は何処にかある。日本帝国の国威が厳然として東洋の天地を圧しそれが台湾島内に及ぶ限り、大和民族の文化が燦然として台湾人の上に輝く間は、台湾人たるもの、必然其の自分の至上命令に依つて、日本語を捨て得ない。水を慕ふ山鹿が谷底の小渓に就くやうに、台湾人は自発的に国語学習に励むべきは火を睹るよりも明白である。何うか純国語本位の教育方針を放棄して、本島語に依る学習の途を開かれよ。吾人は合理的同化を願望するものなるが故に之れを主張する勇気を持つ。台湾に居住する漢民族と大和民族との合理的自然的同化を熱望し鼓吹し促進せんとせば、台湾人の全員が日本語を語すか話さぬかは結局形式であつて根本に触れず、宜しく一日も速かに三百五十萬漢民族の文化的向上を主張として一寸なりとも大和民族の夫れと同一水平に近づくやう努力すべきである。是れが為めには台湾語を教授用語として台湾教育の一方に採用するは最も肝要のことで、若し斯くせずして依然従来の方針を固執する時には、今後幾百年経つても台湾の一般的文化は尚ほ今日の状態を脱し能はぬであらう。否其の禍の為めに人心の倦怠遂に極限を越して、今日よりも幾層倍の沈滞堕落を来して、永久に此の島人等は文明の天日を見ず、一部同化論者の云ふが如き「先づ同化せよ然後共々に同一の権利を受けん」斯る甘言に従はうとも能はぬ様になるであらう。

漢文的漢文の復興を計ること　漢文は本島人に取つて唯一の思想表現の符牒であつたのだけれど、例の同化的教育方針の徹底を期する為めが、漢文普及の途を塞がれたばかりでなく、日本流の訓読を強ひられる怪現象さへ生じた。予は日本帝国の台湾領有は単なる経済的殖民の目的によると思はない、それよりも一層深い大い意義と抱負があると信ずる。台湾人は、何時までも、国語に依らざれば智識を得る能はず、漢文を放棄せしめられて其の思想を表明する術がないならば、結局三百五十萬の民眾は、国家の不完全分子となり過剰人口で苦悩せる日本帝国の重荷とならざれば只労力を給ふる機械となるばかりではないか。況や更に一歩進んで、(僥倖にも前号に於ける予の所論が余り正鵠を外れないとせば)、中華の大民族と提携するの必要を有する大和民族に取つて、斯様に台湾人が低級なる日本語日本文の外何をも会得しないことは果して慶賀すべき現象であるか否か。曽て予が或る国学者と対話した一節に、予の漢文普及の意見に対して、彼は、漢文普及は或は多少必要であるかも知れぬけれども、それは今の台湾人に於てではなく、台湾人が日本内地の人々と同様の頭脳、精神を持ち得た時に於て始めて為すべきであると言つた、恐らく、既往の台湾教育から漢文を除外したのは主として此の系統の頑迷思想者流の為した業てないかと思ふ。一体台湾人が内地人と同様の頭脳、精神を持つとは如何なることを意味するか?同一の主権に従ふと云ふことならばそれはまう早や議論の余地なく、二十幾年来台湾人は立派に従つて居る。何ぞ他日を俟つの要があらん。時勢が時勢であるから、今日となつた以上、彼此と昔流義の太平楽を高唱すべき時代ではない、百尺竿頭更に思切つて数歩数拾歩を進めて眼光を遠大の処へ放ちて而してそれに相応した大策を建てよ。漢文を学習するは台湾人の活動本能を満足せしめる唯一の方法たるのみならず、又実に日本六千萬同胞の為し難き大事業を彼等が幫け得る無二の手段であると知らねばならない。断つて置くが予の茲に言ふ漢文は今後中国本土に使用される現代的漢文であつて、古代的漢文を、（但し学究には自ら別論に属する）、予はこれを台湾の一般に普及して島人の脳力を蕩尽せやうとする愚に出る積りではない。

二、普通教育に主力を注ぐべきこと

台湾教育には名義上の高等専門教育機關が最近一両年前に現はれたが、実質上のものは未だ曽て見たことがない。此頃七年制高等学校の設立について現当局が余程油を注いで居られるやうで且実現の見込も十分にあるとのこと、広く大く台湾の前途国家の将来と云ふ見地から着眼すれば、正に其の労を多とし深く謝すべきである。予は本島人に生れた故を以て、次ぎのことを申せば或は予の言を偏見によるものとして解せられるかも知れぬ、けれども予自身に於いて誠実を尽すの念慮が十二分にある以上、後は識者の判断に任してよいと思ふが、実際此度の高等学校が縦使出来ても将来はいざ知らず今の所では本島人教育には左程の関係を有すべき性質のものでないと思はれる。寧ろそれは台湾在住の内地人又はこれより台湾へ移住すべき内地人に取つてこそ真に有難き福音であらう。予の此言が若し当局の折角の苦心を無にする結果となるやうなことでは甚だ恐縮する次第であるけれども、或る言論に此の高等学校の出現は全く本島人の為め、本島人に対する絶大の恩恵であるかのやうに吹聴する向きが在るので、本島人が此の為めにスツカリ有頂天になつて、それを安く買受けて余りに大きく期待すると、それこそまた大失望を起し当局の誠意に対して彼れ此れと呟く恐れがありさうに懸念するから、一言警告をして置く方が宜しいと思うで斯く附記した次第、若し是れが事実上杞憂であり邪推となつたならば仕合はこれに越す事がない、予は喜んで不敏妄言の罪を謝する。予は何に據つて此言を為すかと云ふに、此の七年制高等学校は未来に建てられる台湾大学の豫備校とならず内地中央の大学に入るべき豫備門であるべきを思ふ。即ち現在の総督府立高等商業学校の如き性質となるべきもの、内地人系統のものたるべきを思ふ且つ当局は本島人系統の教育令を今後縦へ改正を行ふとも内地系統の教育令に全然一致するやうにやらうとは到底望まれない。故に本島人学生にして入学を許されても、それは或る特別例外の手続に依るものであつて極く少数の者に限られる結果になると推察する。

何時か台湾大学建設の議が本島に於ける内台人間に発表された。予の所信に依れば当分の内は台湾本島で高等専門教育を興す程に熱注すべき時期でない。（勿論一部特殊の教育は此限にあらず例へば医学の如きもの）当分十五年位の間は全力を普通教育の振興堅実に費すべき時期であると信ずる。これは単に本島人側について言ふのでなく内地人側でも同様に言ひたい。今の台湾に一貫した上中下の教育機関を設けて台湾の教育的独立を圖るはまたまた早計に属することで、特に本島人側から言へば無謀も甚だしいと譏りを免れまい。今になつても本島人側の初等中等の教育がまた彼の状態で居て、何処に高等教育機関を設くべき基礎を発見し得るや。其の上多年来の経済的衰退で島民は果して夫れ程の余力を残して居るや否や。予は今後十五年内に若し初等義務教育、中等普通教育の基礎を固め其の完成を理想の近くまで遂行し得ればそれを最極限度の成功として満足し慶賀して然るべきと思ふ。高等専門の教育機関は其時に及んだらば根本的に着手すべきである。

然らば普通教育に全力を注ぐ間高等教育の施設を怠れば、勢上級の専門教育を受けんとする有志青年の進路を塞ぐことになつて台湾文化を何時までも低級に引止める不都合を来すでないかと恐惶する論者が出るかも知れぬ。予も決して是れを思はぬのでなく、唯島民一般の経済的困窮を緩和する為めに又本島をして一層島外とより良き関係、より密接なる状態に進ましめる目的を以て、相当の基礎的修養を積んだ有志の台湾青年には可成多く内地を始め海外各国へ留学するを奨励したい。これによつて十分に而も最も有効に前述の缺陥を補ひ得ることゝ信ずる。乍併海山萬里の内地外国へ留学することは費用の重ることで到底貧窮に苦しめられた有志にして聡明なる人達の為し及ばれぬ業で、此等を見殺すことにして良いかと云ふに茲に即ち有識先覚者の努力に待つべく、奨学機関即ち貧乏な優秀の人材を救助すべき経済組織を島人間の篤志家若くは地方自治団体が奮起して企つべきである。或は官によつて、内地中央政府で毎年海外留学生を送るやうにして、給費留学派遣の途を開いて貰つてもよい。何れにしても大多数なる下級民にその負担を免かしめて、而して最も経済的に救急策として、高等教育の振興を謀られる理である。斯様にせば、跼蹐なる本島の箱庭に青年子弟を閉ぢ込めて融通の附かないものを生ぜしめずに、広漠たる世界の山海に開放して気宇軒昂の大器を得、机上のみの空想家を出来かしめずに、実地の経験により理論と実際を兼ねた完全なる人物を養ひ得るのである。其の結果島内に堆積した旧弊が漸々と洗除されて、真に現代的世界的の台湾を現出するであらう。斯く云へば如何にも大部の青年が内地以外の外国へ出るやうに聞えられるかと思ふが、其の実、最大部分のものは内地殊に東京に蝟集して内地中央と種々なる連鎖を結び、真正の理解融合を遂げ得ると信ずる。是れは本島人に取りて幸福であり、在台の内地人子弟には特に然るべきを思ふ。予の言茲に至つて重ねて一条件を明にするの必要あるを覚える。内地とか海外への留学希望しても、今日までのやうに肉体精神とも不完全極るの少年を送ることには元々から予は反対である。今日の如く在京六百の台湾学生はその四分の三を小中学程度の少年で占められて居ると云ふ有様は誠に悲哀の限りである。此の怪事実は台湾文化の向上を生むよりも、豊富ならざる本島人の資力を減殺し、二葉の苗木を強風烈日に曝し豫期に反した結果を招きて家庭的天倫の怡楽を犠牲に供するの不幸をより多く致すのでないか。予の此の言は決して一片の気持による空言でなく十幾年来の台湾留学生史に立脚した確実なる所感に基く叫びである。乞ふ、真に台湾の開発を期し国家の将来を思ふ士よ、何うか互に協心戮力して根本的百年の大策を立てゝ、台湾普通教育の建設完成に向つて余力を注げられんことを。若し従来の如く巍峨たる校舎を築き燦然たる看板を掲げて高等とか専門の文字を乱用しそれで台湾教育が開放されたと、台湾文化が振興したと云ふならば、云ふものは愚物であり云はせるものは虚栄を以て人を誤らせる代物である。

三、初等教育を六箇年制義務教育と為すこと

吾人の社会生活は連帯的のものであつて決して孤独的のものでない、また天下国家は一人の天下国家でなく国人全員の天下国家であるが故に「国家興亡匹夫有責」と云ふのである。一世紀程前までの世界は実に英雄崇拝の世界で、少数者の俊傑さへあれば多数者の凡愚を意に介せず、否反つて英雄が武を用ひるの地を狭められる恐れなきを以て好都合だと看做された。然し爾来人心の変化甚だ激しく、個人の尊厳が愈深く認められて社会組織の真相も十分に闡明された為め、在来の専制的国家社会が遂に民衆的の形に変り、所謂自由平等を高唱し実行するデモグラチツクの世界と成つて、各人が名々にそれ自身に生活の目的を具有し敢へて他人の生活手段とならないことを人類が自覚した。斯る自覚に基いて人は何れも自己完成を望み、而して自己を完成するに就いては他人と相結んで有無を交換すべく即ち互助共存の大切にして真理たるを信ずる精神を得るに至つた。是れは実に現代文明の精華であつて、此の精神の完全に発揮された国家社会は最も健全なるもの最も隆盛のものである。

右の如く凡ての人が連帯的関係を以て国家社会に対する責任を負ふべきを自覚したに因つて、諸種の限度が著しく変化し教育に就いては殊に然りである。十七世紀頃までの教育は全く放任的教育、従つて貴族階級の如き少数のものだけがよく教育に関係したけれども、平民階級のものは殆んど無教育の状態で放任された。然るに十七世紀の中葉から全国民の最大

多数を占める一般平民を等しく教育することは、国家の興隆を致す所以であると思付いた国家が現はれて児童を学校に入らしむべきを其国民に促した。爾来国際関係が益々複雑となり、国民教育が愈々重要視せられて遂に国家が法令を以て国民の就学を義務として命じ、之れに違反するものには相当の制裁を加へるやうに即ち強制的教育の実現となり、世に云ふ義務教育とは此れを指すのである。今世界強国の義務教育沿革の大略を瞥して見るに、最も早くから義務教育を施行し而も最もその制度を整へた国は独逸であつた。独逸のプロシヤに於ては井ルヘルム一世の時即ち紀元一七三六年に法令を以て五歳乃至十二歳の児童を就学せしむべきを命じ紀元一七九四年には一般地方令に於て義務履行を怠る父兄には罰金を科し滞納するものに対しては禁錮の刑を用ひた程であつた。その学齢児童は六歳より十四歳までのものである。佛蘭西は紀元一八三三年に初等教育の法令を定め一八八二年には法律を以て義務年限を満六歳より十三歳までとし、初等教育の三大主義を無償、強制、無宗教と発表した。英吉利は自由を尊ぶ国で教育には自由主義を取つたから、私立学校が反つて重きをなして官公立学校は振はなかつた。教育上の規定は国家に於てこれをなさず凡て地方自治体に委した。其後余り放任に過ぎては一般教育の普及に不利なるを悟り、一八七〇年に小学校令を出して国民教育の制度を定め、初等教育を国家事業となし相当の理由なきものは満十三歳まで就学すべきものとして殊に一八七六年の教育令に於ては強制主義を一層明かにしたのである。学齢児童を満五歳より満十四歳までと規定して十四歳以下の児童を工場に入れて使用することをまで禁じた。北米合衆国は最も自由を尊ぶ国柄で中央政府こそは別段の法令を出さず各州の自由に委して在るけれども、各州は殆んど全部強制主義を採つた。マサチユセツト州は一七八九年に於て真先に学校令を発布し、紐育州は一七九五年に継いて義務教育制を施行した。合衆国は其の名の如く多くの完全なる自治州から成立つてゐるので全国を統一した義務教育制度はない、されど六歳より十四歳までの八箇年間を以て義務年限とする州が多いのである。其の他伊太利、墺太利、瑞西、和蘭、瑞典等世界中で幾分文化の進歩した国は、如何に自由を尊重する国でも強制主義の義務教育を八ケ年か六ケ年の年限で施行してゐる。

日本内地の義務教育は如何なる経過をなして来たか。西歴紀元一八七二年即ち明治五年の八月に学制が始めて頒布せられて全国画一した教育制度が法令上に現はれた。明治八年の統計に依れば就学児童の歩合は男は六十パーセントを満さず女は僅か二十パーセントを越す位であつた。夫故当時の就学督促は非常に厳格で、或る記録では「当局者は督励を強きに過ぐるまで実行せり」と記してある。明治十二年九月に学制を廃して新に教育令を発布し、新令では学齢を七歳より十四歳に至る八年間としたことは旧学制と同一なれども、義務年限の最少限度を十六箇月とした。其後明治十三年十二月には義務年限を三箇年とし就学督責を厳にし同十九年には小学令を発布した。此の法令では義務年限を尋常小学四箇年に延長し父母後見人は必ずその子弟を就学せしむべしと命じた。明治二十四年三月には私立小学校を許し三十三年八月に勅令を以て小学校令を改正せられて従前の義務年限「三ケ年又は四ケ年とする」を必ず四ケ年とすべきを定めた。而して授業料も元は徴収を本体としたが之れを改めて徴収せざるを本体とした。明治四十年三月勅令第五十二条を以て更に小学校令を改正して義務年限を六箇年となし同四十一年四月より施行した。而して此の義務を怠る父母後見人等に対しては過料に処するを得ると規定したのである。是れに依つて観るに、世界各国は何れもその国民教育に対して如何程意を用ひて来たか、殊に日本は如何にその義務教育の延長、励行に努力したかを推察することが出来よう。英国は九箇年の義務教育を尚物足らずとして十二箇年に延長したかと聞いてゐる。又日本内地でも現行六箇年制を改めて八箇年制にすべしと輿論が盛んに起つてゐる。予の観察では短き将来に八箇年制度が必ず実施されると信ずる。

我が台湾も文官総督を迎へてから文化政策を標榜せられそのお蔭で義務教育実施の声が盛んに起つて来つゝあるは無論誇るべきことではないけれども、聊か喜んで宜しいことだと思ふ。去る六月中旬に開かれた第一回の評議会に向つて、当局から義務教育実施の可否及び其の年限如何に付いては諮詢案を提出せられ同会より更に数名かの委員に附托して来る第二回評議会に於いて答申することゝなつて居る実施を可とするは疑ひ無かるべしと推察するが、年限の一件は如何であらうかと懸念なきを得ない。当局からも三年制、四年制、六年制の三案を示されたが、或は大いに堅実穏健の元老振りを発揮する積りで中の四年制を採つて答申するではなからうか。若し本当にさうだつたら、それこそ困つたことである此際篤と我が島内の有識者父兄母妹各位と慎重の態度を持して考慮したい。勿論当局の腹中には遠くから既に成竹があるであらう。されど吾人は成敗の如何に拘らず名々の所信の忠実に披瀝するのは実に同胞の前途、国家の将来を思ふ至情の命ずる所である。

予は台湾の初等教育を六箇年制の義務教育となすべきを主張する。義務教育とするのは、短き将来に島民の凡てが学に就き、社会の一個人とし又国家の一分子として、完全にして共同の文化を保持し建設するために、各員が同一なる文化生活の基礎土台に立つことを期するにある。六箇年制たるべきを主張するのは、世界各国の教育史に徴して、文化生活を営むべきの人としての最少限度の学習期間であり、尚且台湾の現状に鑑みて是れが最も適当であると認めるからである。目下本島人児童に比べて一歳多く即ち満七歳になつてから就学することに定められてあるが、若し此の儘にして四箇年間の教育を施すとせば如何なる結果を得べしと想像するや。七に足す四は十一である。十一歳の卒業生！只聞くだけでも可愛い坊ちやん、嬢ちやんと思はれるばかりではないか。斯る十一歳の頑是なき子供が如何にして吾人が夢る如き生活の門出をなし得るぞ。此れに対して尚ほも彼れ此れと意見を述立てる勇気を持つ者があるであらうか。出鱈目ならば致方のないことである。吾人の所信では此の上、十一歳の上に更に二歳を足して十三歳まで学習せしめること、これは絶対的の最少限度である。成るべくば期間も短く金も掛らないで相当の役に立つやうな人にならせたいのは、予輩と雖ど考へぬことぢやない。これは世界先進の人々が既に考へに考へて来た考へであるけれども、誰も十一歳で結構なりと云はぬ、それでは駄目だと世界の人はもう知り抜いてゐる。心理学上からの断定に依つて見ても、六七歳から十歳十一歳までの間は所謂想像、記憶の時期と云はれてその精神状態は受納性に富むが、概念を構成する力が殆んどなく只機械的具体的にしか事物を解すことが出来ぬ。それから漸く理解の時期に入り抽象的に物事を憶えたり考へたりすることが出来る、即ち本当の学習に十一歳から十三歳までの間にやツト其の端緒を開くのであるが、若し数量を以て云へば十二歳十三歳辺りの一年間で学んだことは優に八歳九歳辺りの数倍にもなるべきは誰しも熟知のことである。夫故に学習に不適当なる時期に、やれ強制だの義務だのと騒ぐのは帰するところ空騒ぎに終るではないか。折角義務教育を施しても施さぬのとは果して何れ位の相違があらうか。さうかと云つて就学時期を遅らして、八歳から始めて十二歳で終るやうにすると云ふかも知れぬ。予輩はこれにも賛成が出来ぬ。何故なれば十三四歳以下の児童は実際小間遣としての外父母は彼等に何をも求めることが出来ないし、既に義務教育を布く以上は四年制と六年制の違ひで経費が余計に何幾も懸らない筈である。乍併若し六年制と定めて実行したならば、それによつて得る効果の大なるべきは想像するに難くはあるまい。要するに節約は努むべきであつても無意義のことは決して為すべきでない。吾人は余計に幾分の負担を受けても余計に幾分か意義ある教育を愛する子弟、大切なる小国民に与へねばならぬ。これが為めに内地も然り世界を通じて義務教育年限の延長を呼んでゐる今日、若し我が台湾で偶然にも総督府案の暗示を受けて、三案からその真中の四年制を撰んで賛成し主張すれば、過激急進の誹謗を受けずして穏健漸進の称賛を博せられると虚榮の為めに一時を糊塗し去らうとするならば、煙火を看るやうに此の計画は烟となつて終るでせう。吾人は主張する、六年制の義務教育を施行すべし、而して就学の始期を満七歳よりとすることを。尚ほ特別なる事情の下に何うしても此の制度に堪へない地方があるならば、吾人は一歩譲つて、四年制を例外として設けてもよいと思惟する。

四、台湾人教員を尊重すべきこと

制度が善くても教員が悪ければ教育の効果は到底挙らない。制度が悪くても教員さへ善良ならば寧ろ目的に近い成績が挙げられる。今日の台湾教育では制度、教員二つながら彼の通りで、其の結果は見ない先から知るべきである。現下全島を通じて代用教員の数、即ち公学校卒業のものに四ケ月乃至一ケ年の補習教育を授けた十五六歳位の先生が教育総数の六割をも占めてゐるとは、悲惨も実に甚しい。斯くまでも代用教員の多い理由は、島内で特設の教員養成所がなかつたにも因るが、本島人教員を軽侮虐待したことはその原因の核心を為してゐる。従来は本島人教員を塵芥程にも認めなかつた。薄給を与へて肉体的不安を感ぜしめたのはまたしも、彼等の活動範囲を制限し其の理想を表現すべき途を与へない。殆んど校僕同等に彼等を待遇したのは、活動的衝動を有する人間、人の先生たる自尊心を抱いた人に取つて到底忍ぶべからざることに属する。

台湾教育に内地人の教員を迎へる事は善い。内台人間に師弟の濃かな情誼を結んで、内台人融和の酵母とすることは大切である。されど内地人教員のみによい地位を与へなければ台湾教育を為し得ない理は何処にもない。今まで台湾人を台湾教育に於ける教員らしい教員を採用しなかつたことから見ると、何しても台湾人を無能力者と視るか又は台湾人を真正面から登用すれば不都合であるかとするかの二つより外解釈の仕様がない。恐らく其の主たる動機が後者に存するであらう。若し此の推測が誤らないならば、その禍源は遠く前記の強制的から出てゐると知るべきである。斯る主義方針では到底同化の美果を収め得ないばかりでなく、反つて同化の良木を根から掘つて倒すことに帰着すると予輩は機会ある毎に呶々として贅言を費した。唯然し此の主義に依つて内地人を特権階級として擁護することが出来、従つて内地人だからエライ、内地人だから主脳者になれる。上役になつて勝手出放題に高飛乱舞することが出来ると云ふ結論に到達するのである。一般の官衙公署でもさうだが、学校教員の中で台湾人が凡て内地人の下に立ち指揮監督を受けねばならぬのは、此の特権擁護主義から言へば当然の順序であつて、何も台湾人は凡て無能力者であるからと云ふ理由を要しない。擁護すべき特権があつたら大いに擁護するがよい、吾人は何もそれに対して異議を唱へはせぬ。只擁護すべからざる特権、特権たるべからざる特権を擁護し引いては人心の海に波を巻き起させて、その上に乗れる小舟を難破の非命に逢はせることに対して不可を叫ぶばかりである。島内に於ける初等教育の教員総数の六割が、前記の如く代用教員を以て充されてゐる事実は、これ正に大風波の真最中であるを証據だてゝゐるではないか。

台湾人教員を尊重すべし、台湾人教員にも台湾教育の大舞台に登場し花役者たり得るの機会を与へよ、然らば教育に熱心なる優秀の人材は其の志を行ひ得ることに勇んで欣然として台湾教育界に其の足を留め其の身を投じよう。台湾教育を旺盛にする為めに制度を改正し義務教育を施くのは結構であるがそれよりも先きに善良なる教員を得べき手段方法を講じて実行しなければ、偽りである、愚かである。現当局は此の点に関しても必ず成算があるであらう。初等教員の養成所として台北台南両師範学校を新設したのは従前に比べて聊か人意を強うするに足るけれども、登用の途を何の程度まで開くか、予輩は暫く無言で其の経綸を拝見しよう。

五、総括

予は更に贅言を費さずとも予の台湾教育に関する根本的主張は大体右に申述べた程度で読者諸賢に御了解を願ひたいと思ふけれども、尚ほ一目の下に予の主張する主要点が、明白になるやうにそれを箇条書に列挙し、更に予の台湾普通教育学制案を図解せう。

台湾教育は台湾の特質に立脚すべし。

台湾教育に於ける従来の同化教育方針は之れを放棄べし。

台湾教育の教授用語は台湾語を並用すべし。

漢文科を必須科となし初等教育より授くべし。

今後十五箇年間は普通教育の振興完成に力を専に用ふべし。高等専門教育は台湾の特質に鑑みて特に必要なるものに限り之れを設置す。

高等専門の学問を修むる学生には内地及び海外留学を奨励すべし。

貧窮にして優秀なる青年を救済する為に奨学機関を創設すべし。

初等教育を六箇年制義務教育となすべし、但し例外として四箇年制のものを置きても良し。

就学年齢を満七歳と定め義務教育の間は男女共学を原則となす。

中等教育機関は官公私立の何れも同権を以て母国の学制と連絡を保つべし。

台湾人の教員を尊重し其の地位を向上せしめ特別手当の外内地人員教員と同等に待遇すべし。

左図は台湾現下の状態に鑑み今後十五年間の趨勢を豫想して真に台湾文化の向上を促し、内台人融和の実績を挙げんとする予の台湾教育制案である。矢の方向は連絡の関係を示す。

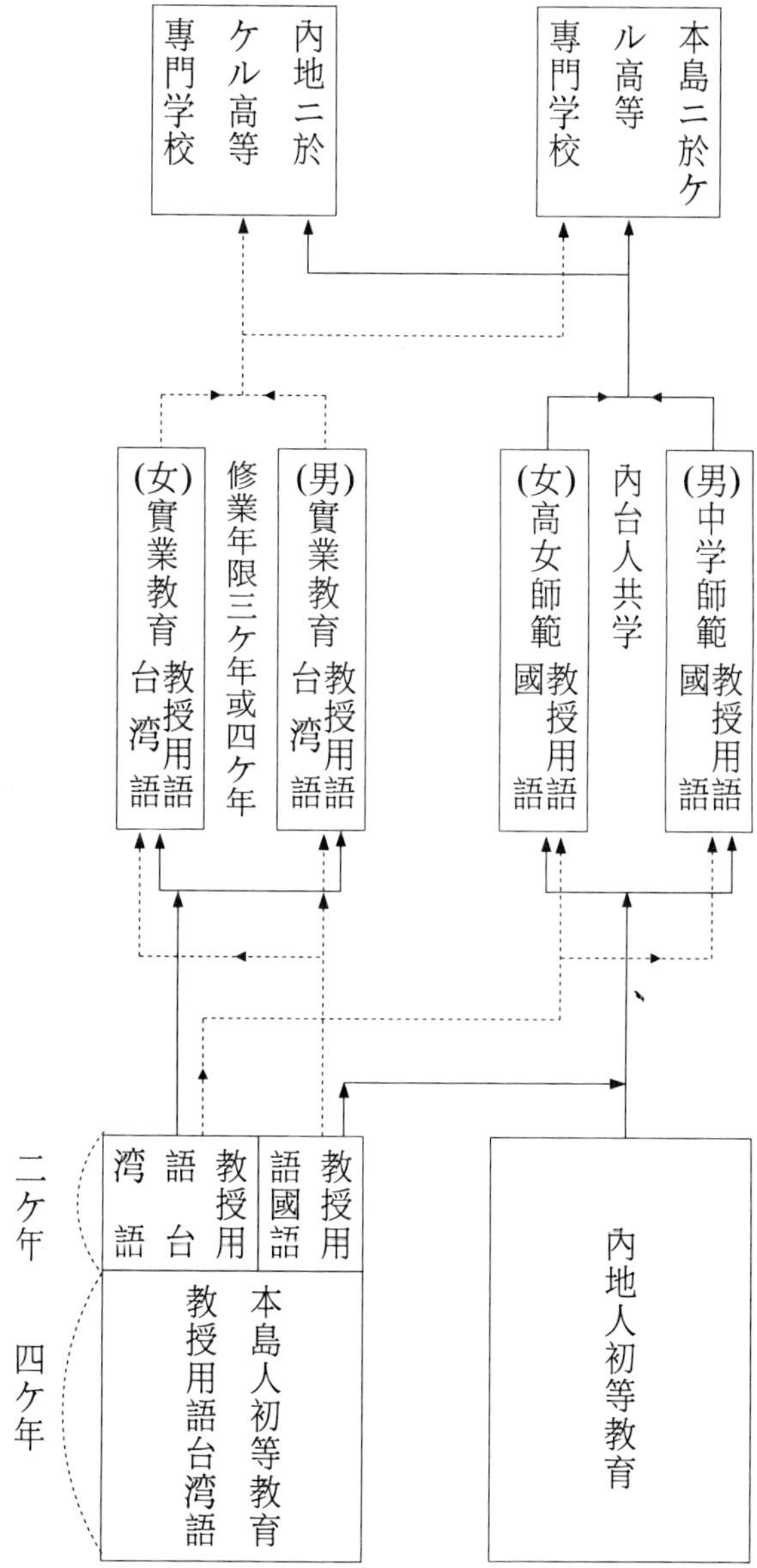

原發表於《台灣青年》第三卷第三號

科學方法之大要（一九二二、一、二十）

一、緒言

觀夫東西文化之差，簡約言之，其若哲學與科學之別歟。蓋東洋文化，多屬人事精神方面，概以主觀之見解而論斷者。西洋文化則不然，其範圍遠超乎東洋之外，由人事以至宇宙萬象，無不包括，且其考究方法，大都尊重客觀之辯證，故其所至深且微矣。茲就哲學與科學之別聊為數言，藉明兩洋文化之分支焉。哲學有廣狹之釋，廣義哲學，是謂科學之科學，以百科科學為其研究之題材，以明科學所未能明者為使命也。狹義之哲學，不受事物現象所拘束，單以概念分析事理，換言之，不拘外界之實況，不鑑他人之意思自立定見，選擇適乎己見之理論，推究辯證，始終不見矛盾，則成一種哲學矣。前言東洋文化為哲學的，是取狹義之意而喻者，用表東洋文化，概屬斷片，少有系統組織，長於想像，而偏於精神作用之方面。科學亦有廣狹兩義，廣義之科學，是以自然科學之方法（即科學方法）組成之學問，其範圍極廣，分之為二類，自然科學與精神科學是也，理學、化學、博物學等是屬於前，倫理學、心理學、法律學等是屬於後。狹義之科學，即自然科學也。自然科學，必先根據事實，而後採萬人共通之方法與首尾井然之論理分析百般現實之根源，終立法則以總括之。今觀西洋文化，範圍雖廣，然多俱有實據，其組織次第亦無不井然，殊非東洋文化之可比，故稱之為科學的者，西洋人之生活程度，遠出東洋人之上萬萬，豈偶然哉。以愚所見，兩洋文化之差有如今日之甚者，基於考究之法不同多矣。余不自揣，欲就科學方法，大略陳述鄙見，倘得資助後學研鑽之一二，則幸莫加焉。

二、科學方法之要項

甲、蒐集事實

科學之始步，由事實發，故以科學方法探究事理者，務先蒐集事實或增經驗為緊要，因之就實地，觀察實物之本然，測定現象之真相，所謂直觀實驗，是為科學方法之特色。當此蒐集事實之際，明瞭，精微，謹慎，公正等，誠最關要，其最忌者，為粗陋，朦朧，厭煩，偏袒。夫人本不完全，動欲執於固有性格，是故以科學的之研究為重者，又不可不知協同連絡之有益焉。彼天門學者，依青史所載，自基督降誕一世紀以前，綿綿相繼直至今日，唯專於星辰之觀測，餘無所事，非虛渡光陰者乎。大不然也。學者擬其效用有三，定曆數，助航海，其效之一也。因星辰之位置始得明別太陽系之運轉，其效之二也。非得既知星辰之目錄，無從發現未知之星宿，是其功用之三也。

乙、排列分類

蒐集事實誠不容易，然將所集錯綜事實分配歸之有序，亦屬困難。配列分類之主點，在乎明別個個事物之關係，歸於整齊統一，或依形，或以質，務期確摘其特點，故比較之作用，最為切要，當夫觀察實驗之時，每用機械以補眼力筋力之不足，分類組織之際，亦用種種補助手段，如曲線等類是也。於前節所述明瞭，精微，謹慎，公正諸德，在此亦屬切要，有些細之不周，致損多年之苦心者，不乏其例。「No aparent departsre from the rule shoulc be treated as treated as trivial」「雖至微，如見背乎本則，不得輕而處之」此實科學者之座右銘也。

丙、解剖分析

解剖分析亦為研究科學主要之方法，近世醫術進步殊速，靡不因此方法之發達，以解剖，始明骨骼之構造，筋肉之關連，神經血脈之位置，腦髓內臟之作用。依分析，乃知藥物之成分性質，醫師之時能起死回生者，亦不過賴乎解剖分析之功，制宜適用而已耳。故在研究精神科學，善用此法，得前人之所未得者多，其效力之偉大顯著，誠屬驚人。

丁、總括立說

事實材料既多，組伍類別亦明，且依解剖分析盡諳各種各類之性質，於斯則宜立說以總括之，不然吾人由經驗所得種種智識，支離零散，豈不令人多煩而少補益哉。但所立之說，雖基乎經驗而來，未必適合一切，是恐其未具普遍性，故謂假說。假說宜再經過許多試驗考究，竟而不生矛盾，即可稱為學說。可知學者立一學說，非常艱難，發則中者殆無其人，可知學者之腦裡多為假說所充塞焉。雖然學說與假說其界限誠難分明，天門學者久測星辰運行之狀，不知其所以，俗人見殞石之墜地而不見其昇天，不解其所由。往昔羅馬學者徧里樓氏，主倡地動說，時人駁之，謂地既轉動，人獸何不為之顛倒，彼終不能致辯。及英之理學者鈕棟出現，彼見林檎墜地，即思地有牽引之力，嗣後經種種試驗，並鑑前人所測星宿之關係，遂立萬有引力之假說，上記各種難題，為之釋然，二百餘年之間無能發見此說之矛盾，是以皆稱之為學說矣。迨最近又有首倡相對性之說，反駁萬有引力說為虛偽者，舉世學者驚駭不置。如苟相對性之說真，則萬有引力說自應失其權威，其亦一假說已耳。

戊、檢驗確證

各科學問非得一定學說，無所為用，欲得學說必先創立假說，立假說宜基乎事實固勿論，但學者之想像作用亦不能缺也。物之向地而下者，自開天地已然矣，而萬有引力之說，直待鈕棟出現而始立者，是想像之有優劣故耳，想像之優秀者是謂天才，立說與想像之關係至為靈妙。進假說為學說，必歷實驗以確證之，確證之法有種種簡繁不一，但若蒐集不周，分類不恰，雖行巨多檢證亦無所為用，若採集備且分類明，或檢一二即可確證千萬。次述檢證假說之二三實例。

法國化學者巴斯周亞，謂物之腐敗，因一種微生物之作用，時人不為然，彼乃裝物罐中，密閉而以熱湯蒸之，其物竟得保全，人遂置信。

德之巨學罔西謀，見牛豚肉內，常含結核狀之物，以其研究之結果，信此為條蟲之蛹，欲證自說之真偽乃與其同學否之，不久之後竟發條蟲之病。

蝦具嗅覺，學者料其感官在於觸角或感鬚。欲確知其所在，乃以排除之法驗之，初將其觸角全部剪去，放歸水中，然後注入有臭之液，蝦定住不動。次存觸角之一部，如前驗之，亦不動。如是漸變其殘留之部分，方知其在於觸角外枝上之細毛。

己、制定法則

定法則乃科學的研究之終點也。學說自事實出，仍屬記載之範圍，法則則超記載之上，最抽像者也。換言之，學說若自然之歷史，法則即自然之哲學，是故立說尚易，制法則至難矣。夫定法則，務祈簡潔明瞭，以文字表示者有之，以數式表示者亦有之，要之須具恰切普遍之性，不宜含蓄局限之意義，使人人得以同一見解對之方可，法則可謂科學之精華焉哉。

三、科學的推理法

科學所用之推理法有三，一為類推法，二為歸納法，三為演繹法。以下次第略述之。

類推法係推理中之最普通且最不確實者，見甲推乙，由一及一之法也。天門學者斷定月世界不存生物，是以在地球所經驗而推定之。俗所謂見駱駝以為馬脹背即此例也。是故學者非不得已時不採此法，採之其必慎重。若不精細檢察兩方之附帶條件，輒以此法推甲為乙，恐多致誤。

歸納法，科學極重經驗，由巨多之經驗抽出一定之原理，故最用此法。類推法是以一推一，此則由千由萬求著一點，如引細流歸於大海者也，其精確之度誠非前法所能比。孔子示評人之法曰「視其所以，觀其所由，察其所安」是採歸納法也。曠古巨學英國進化論者達爾文，發現進化論上諸原理，或日自然淘汰或日人為淘汰，或謂進化出乎生存之競爭，是皆藉歸納法之功耳。

演繹法乃歸納法之反面，由一般而及於特殊，自高而就下，是應用之論理法也。學生之所學，係前賢經驗之結果，是一般的者，及其出校從事，則用其所學，處理種種具體事件，此演繹的之行為也。希臘大哲之亞里斯多德，下一有名之斷定，擁護古來之天動説曰，「星宿出沒永久不變，故知其為永久運動，夫永久運動除圓運動而外無有，故知星宿週迴地球」是採演繹法之一例，然以其推理之前提（星宿出沒永久不變故知其為永久運動）錯誤，故其斷定（星宿週迴地球）亦遂錯誤，可知用演繹法者，宜先細檢所採前提之適否，不然毫厘之差謬於千里矣。

四、科學者之資格

無事實經驗，不能成科學，但若事實不真，經驗不確，亦無所為用，故欲科學之大成，學者必先全其資格焉。科學者之資格云何，第一即其氣質也。人之氣質大別為三，實際的、藝術的、科學的者是也，換言之，如心理學上所謂智，情，意，實際的者長於意，藝術的者長於情，科學的者長於智。以科學者之資格而言智的而意的者最善，意主而智從之者次之，情主而智從者最不善。蓋情之作用屬於主觀的，胸懷挾以好惡而接事物，則科學之基礎失其普遍之性矣。故學者對待事實經驗，須平心坦氣，所謂虛心接物，直使智力作動，心虛智就，則其明也似鏡，所映皆明，加之意力強，百撓不屈，豈只十載寒窗，則終身殉之亦所不憚。前言實際的者，非僅意的之義，且含尊重實質，重實質固善，過重則有害矣。新約聖書記載耶穌十二徒中一人多馬之故事曰，「耶穌至時，多馬不同在，眾徒告之曰，我已見主，曰，不使我見手中釘跡，手探其脅，我不信也」云云，似此頑執現實，彼固自以為明，其實則時陷於不智矣。

科學者之第二資格，在乎尊精忌昧，和斯多曰，「凡人常以大概為滿足，自然斷不然也，如有絲毫之差，自然決不視之為一，苟人以處俗之態度而就科學，謂以己意能制自然，自然必禍之，苟人不慎重而應自然之機微，彼定步步就偏，終昏於迷途，無奈科學何也。」云，雖然人之感官五體，誠不完全，在於觀察測量之間，實則難獲毫忽無差之結果，只能達於一定程度之精確而已耳。故學者應盡人事，行其所能，至其所能至即可，此外則無如之何矣。

科學者之第三資格，務要靈敏。自然界之現象，起於瞬間者居多，且其因果關係又極玄奧，非靈竅敏捷之材，殊難乎把捉。禮賴因秤量現出毛忽之差違，發現空氣中之亞爾昂。紐棟見林檎墜地，遂明萬有引力之原理。越卓見水壺蓋浮動，即知蒸氣之膨力。英人展爹於爪哇島，見其地病者血色皆良，竟明心體之酸化作用，在熱帶地比在寒帶地，以較少之酸化即能保持身體之溫度。此等實例，皆為靈敏之心所致者也。

要之，如伯斯禮所言，科學者是有組織的之常識者之謂。其應嚴守之誡條，則如和斯多所示有三：
一、隨現物勿執私見，以理動不可為情移。
二、抱明敏之心，期無些須遺漏。
三、善忍耐，勿一挫即折。

原發表於《台灣青年》第四卷第一號

就水而言（一九二二、十二、十五）

水之所在

地球表面四分之三，為海湖河川區域，足知地球上所有水量之巨多焉。吾人時見黑雲蔽天，豪雨數日，河川為之汎濫，蒼田變成桑海，令人可懼，是可知空中所含水分又不少矣。有時登山見清泉滾滾，有時鑿地即地水湧出，因之又可知地下有無數之暗流。此外動礦植三物之體內，還有豐裕之水分在，今以百斤之物為準，試舉其所含水量，如人體則含七十斤，魚含八十斤，牛肉約六十斤，水生植物則含九十五斤以上，普通之陸上植物最少亦含五十斤，土壤礦石中亦多有之，不信請以熱火灼之則見水氣上昇矣。結晶明礬百分之中有四十五分餘之水分，丹礬含三十六分餘，硼砂有四十七分餘，粘土則含十五分左右云。天地間有物則有用，且其物量彌多則其功用彌大，水之為物也，無處而不有，吾人因而賤之，其實水在自然界所居地位，誠高且貴，於人生亦一日所不能缺者也。

水之三形

凡物以其所受熱度之差，大抵變其形體為三種，即固體，液體，氣體是也。熱度高化而為氣，無一定形體亦無一定容積，熱度降結而為液體，雖無一定形體則有一定容積，熱度再降凝而為固體，形體定容積亦定矣。此三形之變化，於水最易見之，水以百度即化為氣體，是謂水蒸氣，其熱度降至百度以下零度以上之間，則結為液體，吾人日常所用之水即此也，熱度再降至零度以下，則凝固而成冰雪，是謂水之固體也。池塘河海之水，受太陽之蒸熱，化成水蒸氣，水蒸氣之性透明，吾人不克而見，同積之水蒸氣較之空氣輕，故上昇而至空中，遇冷氣則其熱度被奪降下，因而結成微細水球，飄游空際，是為雲霧，此細微之水球互相結合，漸次加重，竟而地墜，是為雨，雨點由上空下地之間，再遇零度以下之冷氣，則凝凍而成冰雪也。吾人見水之具此三體變，不能無駭造化之竅妙。茲舉其功用數例，烈日曝地土壤乾燥，風過處紅塵萬丈殊不宜人，天時下雨，洗除空中塵埃，俾人類動物得吸新鮮之氣，是其妙用一也。水蒸化上昇時，吸多量之熱，故周圍生涼，當其凝結之際，則散其所蓄之熱，故周圍生暖，調節氣候，是其妙用二也。前云到處有水，然其量不一，河海之水受熱上昇，浮動至於乾燥地域，俾動植物得全其生，農牧克修其利，是其妙用三也。地球之熱漸次發散，因而地表收縮，山陵疊起，地失均平，造化乃以雨水之力，移山峰填補溪谷河海之缺陷，是其妙用四也。水溫在攝氏四度時最重，由是無論溫度之或昇或降，水皆減輕，今池水受太陽之熱，其溫度漸昇，假設水之熱者重，冷者輕，則何如，池底之魚豈不被蒸死乎。反是冷者重熱者輕則又如何，海底豈非四季皆冰凝固而不能流動，魚蝦豈不一盡死滅乎。幸而過熱者輕，過冷者亦輕，四度者最重，故水底萬年溫暖，海面冰凍，水底無些異狀，魚蝦因之泰然鼓腹，豈非造化之妙工哉，豈不令人肅然而起畏敬哉。

水之生成

太古地熱時，無液體之水，惟水蒸氣充滿空中包圍地球，如卵白之包擁卵黃也。然則水蒸氣從何而生乎，以今日之化學智識推之，藉地熱與太陽熱或空中電氣之熱，合空中之酸素與水素而成者明矣。蓋以電氣分解之法，或其他化學上之分析術，由水可得二種元素，酸素水素是也。反是若混酸水兩元素於密處，加之以高度之熱，此兩元素則結合而成水矣。現空氣中近於地球之部分，含無限量之酸素在，且於空氣之上層有水素充滿，而在太古地表未冷卻時，熱氣極強，有此三要件，再徵諸化學上之實證，謂水是含空氣中之酸素與水素而成者，決非架空之斷也。

水之種類

純粹之水，僅以酸素一量，水素二量，化合而成，無臭無味又無色者也，雖然水若積至數丈之深，則現青綠色矣。因水性易於流動，且善溶解種種物質，以其出處與所含物質之差，故有種種異名之水。

雨水是空中之水蒸氣，遇寒冷凝集而墜下地面者，故其本來為一種純粹之自然蒸餾水，然以其自上降下之間，溶解空中種種瓦斯，並塵土污穢，遂成不純潔者，可知近於晴時之雨水，較為純良焉。雨水中所含物質，因地不一，近海雨風強時，則多含鹽分。近工業地，以燃煤炭之故，其地空中多煤煙或硫氣，故其地之雨水，多含此等物質。如酸素窒素等類瓦斯，各地空中皆有，故凡雨水悉含多少此等物質。欲證雨水中含有何種瓦斯，可將雨水置於密閉鐘內，用排氣機吸之則出，或熱之亦可。

泉水乃雨水入地而再流出者，故其所含物質，較之雨水更多，大概屬於石灰石膏之類，滾水罐內常附著石灰質者，以是故也。泉水所含物質若長存在，則名曰鑛泉，多含硫黃者曰硫黃泉，含炭酸者曰炭酸泉，含鐵分者謂之鐵泉是也。如北投溫泉即硫黃泉也。井水亦一種泉水耳，近海之井水多含鹽分，大凡泉水概含不純之物。河水則更甚，動物之死屍糞尿無不有矣，是以細蟲極多。如上述，泉水河水皆不宜人，故文明國人皆設水道，以衛其生。夫淨水之法有三，一為蒸餾，二為過濾，三為煮沸。水道是用過濾之法者。水道之源，概取自水質優良之河川上流，先引川水入於沈澄池，置之數日，則粗大之泥土塵芥沈下，然後引其上層者入於濾水池，此池底先積粗大石片數尺，後蓋以小細石片，最後又蓋以清潔之砂幾尺，一切滓土於此悉被濾盡，恐其濾完之水，尚含細蟲等物，再通烏總之氣於水中者亦有之。烏總是以酸素製成，有殺細蟲之力。合乎人類衛生之水，稱之曰飲料水。欲得飲料水而無水道之設者，一斗水可加以三分之明礬，攪拌而後靜置，另入清砂與炭碎於桶中，桶底側面預開一孔，乃引靜置之水上層者入桶濾之。蓋明礬能吸除水中細蟲及蛋白質等，炭碎為吸瓦斯之用，砂可除卻泥土是也。

海水係集眾流而成者，故其所含不純之物，尤為多種多量，從中鹽分為最。海水含百分之三之鹽為常，然以地勢氣候之關係，各地大都不同，如地中海氣候溫暖蒸發盛，其所含鹽量，有千分之三十四（海水百斗含鹽三斗四升），巴羅的海則減此多矣，唯千分之三或八而已，蓋以其氣候寒殆無蒸發作用，且注此海之細流較多故也。陸上湖水，含巨多之鹽者不少，死海之水，含千分之二百二十八，猶太之大鹽湖，含千分之二百三十，露國之益留塘湖，含千分之二百七十，即千斤湖水含有二百七十斤之鹽是也。此等湖水，日鹽一日，周岸已漸現鹽層，終局全湖悉成鹽乎。中國四川省，產鹽不少，並非取自海水，是鑿井汲其水加熱而製者也。大陸山間，亦有岩鹽，人採之如採石炭，推其生成之理，其地往昔必為湖沼，含蓄巨多之鹽，後以天變地易，周圍土積，竟被埋藏山腹，受壓日久遂成岩鹽也無疑。

飲料水之鑑定法

水與人生其關係誠密且切，我台灣之川流急地質軟，故川水皆溷濁而乏清澄者，加之山迫地狹，平地皆近海，是以井水概帶鹽味，未適飲用，此事關係我島民之生命殊大，而從來輕視不大致意，蓋衛生思想淺薄之故，誠可憂焉。純良之水，為酸素與水素之化合而成者，無臭無味且極透明，是故若帶色味者，雖常人亦能別其為不純不良。雖然含不純之物，而無味且不帶色者亦有之，除以化學上之方法，無從而別其善惡也。水中若含亞牟兒亞，肉卵等動物質腐敗時多生此氣，入便所每受一種氣刺激鼻目，是此氣之作用，加添揑斯拉氏試藥（Nesslers solu-ton）數滴於其中，即現黃色，若不現色則無亞牟兒亞之氣在中。另取欲行鑑定之水，加之硝酸銀液數滴，若現乳白色，可證有鹽分在。再以遇漫奄酸加里液檢驗，此液本帶紫色，若紫色入水即滅，可斷其中含動植物之質，水中含此物質，最為可忌，蓋此動植物質所在之處，細蟲極易繁殖也。又取水煎之，水盡而見器底殘存砂粒等物，則可判其多含塵埃石灰石膏之類也。經以上所述數種試驗，不見有異狀，即飲用之可無慮矣。我島人不飲生水，必煮沸之然後用，實屬萬全之法。雖然各人所用水量，似乎過少，致使起居不甚清潔，在東京一人一日平均約用二斗左右，見用水之多少，殆可察其洗掃之周疎焉。台灣水道事業未甚發達，川水又不淨潔，目下事，求地下泉而補用者為上，是故鑿井必深，蓋深處之水概為清淨，且井邊附近，常保乾燥清潔最屬關要，街內污水，必使灌注有歸，勿令積滞侵入井中方善，願我台人士深致意焉。

原發表於《台灣青年》第四卷第二號

為師範學院建立圖書館敬告本報讀者

（一九五二、八、十九）

記得去年也是在夏天的時候，台北師範學院劉院長有招待一個茶會，請了好幾位人士，報告他要計劃來創立一個完善的圖書館，在他的理想，這個圖書館，不但是要供給師範學院的師生使用，同時也希望能於滿足一般研究者的需要，要大家幫忙他來共成這個事業。本月十六日，《中華日報》葉社長也開了一個茶會，請了十幾位本省籍的人士，報告說，他們中華日報知道劉院長這個計劃，已經開始工作，正在進行第一期計劃之中，他們感覺這個事業非常的有意義非常的重要，而前途困難重重，特別是經費難於籌足，因此，《中華日報》決心要盡其一臂之力，協助完成這個計劃，他《中華日報》的計劃，是希望他所擁有的讀者，都能同情協助，每一位讀者，都出一點力量，或是每位十元，或是每位五元，總希望由《中華日報》的讀者，能得湊成至少十五萬元，能得加多則多多益善，希望大家寫一篇短短的文章，代《中華日報》來報告諸位讀者踴躍來共成其事。而師範學院劉院長也當場說明他的計劃，圖書館地址，已經選定在和平東路師範學院的斜對面，相當寬廣的地方，本計劃分做三期，第一期需要八十萬元，第二期需要一百二十萬元，第三期需要一百萬元，全部計劃需要三百萬元，才能夠用，這三期計劃都做好的時候，就可以成立一個我們國家最宏大最充實的大圖書館，在我們台北。他說預定這個圖書館完成的時候，在裡面服務的員工需要五十餘人，有一個大閱覽室，一個小閱覽室，一共可以容納一千多位閱覽者，其中有研究室，也有學術演講的講堂，這個講堂可以容納二百數十位的聽眾，這樣就可以知道這個圖書館的規模，是相當可觀，而他的書庫的計劃，以書庫及其他設備，都是要採用最新最合理的工程，但是因為現在台灣的經濟狀況，到處都是感覺困難，到現在他所得到資金，工業會已經給他十萬元，美援會補助他五十萬元，從一般的祇不過數千元而已，依照他第一期的計劃需要八十萬元，那末，要完成第一期的工程，就尚缺少二十萬元，《中華日報》的願望，就是要來補助這個數額，來協助完成第一期工作。我本人德薄能鮮，亦蒙不棄列席茶會，深深感覺有共成斯舉的義務，所以藉此園地，來奉商於《中華日報》的讀者各位先生，請各位當仁不讓，各獻十元五元，諒與大家生活不致發生巨大影響，而集腋成裘，一個最完善於國家文化民族有絕對需要的圖書館，因此就可以建立起來，豈不是很有意義的貢獻嗎？特別在此反共抗俄復興建國的時候，我們台灣能得已經成為最堅強的堡壘基地，我們的兵要精，我們的糧要足，但是更要緊的豈不是我們的精神、我們的學術、我們的信心，都要有更堅強更豐富的成就嗎，那末，這個圖書館的建立，就是要來完成這個目的，請諸位多多賜予幫忙，這個事業是大有意義的。

四十一年八月十九日

歡送畢業同學感言（一九五九、五、十六）

雲林縣旅北學生聯誼會為要歡送四十七學年度畢業同學而刊行專號，希望本人講幾句話，作為各位畢業同學之參考。本人需先表白幾句來慶祝各位同學的畢業，各位同學有的是畢業研究院和大學，有的是畢業專科學校和職業學校，除畢業中學以外，可以說都是在學習工作上完成一個段落，實在不是容易的事。各位同學有的用了十幾年，有的用了幾年的苦工，而各位同學的父兄，也跟各位一樣費了很多的苦心與物質，方才得到這個畢業的光榮，從前有一句話「金榜題名」，大家一定是高興極了，各位同學的真正人生生活也可以說是從此開始，前程洋洋，實堪慶賀之至。

先立定高強的志向

各位人生生活的開始，有幾個意思：第一個意思，是從家庭生活、學校生活，而進入社會生活、公眾生活，換句話說，是從準備生活而進入應用的生活，所謂學以致用，各位同學今後就需要將各位在學校學習得到的一切力量，拿出來在社會裡運用，對社會對國家有所貢獻。因為是從準備生活進入應用的生活，所以態度作風就需要變換，就是要從被動而進入主動，那就更需要自主的活動力，也就發生更大的責任。在家庭、學校有師長來指導扶持，什麼事都是有安排，有妥當的依靠，只要乖順、勤勉和努力，什麼事都有師長代為安排；現今進入社會，就完全不同了，不能再依靠家長與老師，什麼事都應該自己來做主而挑起責任，自動地努力工作，創造事業。在這個時候，最要緊的就是個人的志向。個人的志向高強，則他的工作必定向高的地方努力，而做強有力的奮鬥，不獲得理想的成就便不停止、不放鬆，那麼他的地步必高，業績必大。反之，個人的志向低弱，則他的工作，必定向低處著眼，所謂「得過且過」，容易與現實妥協，而避重就輕，甚至做那「今朝有酒今朝醉，明日愁來明日當」的不長進勾當。請看以往一批同窗同學的人，畢業的當初並沒有多大優劣之差，甚至成績優良的人，到畢業二十年三十年之後，比那畢業當初成績落後的人，其創業成就有天淵之別，這就是畢業後一念之差，志向不同的結果。各位畢業同學，本人在此誠懇地請各位檢討，今後各自的志向如何是很關重要，本人希望在此開始真正人生生活的時候，「立志」這兩個字，請需要時刻不忘才好。

認識前程，謹慎將事

第二點，各位需要認識社會是參差複雜的地方，絕不像家庭學校那樣整一單純。家庭與學校，若比喻是一個溫室，那麼社會就是一片山野，你的活動範圍擴展到幾乎無限大，你所碰到的情景是非常複雜，恐怕你們的心情好像一隻小舟進入汪洋的大海，但是各位不要害怕，舟雖小，海雖大，各位必須開始行動，絕對不能躊躇不前而悶在那裡，要明白認識前程不是簡單，「謹慎將事」為要著。其次，要有信心，舟雖小，海雖大，人生行程的彼岸是必需也必可到達的，有此信心與決心來做各位人生的開始，是與前述「立志」的重要性一樣地重要，沒有這個認識與信心，你們的人生前途恐怕就會缺乏光明與樂趣。

慎交友朋，博覽群籍

不過舟船要渡過海洋有個秘訣：就是需要好的羅針盤來做航海方向的指導。各位在人生航海所必需的羅針盤就是需要注意交友，需要有一羣人品學問都很優秀的朋友在你的身邊。孔夫子說「毋友不如己者」，就是指出人生航海的秘訣給我們。你身邊若都是一羣壞人在與你周旋，那你就很危險了，你就是用著壞羅針盤在航海，人生的彼岸是沒有法子到達的；反之，若是你身邊親近的人，都是品學兼優，有操守、有聲譽的人，那麼你的人生航海必定很安全可以到達彼岸。但是交友不僅是限定在現時生存的朋輩而已，更須擴張到書本上去與往昔的前賢接觸，拿他們的人生經驗作你的參考，你所獲得之幫助就必更大。

「吃到死學到死」

第三點，各位同學現在就要畢業了，在學習上面是已經告一個段落，但是各位的人生課程是還沒有畢業，可以說是正要開始，不過在這人生課程的進行中，自主的成分加多，而被動的成分減少而已；也可以說在學校課程是在學習，而在人生課程是在研究，在研究之中不是完全沒有學習的，這點需要充分明白。有一部份的人畢了業，乃至做了學士、博士，就以為學業完成，自滿自足，以為再沒有什麼可以學習，這樣就大錯而特錯了。學習可以比喻吃飯，閩南話裡有一句「吃到死、學到死」，就是說：學習是跟吃飯一樣，人生在生存之中，除非死亡，一直是需要吃飯而不能停止，學習也和吃飯一樣，不能中斷，這樣身體才能保持活力，精神也才能一直飽滿。我已經說過，在學校課程的學習是自主自動的成分較少而已，請各位在實際社會工作中間，絕不可忘記了用功學習。因為較在學校的時候，自主自動用功的成分增多，就叫做研究或經驗，是要自尋頭緒，自己取捨，自己組織，來造成有系統、有根據、有把握、而且確實的智識經驗，這樣各位的進步發展，無論對內對外一定是無限量的。這樣，諸位的人生生活即使還未能完全成功，亦可說是接近成功了，至少諸位是在成功的路上邁進啊！

肩負世界和平責任

最後本人想再陳述幾句做這次貢獻的結束。各位畢業同學，我們所處當前的國家社會，是曠古以來所未有的非常國家和非常社會，因此各位同學初出校門，成為國家社會的一份子，需要做國家社會的主人，負起應負的責任，必須切實認識現在的國家社會，其非常性是何等的深刻，絕不容許大家存著普通觀念與認識。各位同學，我們此一時代的人，可以說是最不幸的人，但也可以說是最榮幸的人。所謂不幸者，是自我中華民國建國以來，國家一直沒有安定，雖然有了北伐的成功和對日的勝利，但是年年戰亂，於今受國際共黨侵略及匪幫作亂，十年來，國土破碎，大陸沉淪，政府播遷台灣，大陸同胞喪亡者，達幾千萬人，似此深重浩劫，為我國族有史以來所未有，而我們正生在此禍亂之中，不得不謂最不幸之人也。所謂最榮幸者，我們大家，有消除俄匪禍害的責任，光復大陸導致世界和平的希望，而我們可以自信，我們能負起此責任，亦可以達到此希望。假使我們不能負起此責任，不僅中華民國前途渺茫，而中華民族五千年之歷史文化都要盡歸毀滅，不幸中華民國之存亡發生問題，中國竟然完全赤化，那麼世界和平將歸無望，俄匪之世界革命亦竟如其所期而成功。唉！這還得了。世界各民主國家，已經深切明白這個危機的存在，已經普遍提高警覺而團結一致，實施相互援助，築起防護戰線，不讓俄匪再有寸步之進展。我們的反共抗俄，亦即世界各民主國家之反共抗俄，我中華民國並不孤立，我們的希望亦即是世界各民主國家的希望，民主自由一定戰勝極權專制，勝利終是屬於我們的。我們必須負起反共抗俄之責任，此責任是曠古以來所未有的，世界的和平是因我們的盡責而將建立，我們的前途光明，所以我們是最榮幸的人啊！不過問題的中心，還是在於我們自己長進不長進，覺悟與不覺悟之間已耳。各位同學我們需要覺悟，無論我們要做什麼事，擔任什麼方面的工作，我們要先有覺悟：我們是在反共抗俄血戰當中，為反共抗俄，我們是不惜犧牲一切的，大家共同先有這個覺悟，而在各自的崗位上，負起各自的責任，則我們大家是時代的寵兒。

敬祝各位畢業同學
健康與奮鬥

民國四十八年五月十六日

真人耶穌（一九五九、十二、十）

各位學生在學校學習各方面的課程，那是很要緊的，其中學習做人，須知是最為要緊。學習國語、英語或是數學、物理等等，都是生活上所必需的智識能力，但是對學習做人來講，這都是次要的而不是最為緊要。說清楚一點，學習國語、英語無論成績如何優異，若是他所講的話所發表的文章，都是傷風敗俗利己害人的思想言論，或是所學的數學、物理，無論有如何高深的造就，設使其所造就的器物，只是供為殺人放火之用，這與學習做人，不但沒有一點關係，反是要使人變成惡魔。因此各位學生可以知道在學校所學習的課程，一部分只是教授生活必需的智識能力，也可以說是生活的工具手段而已，直接與學習做人沒有多大關係。普通一般的人，以為與學習做人直接有關係的學課，是公民是歷史是倫理道德種種，從這些學課，學生可以知道思想行為的好壞，可以知道先賢先哲的所行所做，可以知道人格或制度作風的高下，對學習做人方面，提供學生多少參考，是有所補益，一般的學校教育，只是如此而已，只能供給學生做人的參考，並不能教學生真正做人。淡江中學是信仰耶穌基督的人們所創辦的，是以信仰耶穌基督的信仰為最重要，希望將此信仰與各種學課同時傳授給學生，使學生一方面得到生活上必需的智識能力，另一方面也期望能得學生肯真正做人，這樣的教育，才是完全美滿的，淡江中學的特色特點在此，各位學生諒必已經明白瞭解。

世界人類的中間有很多種類的宗教信仰，基督教即是耶穌教，就是其中的一種宗教信仰。耶穌基督各位學生都知道，耶穌是出生在猶太國拿撒勒村的一個人的名字，基督就是一個職位的名稱，耶穌的名字與基督職稱連在一起，這個意思就是耶穌這個人負有基督職位的權力。耶穌這個名字的意義是贖罪者也就是救主，基督這個職稱的意義是受膏者也就是君王。信仰耶穌基督的意思，就是信仰的人接受耶穌做他的贖罪者，也就是接受耶穌做他的救主，這樣信仰的話，耶穌是負有受膏者君王的權力，因此這個信仰的人同時也就接受耶穌做他生命的君王，而受祂王權的支配，在這宗教上就是耶穌在信仰的人的裏面活，也就是耶穌的靈充滿了這個信仰的人了。另有一點需要明白知道者，就是耶穌並非普通人，乃是神的獨生子，也可以說是神自己借處女瑪利亞的身出現成人，並不是像普通人由男女間的情慾關係所生的。這事實是很奇怪是獨一無二的，使人難得理解，但是這明明是事實，雖然是奇怪難得理解，事實排在世界人類的中間，這叫做神的啟示，只有接受承認而信仰祂，若不信仰而要用研究學問的方法，才來明白耶穌的降生的奇蹟，這是不可能的誰也做不到，信仰就不能獲得。人若不信仰耶穌降生奇妙的真理，就是理解了耶穌教中的倫理哲學，也斷然不能得到耶穌奇妙的生命能力，因為這個人只是在他的腦袋裏理解了教義教理而已，沒有信仰耶穌整個的真實存在，就是未有接受耶穌的真生命，不是真實地信仰耶穌，便不能顯出耶穌的大能。耶穌降生的奇蹟是事實是神的大能，關於耶穌的奇怪事蹟還多呢，基督教是因有這些奇蹟才有今日的成就，絕對不是迷信，這有全世界耶穌教一千九百數十年來的事蹟在證明。

信仰的人就是耶穌在他裏面做主做王，也就是他被充滿耶穌的生命能力，他能做出普通人所不能做的行為與事業。換話說，耶穌不是從人的私情私慾而生的，是神自己的顯現，是無限的生命是真理自身，所以信仰耶穌的人也就不是普通的人，是無限的生命耶穌在他做主做王，因此他必然不循私情私慾，而照公義仁愛真理來行動，像耶穌所表現的一樣，他也就可以做出信仰的行為做出普通人所不能做的事業，這樣的事業，絕不是個人私有的，是世界人類共同的事業，是永遠的是無限的，這樣大公無私由真理來表現的事業越多越普遍，人類世界就充滿仁愛實現和平就是天國臨到地上。如此豈不是太好了嗎，這正是大家做人最高的理想，然而這個就不是遵循人慾私情的人所做得到的，只有不從私慾而循神的公義仁愛的人——真人耶穌及信仰祂的人才能做到。這是基督教所宣揚的宗教，信仰耶穌的人必得永生，不信的人終歸滅亡，這個信仰是寶貴的，信仰這個道理的人活力才能充沛，就是真人耶穌在他裏面活，信的人也就成為真人而得到永遠活命，使世界有光明有真正的和平與快樂。

淡江中學的同學們，你們進入本中學認真學習各種課程是好的是必需的，但是淡江中學所要給你們的不只是這些生活的智能而已，還有更好更需要的耶穌教信仰，要傳授給你們，你們若能以自由的意志，明白清楚誠心願意接受耶穌基督的生命而信仰祂，你們便就成為世界人類所需要的真人，來肇造真正快樂的和平在這地面上，每年一次有耶穌聖誕的慶祝，是至為重要而有意義的呀。

世界改造與耶穌誕生（一九五九、十二、二五）

一年一度之聖誕節終又臨到，全世界基督徒為之歡騰慶祝，尤其是西方各國之信徒，其慶祝情況之熱烈而豐盛，實有過於我東方人之慶祝新年，蓋有其重大之意義在焉。新年之慶祝在於桃符除舊萬戶更新，人人長進事事發展，固屬可喜可賀，但只是人事之變更而已，也就是人世——有限世界之重複翻新而已。耶穌聖誕之慶祝則不然，耶穌是神之獨生子，也就是神具肉體顯現在世界人類中間，使黑暗無望充滿罪惡之人世，具有光明與希望，使罪惡消除，使有限之人世充滿無限之生命，換言之，因主耶穌之誕生，使本經與神隔絕終該沉淪死滅之人世，變為神所喜悅光明而有生命之世界，即是因耶穌之誕生，神人可以復歸為一，是本質上之變新，與夫歲月人事之翻新其意義絕不相同也。

依照基督教信仰，世界萬物以及人類，皆為神所創造，人類始祖亞當夏娃亦為神所創造，本皆如神自在快樂而充滿生命之榮光，不幸人類始祖受魔鬼之誘惑，違背神命而開始肆意之自私生活，因此與神斷絕關係失去樂園，墜落罪惡之黑暗生涯，人世因之充滿自私、欺侮、壓榨、剝削、怨恨、陷害、殘殺等罪惡之作為，如是以往，則人世終是痛苦滅亡而無其存在意義，神之創造豈非歸於失敗耶。否否，神是全能絕不會失敗，此乃神初次之創造，神見其結果發生偏差，為完成其創造意義，乃藉處女馬利亞耶穌誕生，成為完全受神喜悅之真人，使人類如在黑暗中看見光明，接受耶穌救贖——信仰耶穌為其救主，脫離黑暗亦成為神所喜悅之無罪真人，完成神之創造意義，此為神之第二次創造，亦為人之第二次誕生或謂重生，個中意義奧妙而嚴肅，實基督教以外各宗教所無有，耶穌之誕生乃為神創造人類之最後途逕，而任人類之自由信仰，亦為人類生死存亡之境界，耶穌云：「信我者必得永生，不信者終屬滅亡」，嚴哉斯言。

以上所述是關於耶穌誕生每個基督徒所應有之基本信仰。查諸既往世界歷史事實，如佛教所指摘人世即是苦海，一部世界歷史充滿自私、壓制、殺伐之記錄，事實如此毫無疑義，為轉移此歷史形勢，人類間幾多賢哲、聖人、教主，傾盡心血犧牲努力，倡導思想主義，開創宗教信仰，就中最突出者如印度教、佛教、回教、道教等，於今尚流傳世上，但照事實表現，在轉移上述之歷史形勢，沒有多少成就。但在基督信仰盛行之人類生活中，則發生重大變化，譬如一夫一婦，廢除奴隸，民主自由以及幾多拓荒救濟之犧牲事業等正義仁愛之生活與制度，無一不是由基督信仰盛行之社會率先推行建立。只因信徒之中有信仰不切實，或假冒信仰而營私，以致在標榜基督信仰之社會或國家內，亦有資本主義之剝削及帝國主義之侵略盛行，「宗教是阿片」蓋指此而言。雖然，真實有信仰之基督徒，絕不承認此說是正確，絕不承認宗教是阿片，信仰耶穌基督為其救主之真實基督徒，必然反對資本主義更是反對帝國主義，資本主義、帝國主義必遭真實之基督徒反對與抗爭，必為基督徒所消除而改正。假冒基督徒所行之資本主義、帝國主義，是假信者亦即是無信者所表現之罪惡，此乃原人本來之罪惡自私所致使，與救主耶穌基督之宗教無關，耶穌基督是人類之新生命，真實信仰祂為救主之信徒，必在光明而不在罪惡中生活，去淫亂而就純潔，惡差別與壓制而重平等與自由，恨兇殺與極權而愛和平民主等等，實多為世界基督徒獲得耶穌基督之新生命以後所創建。

還有一點必須明瞭而有確信者，即是耶穌之誕生是出自神直接之意志與計劃，絕與人類男女之間情慾無關，因此也就是說耶穌是神之獨生子，不像我們由男女關係而出生者，是代表神自身出現於人類中間，使我們人類看見耶穌便即是看見神，使我們信仰耶穌便可容易與神接近而合一，使我們人類不需要再在暗中摸索真理何在，真生命何在，如果各人自由選擇信仰耶穌，他便即可以安生樂命如神所欲渡過一生。換言之，我們人類是血性的存在，耶穌基督是靈性的存在，神是靈，耶穌是由神直接而降世者，故耶穌亦即是靈，神所欲為之事，祂儘可為之，信仰耶穌之人，便即離開血性之主權而獲得靈性具有靈力，能作血性之人（即無信仰之人）所不能做屬靈之行為與事業。一般之智識份子，對耶穌之言行具有真理一點，都能承認接受甚至崇敬信仰，惟提到處女誕生等之神蹟，則以為是一種傳說不可能是事實，可有可無不算是信仰所必須之範圍不必重視，如此之信仰，一般智識份子以為才是合理，才與學問科學不衝突，但應知道此種信仰還是屬於血性範圍，而不屬於靈性之信仰，不能發揮靈力之作為。基督教之有今日，實為靈性靈力之表現，絕對不是人類所有之理性能力所創造出來者，需要知道設使沒有處女誕生及使盲者得見，半遂者得行，已死者復活，耶穌本身被釘死十字架三天後復活而昇天等等，甚多關於耶穌基督之神蹟奇蹟存在，則便沒有今日之基督教，也便不能有如上述由新生命所創建之事功表現。聖經明記耶穌是猶太拿撒勒村貧微木匠之子，其現世壽命只三十三年，其對公眾之公開行動，亦僅三年而已，其直接親信之學生猶大不算只十一人，又皆為年青無學之漁夫或被人鄙視之收稅人，其基本能力僅是如斯而已，以此至卑微之能力為出發，再受到長久殘忍無情之極端迫害，按血性範圍之理解，誰敢想像基督教竟能有今日輝煌之成就，此事自身即為顯著之神蹟，蓋非人力之可及亦非人類理性所能了解者也。基督教之有今日，其基本原因是在神之計劃，耶穌一生表現出來之靈工神蹟，即是神靈自身之作為，耶穌之學生親眼目睹親身體驗，此許多神靈顯現之神蹟奇蹟，因之五體投地徹底信仰，亦即是學生們充滿靈性靈力，各自甘心願意背其十字架追隨耶穌，只為達成神意不顧一切不存私念而生活，這樣耶穌昇天一千九百多年以來，神之大靈充滿基督教會，成千成萬成億之基督徒，俯伏於耶穌基督前，信仰耶穌基督，各人之血性願與耶穌同死，尊奉耶穌為救主而與之同生，自神方面而言，基督教會之擴展，基督徒之增加，世界歷史因之漸次改變而有光明，是乃第二創造之成果，自信徒方面而言，教會信徒之有今日成就，乃神之大愛所賜給，絕對不敢居功以為己力。前面已經提及，世界有各種宗教，皆為救苦救難救回人生之黑暗罪惡而創立，但其教勢與成就，並無多大表現，反受無神論之共產黨徒鄙視為「阿片」，但耶穌基督之信徒則不僅不承認宗教是阿片，今後無神論之殘暴共產勢力，將被糾正而消滅，必為真正基督徒之中心使命，而基督信徒所將身受之殘酷迫害，似將加倍於已往所受過者，為神意之達成，真正之基督徒必不逃避此犧牲而奮鬥到底，如主耶穌之犧牲贖回信者之罪惡一樣。雖然，本人並不是過份在高調神蹟之重要性，耶穌亦有教示說，「硬心不信之人，才要求神蹟之出現，不見神蹟而能信仰者，是更有福氣」，因為父母所生之人，本來是屬血性，不容易接受真正之信仰，耶穌十一門徒之一多馬，由他之同門弟兄告訴他，主耶穌已經復活，他不信尚且說，除非他自己親手摸著耶穌被釘之痕跡，他斷不信，事實之需要如此，耶穌就馬上出現說，「多馬，伸你的指頭摸我的手足看」，多馬即刻跪下求說，「主啊，請拯救我」，這個神蹟是眾神蹟中最富幽默感者，為達成神意所必須之神蹟，神是應時賜給，昔然今然將來亦然。

至於聖保羅所謂「信即稱義」固屬真理，但此「信」不是一時一次之信，是時時刻刻連續不輟之信，倘以為在受洗禮之時一次信仰、便可終身稱義（充滿靈性），則大錯矣，甚多掛名基督徒因此存在，蓋以世人悉由父母所生具有血性，一不警覺血性便隨時隨地抬頭作主，雖然受過洗禮，何得稱義，既不稱義便不受聖靈所充滿，怎得做出神所喜悅之靈工，不做靈工之信徒便是掛名之信徒也。時刻不輟之信來源有二，第一是神之恩賜，第二是信徒之精進。神之恩賜奧妙不可言宣，信徒之精進則有四訣，其一，要時刻意識血性之不可靠亦即是認罪，而崇奉耶穌為救主，時刻意識耶穌之內在。其二，多讀聖經多明瞭神意之所在，特別注意主耶穌之生涯與其遺命。其三，參加教會生活與眾多信徒團契，作共同之信仰行動。其四，隨時隨地作個人禱告，禱告即是信徒通過主耶穌與神溝通談話，在禱告之中應稱頌者須稱頌，應感謝者須應謝，應懺悔而求赦免者須真切懺悔而求赦免，應求賞賜助力者須不客氣而求賞賜助力，應代弟兄姊妹或敵人惡人禱告者須盡量代替禱告，應求啟示自己所未知所未感覺之神意神命何在，須隨時禱告以求啟示。以上四訣做到，幸而神不我棄，確信便能時刻有信仰，有信仰之人便可稱義亦即可受聖靈充滿，與神同功，參加神之第二創造、使人類重生、改變歷史形勢。

依照神在聖經所啟示，世界人類之禍福存亡，盡視人類接受耶穌基督之救贖與否而定，我中華民族今日之遭遇，已是國破人亡，國命民脈不絕如縷，懇望我全國同胞，特別是我全國信徒弟兄姊妹，際此耶穌聖誕佳節，痛切悔過求神憐憫，成為神所喜悅之真人而生活奮鬥，對我中華民國之復國建國盡其應盡之貢獻。同時我復國建國之意義，亦為仁愛與殘暴，民主與極權，有神與無神之鬥爭，切言之亦即是世界民主自由陣線與共產極權集團之鬥爭、我們絕對不會孤立無援、我復國建國之成否，與世界國際之安寧進步，有絕大關連，我們可以確信，世界各盟邦民族宗教團體，必然與我同心協力而對敵人共產黨徒鬥爭到底，況此鬥爭直接與神之存在有關，我們如能篤信，神必與我同在，最後勝利必屬於我們，願我弟兄姊妹，共同熱誠禱告而求神之引導。

本人更盡一言，我中華民國臨到如此境地，是否我民族同胞之生活實踐方面有問題，我民族之傳統思想文化、如能切實踐行付諸實現，應不至有今日次於白俄而受赤禍之鉅災，我民族同胞是否僅在觀念上對我固有傳統精神文化有其自信心而已，這裡有我們之存亡問題在焉，此屬宗教問題，我民族特別是士大夫階層，一向不重視宗教，願我同胞在此復國建國之時，能加檢討而引咎自責，切莫固執老套以自豪，應以蒙灰披麻之悲痛心情，知罪接受救贖，絕不可推卸匹夫之責於任何人而自清高於局外，國族存亡，公私處境，皆屬萬分嚴重，望我國人同胞，對真正宗教信仰，特予省察而有所採擇焉。

中華民國四十八年
主後一千九百五十九年
救主降生節脫稿

雜文及其他

對孔孟學會工作重點之商榷（一九六〇、九、二七）

為紀念本年度孔子誕辰，孔孟學會決定發行專刊，本人雖為會員之一，因識淺學疏本不敢發表意見，無如主事先生熱心鼓舞，不得已，就孔孟學會今後推行會務重點，略抒鄙見以供參考。

我中華民族之精神生活根據與文化淵源，其主流出自孔孟遺教者已久，故其遺教理論之剖析與夫個人實踐之修練，在部分志士仁人之間，已有至深且篤之成就，有汗牛充棟之經書典籍可資查考，不過時境變遷其闡釋因應自當日新又新，國父之三民主義即是傳統文化之新發展，是以研究工作宜賡續推行，自不待言。但若只止於此，孔孟學會之將來，諒亦不出以往之軌道，而循環於少數人之研究與修養之間而已，我中華民族之文化生活能維持至今不墜，實賴於此，而我民族之文化生活較諸世界先進各國落後不振，實亦因由於此，是足為本會同仁加以省察而需有所決擇之問題也。

世界各民族均有其文化生活之特色，亦有其文化生活之高低，此文化生活之特色與高低，固由其文化本質如何而定，但其本質之是否普遍為民眾瞭解與篤實踐行，亦有關其特色之增減與高低之差異也。我中華民族文化生活之特色，溯源於孔孟遺教，而孔孟遺教之本質，鄙見以為在於重實際、求合理、喜調和、抱樂觀、尚古輕新、注重人與人間倫理道德之民本思想，而不注重物與物間真理法則之自然科學。此文化本質在少數前賢士子中間歷鍊悠久，篤行不輟，造成我質樸無華之傳統文化，是為我文化之特色而可與其他民族之文化相媲美。但眼看我民族之實際生活，特別從我全民大眾之生活現狀觀看，因人與人間之政治生活腐敗，強欺弱，眾暴寡，專制政治歷代相承，數千年來教育不興、思想閉塞，由是羣愚遍天下，是非不明，皂白不分，無有所謂輿論之存在。況兼不重自然科學，缺少利用厚生之生產活動，全民大眾由思想智識之貧乏而陷於生產經濟之貧窮，一般惟利是趨，無暇顧及義理之辯，與夫修齊治平之術。士子階層之大部分，終以秀才無法造反，而馴服於八股取士之制，參加歷代帝王之專制統治，僅以孔孟遺教作其富貴利祿之敲門磚，鋪張門面，代替帝王賣其專制膏藥而已耳。吾儕固為炎黃子孫，有我前聖先哲遺教作為思想生活之依據，但自我全民之生活現狀墜落俗化，先聖之遺教是一事，而我同胞大眾生活之現實又另一事，彼此似無多少關連。所謂傳統文化，只有束諸高閣，捫心自問，殊覺慚愧無地，殆不知從何說起。大陸淪陷之主因，其中歸咎於政治之無能，莫如謂係以大眾無知、社會混亂有以致之為恰切。

而今赤焰猖獗，大陸同胞淪於水深火熱之中，反攻復國不能時刻或忘，然其哨角之鳴響，應待國際步驟之一致，此時此地吾人一面練兵囤糧，一面增加生產，堅固民心，加強團結，蓋為必需之圖。然我自由中國之人口僅為一千萬，再加海外僑胞一千四百萬，可以數字計算之實力亦不過二千四百萬，雖然我尚有大陸同胞之人心精神力量，亦即是我傳統文化力量之存在。倘此力量能先在我自由中國發揚振作，確信反共抗俄、反攻復國之主力必增強無既矣。切言之，自由中國之各界人心，能於徹底信奉孔孟遺教，能於普遍篤實遵行，不自囿於空口宣傳，則人心振奮有所宗向，力量集中而團結，進而大陸民心響應，以速共匪集團之崩潰，是所謂三分軍事七分政治之實現，亦為政治反攻之要訣，孔孟學會之主要任務，其在茲歟。

實踐之事必須先由指導階層人士做起，所謂上行下效，君子德風小人德草，風氣一開，萬眾響應。故我孔孟學會諸君子應率先自省自勵，進而不避艱危，對行事之背道離經者，能如孔子在陳絕糧，能如孟子作「予不得已也」之呼籲。能有方法與魄力而糾正之。此事言之甚易行之實難，雖然國父有知難行易之遺教，而時局要求勢在必需，吾儕應有決心以善處之。孔孟學會似不可只是孔孟學術之研究會，必須成為孔孟學術之實踐會也。非如是不能蔚為風氣，不能得大眾信仰而成為浩大之羣眾力量，無有傳統精神之羣眾力量之振作，誠恐無補於時局之發展。

宣傳之事業與廣告不同。廣告也者乃商人為圖利以招徠顧客之術略，俄共匪徒最善襲用。孔孟學會之宣傳是要廣求同志透過實踐與言論，喚起全體同胞覺醒，為延續光揚我民族文化傳統，萬眾一心，踐履先聖遺教，實現全民心理建設，透過文化、經濟、政治、軍事各部門，成仁取義，以與匪俄強權撲鬥到底，獲致最後之光榮勝利，有如宗教家之作為者然。

思維及此，則遇一重大困難問題，是即語言之問題也。宣傳之途徑有三，一實踐、二語言、三文章。實踐之事已詳於前。語言文章兩途徑，若只是依照向來之作風，只限使用國語國文，則其效用所及亦只是現在之範圍而已，無法擴大範圍，加強信守。孔孟學會縱如何努力以赴，亦將無法深入全民大眾之間，獲取豐碩美果。

吾人有一牢不可破之觀念與要求，此觀念與要求之形成，由來已久，是即統一之觀念與統一之要求也。我國地廣人眾，在政治上實有統一之需要，自不待言。不幸往昔雖有唐虞三代之治，爾後政治衰落每況愈下，文教不修、交通阻隔，因之各地區自成風氣，人情習俗，特別是地方語言各異，未臻統一之實。然習俗方之未盡統一，無礙於政治之統一。國語僅是民國建立以來之事，因時日未久，多數國民尚未通曉，因之思想意志隔閡，形成少數人操縱一切，是為我國不可否認之實情，語言文章本為傳達思想意志之工具，而今我國語國文反成為多數同胞大眾獲得思想學問之鴻溝，言之痛心。自由中國台灣，光復後特別是中央政府遷台以來，教育設施猛進突飛，現全省千萬人口中，各級學校學生約有二百萬、學齡兒童之就學率已達百分之九十五以上，學校教育之普及，可謂已臻世界水準。然而轉觀二十歲以上之成人，即是維持我國家社會當今之主力人員，大多數皆因不諳國語國文，而被阻於正當思想智識之外，甚至迷茫於思想黑闇之中，容易受人誘惑挑撥，識者憂之。於是乎吾儕需要改變以往觀念，吾人當今需要統一，是需要力量之統一齊一，切言之，是需要思想之一致，信心之齊一。而不是語言文字之統一也。語言文字之統一，對我自由中國而言，是將來復國太平以後緩而圖之之事，現在要先統一語言文字，才來獲得思想信心之齊一，就我國目前之需要而言，乃不容許之事，亦可謂是反因為果，錯誤莫之為甚。吾儕當下需要急速增強力量，齊一信心，在以國語國文作宣傳之外，更需以地方方言、即閩南語言，作廣汎而深入之宣傳。但只是以語言作宣傳，不過是開討論演講會，努力多而收效有限，不如文書刊物之宣傳，不受時空限制，收效無量。可是閩南語言經費，在最短期間，使全國各地同胞，亦依照此一方式通過各地方言，補助國語國文之不足，俾得普沾傳統文化之惠澤，共饗世界學術之利益，齊一信守，鞏固民族精神，造成有見識有是非有輿論之新氣象，此乃救國良途。全國各地之反共愛國志士，循此途徑，能各自互信而不互疑、善盡職責，使全國同胞皆能獲得接近水準之智識與見解，使專制獨裁者不能再施其魔術，則我大中華民族不啻能自復興建國，進而大有貢獻於自由人類，再進而實現世界大同。各位以為如何，敬請指教，願與有心人士共圖之。

中華民國四十九年九月孔聖誕辰前稿

雜文及其他

報人論政應有的態度（一九六〇、十、二）

徵信新聞報是我自由中國台灣六大報之一，其報導之特色是在國計民生經濟部門，創刊十年以來，社會各界以及政府方面頗予重視，因此該報業務如日東昇蒸蒸向上，近來對一般社會消息之報導亦甚活潑，十年奮鬥竟有如此成就，實在欽佩的很。

本人最初將近二十年間的生涯，就是記者兼辦報的生活，所以作為辦報人的困苦與樂趣，亦有幾分閱歷與賞識，以個人所見，報紙是公器，必須為國家公眾而服務，不能偏頗某一方面或某一階層而報導，如有偏頗不公的報導，那個報紙便成為某一方面或某一階層的宣傳機關而已，而不能成為一般公眾的報紙，那樣宣傳機關是隨某一方面或某一階層的力量而消長。徵信新聞報有今日的發展，正是這個原理的表現，其輝煌騰達的前途，誠可刮目以待。

不過，本人在此很冒昧地願為報界全體敬盡一言，那就是有某些自命很前進的報人先生們，以為「有什麼報什麼，想什麼就寫什麼」，是很正當而漂亮的報人特權與風度，本人則大以為不然，這樣作風是放棄了報人為國家公眾服務的責任，報紙既然是公器，當然需要考慮如何才能真正為國家公眾服務，圖謀增加其安寧與發展。可是，現在每天報紙紙面所報導的消息，多屬於殘殺姦淫，家庭糾紛以及個人陰私等等。譬如說，最近某商展小姐的私行，多數報紙都爭先恐後以最大篇幅大書特書而報導，這種可以輕描淡寫，甚至亦可以置之不顧的個人陰私，有什麼價值需要來耗費力量驚動大家，這恐怕就是「有什麼報什麼」，不負責任的報人錯覺表現。

又譬如說：想什麼就寫什麼，這個若是學者專家他在學術上，想什麼就寫什麼，這是研究學問應有的行為，但是報紙是國家公眾的公器，其影響範圍是廣汎的，是容易混亂視聽而貽害公眾心理。當前我自由中國絕對需要的事情、是團結、是安定、是生產、是反攻復國，我們每個人對這些事情應該予以關切與支持，特別是報紙更加需要審慎寫作敏捷報導，來加強團結增進安定促進生產提高反攻復國之信心，方是作為國家社會之公器報紙應有之責任。但是實際上竟有部份報人抱著「想什麼就寫什麼」之迷念，致使隨便發表有害團結有害反攻復國等等之言論，誠屬不幸之至，本人現在政府服務，不敢偏護而說政府沒有錯誤，報紙是公器需要代替公眾講話，指摘政府的錯誤而使其能於改正，增進國家社會之公益，這是很好很正當的職責所在，雖然，絕對不可想什麼就寫什麼，寫作表現必須有分寸有限度，必須絕對是善意的建議而不使其發生弊害，終有損害政府之信譽，破害官民之一致，甚至挑撥本省外省間離及感情，混亂反攻復國之信心，如斯豈不是皮之不存毛將焉附，豈不是大家都盡歸於烏有嗎？還有什麼責任可以說！

本人願在此慶祝徵信新聞報發刊十週年紀念的時候，冒昧貢獻一點意見於我國報界諸位先生之前，以供參考而盡大家之愛國熱忱，敬請指教，恭祝徵信新聞報繼續發展。

當前作為一個基督徒的迎春感想（一九六四）

主耶穌基督告訴我們，「動刀的人要死在刀下」，這教訓的意思是說，好戰黷武的人是不能善終的，好戰黷武的國家是必定滅亡，也就是教訓我們信主的人，若要與主同在而能進入天國享受永生，必須厭棄好戰黷武，而作愛好和平的生活。但在另一場合，主耶穌基督又告訴我們，「我來並不是叫地上太平，乃是叫地上動刀兵」，這教訓的意思很清楚，是與上面的教訓完全相反，是要我們為獲得真理而奮鬥努力，甚至流血而犧牲生命也不逃避責任。這兩個教訓是清清楚楚地記在新約聖經裡面，主耶穌是代替上帝到這世間，拯救我們罪人成為上帝的兒女，何以會說這樣極端矛盾的教訓呢？不是這兩段話前後矛盾，我們若是斷章取義來了解這兩個教訓，就會發生矛盾的感覺。其實不然，這兩個教訓是有其一貫的精神意義。前面的教訓，是耶穌的敵人成群結隊手提武器，用暴力要捉拿耶穌的時候，耶穌的學生看到危急、拔刀要制止敵人的暴力來救耶穌，在這時候，耶穌制止學生不可以暴力抵制暴力，耶穌寧願被捕也不願學生這樣做，所以說動刀的人要死在刀下，意思就是要成全真理的實現，不要以師生的私情來用暴力對付暴力，期得肉體一時的安全而喪失真理實現的機會（**就是主耶穌基督救世行動的機**

會）。後面的教訓說，我來並不是叫地上太平，乃是叫地上動刀兵，主耶穌說這話的時候亦有說，凡愛父母骨肉過於愛上帝的人，不配作為我的學生，這話的意思是說，父母骨肉是屬於現世而最寶貴的。

上帝是永遠的生命真理，人若是愛惜現世一時的存在，過於愛惜永遠的生命真理，是不對也是不應該的，所以不能作為主耶穌的門生。然則要遵從主耶穌的教訓，不愛惜現世甚至不愛惜父母骨肉，而愛惜真理愛惜永遠的生命，就是說要作耶穌的門徒，是須要放棄現世甚至違背骨肉，才是信主重生的真人，才能實現真理於現世，而現世方可以成為地上的天國，地上才可以有真正和平與快樂。遍觀各國各民族的歷史，都是充滿戰爭流血的悽慘事蹟，其中為真理正義和平而傾家蕩產捐軀流血的部分，無不是在那裡發出亮光，照耀人世的黑暗，使人世有希望有快樂。

現在已經是中華民國五十三年農曆的新春了，我們中國人對於農曆的新春特別有興緻，情感特別濃厚，本人以為我們作為一個基督徒，在此時際也不免有濃厚的興感，但是我們的興感，似不可以僅限於換桃符，放爆竹，互拜年喝春酒，應該更深一層而想到我們中華民國今年的前程如何，我們的作為應該如何。現在世界人類大體分為兩部分，一部分是主張民主自由，另一部分是主張共產極權。主張民主自由的，是以人格自由萬眾平等為原則，主張共產極權的，是以無產專政極權暴力為主義。民主自由的是重道德重法治重良心的活動，而求人類的進步與發展，是慢慢而漸近的。共產極權的是激發階級對立的仇恨，否認既成的文化秩序，利用無產大眾的暴力，破壞一切造成無產獨裁的世界革命，是激烈而突進的。世界人類這兩部分的對立，在根本上是絕對不能相容，從宗教立場而言更是明白清楚，民主自由的屬有神的，共產極權是絕對無神的。信宗教的人特別是我們基督信徒，是站在民主自由的一方，我們不主張暴力，而是主張愛心的感化與進步，但是共產黨徒是絕對無神而主張暴力破壞，因此共產黨徒最恨惡的就是宗教就是我們，此點我們須要認識清楚。其次我們是中華民國的國民，我們的國土與國民的絕大部分，十四年淪陷在共產極權勢力之下，最近法國政府承認大陸共匪，因此我們國家又不得不與之絕交，我們處境的困難，實在不能樂觀而需要有所覺悟。

我國家的處境困難，民主自由世界鑑於現代戰爭武器破壞性極大，交戰雙方都難免損失，因此避戰妥協心理極其濃厚，雖然知覺最後終須戰爭，才能與共產世界消除對立，總是能拖一日以為拖長一日是較好，我們的困難就在這裡，我們必須反攻復國，要反攻復國總難免有軍事行動有戰爭，而此軍事行動愈快愈好，這樣周圍局勢為難了我們，我們實在困難萬分。自由民主與共產極權的對立，在其最深最基本的地方，就是有神與無神的對立。有神與無神的對立，由來已久不是今日才成問題，而今日特別成了問題，就是共產極權以階級暴力否認有神，壓迫大家、不像向來在自由與和平行動之下、讓個人主張有神或是無神，是以階級集體的暴力強迫主張無神的，所以這個問題這個對立是極端嚴重的，不能以一般普通的思想問題看待。我們檢討到此可以明白，我們站在中華民國國民的立場，是絕對需要及早開始反攻返回大陸，我們站在基督信徒的立場，也是絕對主張有神而面向無神的共產暴力而奮鬥，正是前面主耶穌所說，我來並不是叫地上太平，乃是叫地上動刀兵，因此我們絕對不可以在暴力面前屈服而放棄真理，否認上帝的存在，我們需要在暴力面前斷然主張上帝的存在，因之而需要奮鬥流血，這是主耶穌的聖命，也是上帝的命令，我們信徒兄弟姊妹不要遲疑，應該勇往前進以負起逼在眼前的使命。上帝與我同在，誰能與我對敵，聖經的教訓如此，我們可以勇往邁進，為國家效命，同時來榮耀上帝，阿們。

民國五十三年農曆除夕稿

敬祝徵信新聞報十五週年（一九六五、十、二）

徵信新聞報發行人余紀忠先生，數日前派該報續記者帶函過訪，囑本人為該報十五週年紀念抒陳所感，乃以不久為　國父百年誕辰紀念，遂擬就此方面提供個人感想。又讀余先生來函略謂：「本報之言論報導，十五年來始終堅守兩大原則，即擁護國策與鼓吹民主進步。」本人為徵信新聞報讀者之一，深覺該報所堅守的兩大原則，針對我中華民國當前國家社會的需要，極為正確，而該報所表現的，亦是始終如一，其業務有今天的輝煌成就，原來有自，至為欽佩，而更願為其未來前途預祝。

我中華民國的國策，舉國皆知，是反共復國建國，因此，近兩年來，蔣總統號召全國要先來舉行「反共建國聯盟會議」，可惜直到今日，大家仍尚在期待中，反顧共匪已經實行核子試爆，其成就雖距離軍事價值還有一大段時間，但事實既然存在，人心終是沉悶。總統蔣公宣告：「政權公之於國民，政策取決於民意。」在此大前題下，大家如能開誠佈公，和衷共濟，集中團結，增強力量，共同來反共復國建國，國策定可提早實現，國策實現了，才能計及其他，國策不能實現，或遲遲才實現的話，大家想想我們這一輩的人還有什麼？我相信大家必不敢夢想再有十年二十年的歲月守待，這樣再過十年的時日，無論你心願不心願，總要承認不是你我的時代了，還有什麼可爭的呢？因此，同舟共濟乃極明顯的當前要著，今天的這葉方舟要安定，要快速前進，什麼地位，誰是誰非，先來安定而前進，那時再來計較，方有效果。不顧大敵當前，只顧先來論長較短，那豈不是白讓敵人拍手稱快嗎？

當初中華民國是以國民黨為主力肇造的，而今中華民國亦是國民黨在主政在維持不墜，沒有它在維持，恐怕連現在的局面都沒有，這是擺在大家眼前的事實。若是說，就因為國民黨一直在主政維持，反正都是國民黨的，就讓其幹到底好了，與我何關？這樣，我以為將斷無一人可清高而自存！所謂國家興亡，匹夫有責，放棄這個責任，站在旁邊絮絮自得者，總難免要對不起後代子孫，為國家民族的罪人吧！

有人說「政治是藝術」，既然是藝術，就該有創造的特性，而無情的事實所表現的，偌大一個中華民國，退守在小島台灣，匆匆已十五年。產業、衛生、交通、教育皆有長足的進步，奈何藝術的政治所顯現的，乃是在野黨萎縮無力，幾幾乎成為國民黨的獨舞場面，我中華民國是行憲三民主義的民主共和國，而台灣省則被視全國的模範省，可是當前的政治是在野黨的形影疏薄，執政黨的線條太粗，比重太大，顯出政治的畸形，證明了中華民國的政治不藝術，這樣的台灣政治，恐怕不可能成為模範省，大應為中華民國的政治憂慮。徵信新聞報所堅守的第二原則既是鼓吹民主進步，該報的使命艱鉅，同時前程是無量的。所謂民主，一定有自由，共產政權亦說民主，那是沒有自由的假民主，中華民國是行憲的三民主義共和國，是有自由的真民主，共產政權的民主是假民主是欺騙，共產政權必定被滅亡，勝利必定是屬於真民主的。那麼現在中華民國的政治畸形怎麼辦呢？反共愛國之士深深地為此而憂慮，對此嚴重的現象，大家需要冷靜而誠懇的檢討一下。

凡屬反共愛國的人士，要想解救我國當前的政治畸形，大家共同需要承認三個大前題。第一個是要互相不念舊惡，不要推卸責任，而指說誰是誰非，最想反共愛國的人，是應能自感其責任重大的。第二個是要以中華民國的憲法為一切的依據絕不可以隨便作主張。第三個是要以蔣總統為領導中心，而共謀團結，增強力量來反共建國。這三個前題若是真正反共謀國之人，應該不會有異議的。若然，則對我國當前的政治畸形，儘可發揮大眾的創造能力，改變畸形，而歸於行憲民主共和國的常態。使台灣完完全全成為全國的模範省，增加互信之心，團結中外之力，用以作為向大陸人民的政治號召，更可以博得國際友邦的尊敬與合作。

然則如何來發揮大家的創造力，改變畸形的政治呢？敬請大家原諒，因為反共心切，不能顧及許多，大膽地抒陳個人的淺見，求教於各界先生。

第一：在反共愛國的前途下，迅即舉行反共建國聯盟會議，凡是反共愛國有代表性的人士，皆請其參加會議，發言絕對自由，決議送政府依法執行。

第二：國民黨應表現寬宏襟度，在合理合法的原則下，多讓黨外人士有從政的機會。

第三：在反共建國的前題下，人民有言論結社自由，依法自由競選，終將有具有實力的政黨出現，與國民黨並肩競賽，在反攻戰事未告段落以前，僅限於省政範圍，通過省民投票，爭取省政的政權，而當選執政的為政者，倘有違背反共建國進行上的措施，中央政府有權撤銷其權力，可以隨時派員代理其職務，另行改選省政執行者。

以上是本人有感於徵信新聞報的創辦基本原則，以及我們全國官民，將要熱烈的慶祝　國父百年誕辰，追仰　國父「天下為公」的宏訓。又感召於蔣總統之「政權公之於國民，政策取決於民意」的明示，再又自覺國運危急而反共救國心切，本不該公開發表個人意見，只以感覺時日有限，不能再事躊躇顧忌，乃發抒鄙見，唯我同胞鑒察。

慶祝紀念　國父百年誕辰，是大家應該盛大舉行的，但其真正的意義，應在實踐　國父「天下為公」的宏訓，舉國共同發揮此「大公無私」偉大的謀國精神，然後反共建國的艱難國策，才有成功之日，而民主進步，亦才有其保證，偉哉！　國父的精神，此時此地，大家必須共同實踐發揮，我中華民國必然復國復興，與世界民主友邦，共同消滅赤焰而致世界永久和平。

當前個人之反共愛國的鄙見如此，願同志同胞有以教我，並恭祝徵信新聞報成功發展。

慶祝聖誕的意義（一九六五、十二、二五）

聖誕兩個字在中國古時是指皇帝的生日而言，在中國今日似乎是單指耶穌基督的誕辰而言，是極端表示尊敬的意思，對別人就不用這個字眼。聖誕節就是每年陽曆十二月廿五日，西方各國的人在這一日前後的幾天中間，像我們中國過新年的樣子，非常歡欣用最高級的歡樂心情與設備，來普遍地互相慶賀互相祝福，是一年中最大的日子。我中國過新年的意義，即所謂「一年之計在於春」是年庚換新，經營工作的段落，一年間生活事業的起點，所以是非常重要非常有意義的日子，就要來普遍地互相慶祝互相高興一番。這個完全是因時間及人事的變更來做的，沒有甚麼深奧的意思，現在西方各國聖誕節的作風，在一般市面上的表現，與我們的過新年，大體上差不了多少，但是聖誕節真正的意思，不是生意繁忙，互相送年互相祝福高興就了的，是有其特別的意義存在。

聖誕節前面已經說了是慶祝耶穌基督的誕辰，所謂「道成肉身」就是神的真理變成人的肉體，這就是耶穌的誕生，換言之，就是　上帝的真理變成耶穌出現在世間。　上帝是人看不到的，真理也是人看不到的，因為真理變成耶穌，我們人類看到耶穌就是看到真理，也就是看到上帝看到神了。在不信基督教的人應作別論，但在信了基督教的人，這是完完全全的事實，這個事實是非常重要意義非常深奥。茫茫人生好像小舟浮在大海之上，若是沒有一定方向，這小舟只浮在海上要向那裡航行，就完全茫茫渺渺不知所向，這豈不是非常不安的境遇嗎？世界人類只憑自己的見解與力量，而想要來渡過這個世間，就完全像一隻小舟浮在大海似的，因此很多很多的人都走錯了路徑，不但耽誤了自己的一生，而且撓亂了世界人類的生活，表現亦非常悲慘的情境，所以説世間是罪惡是苦海，既往整個世界歷史是戰亂的連續，世界的前途一點光明都沒有。若然這個世界這個人生豈不是一點意義都沒有嗎？很多心地善良而想不出解決這個人生不幸的人，因為煩悶至極尋求短路自殺了事的人亦屬不少。何況當前世界禍亂的根源共產勢力在橫行跋扈，只僅越南一地每日就有成千的人在流血在死亡，若不是另有力量加在人的身上，恐怕今後的悲慘情境要再擴張到如何程度，實在可想而知，人類只是絕望而已，或者各人自殺了事是比較乾脆的做法。

人生是事實，世界的現狀是禍亂也是事實，這個事實絕不可以繼續下去，一定要有辦法來改變它，使這個禍亂不安的世界，變成康樂平安的世界，這樣人生才有光明世界才有意義。那麼可以改變這個禍亂的罪惡世界，有什麼辦法呢？這個問題太大了，在人類自己是沒有辦法的，在人類以外　神已經知道這個困難，　神已經賜給人類解決的辦法了，就是　神自己化成有肉體的人耶穌出現到世間，生活了三十三年的時間給人類看，耶穌成為救世主基督，時刻活在信祂的人心裡，這個信就是要來改變禍亂罪惡的世界，這些都是事實，就是　神自己的力量加在信仰耶穌基督為主的人身上，成為救贖世界的力量在世界活動，救贖世界人類歸於光明平安，這些是　神的預定是　神經營世界的方法，完全記載在聖經，實在是奇妙至極。現在還有很多的人不信這個道理，無論信與不信這個世界總是這樣進行的。請看過去的事實，耶穌是出生在最卑微的家庭，又是最偏僻的地方，祂沒有博士學位也沒有國家的權勢，僅僅活在世界三十三年，請看世界的現在信仰，祂的人已經普遍到天邊海角，日日還在著著增加，祂已經成為世界萬王之王，現在對世界禍源的共產黨施行壓力最大的就是祂的信徒，我們信的人深信洗除共產罪惡的，就是以世界的信徒為主力，就是　神自己的力量要來消除這世界的罪惡，歸於永遠光明的和平。

了解上述的意義，恭敬地來做慶祝聖誕，這才是慶祝聖誕的真實意義真正嚴肅的禮儀，是十二萬分重要的人生行事，大家應該虔誠地來參加這個禮典，還有未信而不明這個禮典意義的人，請他必須認真研究一下，趕快接受信仰而自發地參加這個禮典，才是他個人的幸福，也是使這個世界更加光明的作為。

民間力量支持發展經營方針正確

（一九六六、二、二十）

本年二月二十日是中華日報創刊二十週年紀念日，是台灣光復的翌年，也就是民國三十五年二月二十日，在台南市接收了日據時代的台南新聞社而創辦的，因此該報的總社起初是設在台南市。後來大陸中央政情動蕩，台北市一直形成為自由中國的政治中心，該報遂遷移其總社於台北，而台南即變成分社。本人在此特為該報要表示慶祝之意的，一是該報幾幾乎與台灣光復同時所創辦的報紙，二是該報在草創當初多有本省民間的力量參加在支持其發展的。聽說最初的支持者是何禮棟、姜振驤、姜阿新等諸位先生，他們在那時候一次就提供三十萬元舊台幣的資金，台北最初的分社是設在博愛路漢口街口現在東方大飯店的地點，其土地及房屋是以約五萬元舊台幣購置的。現在社會上有部份人認為中華日報是國民黨黨營的報紙，其實在今日該報仍然有不少民間的力量參加在合作經營，這點為紀念該報的創刊是有一提的必要。我中華民國是立憲民主共和國，現為反共復國全國一致在努力奮鬥當中，欲反共復國必須發揮民主共和的精神，欲增強努力奮鬥的力量必須舉國一致而堅強團結，如是則報紙的使命可謂大矣。本人在此深深地對中華日報有厚望焉。蓋當下的中華民國是國民黨在主政，報紙雖有批評主張的自由，實不可與反共復國主政黨的方針與設施，互相脱節而作恣意的批評與主張。反過來說，反共復國的主政者，負有領導全國的責任與權力，自應細察民間的看法與需要，中華日報既是黨與民間力量的協辦報紙，本人深信該報具有上述的特殊地位，而發揮其使命與能力，對國家民族的需要作更多的貢獻，邇來在我自由中國台灣省，報業的經營相當發達，而彼此的競爭亦頗激烈，中華日報分為南北兩版，其總社雖設在台北，但該報主力似乎是在南部版。因該報南部版原為該報的主體，而其歷史亦最長久，深受南部各界愛讀，特別是普遍深入農村的關係，若單以台灣南部而言，其影響力的廣大，或者該報是居領導地位。我自由中國台灣省，其工商業雖漸次發展進步，但其基本力量還是在農村的農業，可以説台灣的主要力量是在農村，況且同業的競爭激烈，每個報紙不能面面做到，而必須發揮充實其紙面的特色，以爭取確保其讀者為經營策略，因此本人欽佩該社經營方針的正確性，而希望其加強發展其將來性。側聞中華日報的交通版又是該報特色之一，頗能吸收各界的愛讀，語云「有麝自然香」，今後該報若能竿頭更進，正確地作黨政與民間的橋樑大展其讜論，又能確認其基礎之所在，更加發揮不弄花樣，不以黃色記事為號召，以純樸質實的報導為全省絕大多數的農民而服務，若然該報對反共復國的貢獻鉅大，該報的前程萬萬歲。

基督教的基本力量（一九六六、四、十）

世界人類很多人不信宗教，但是人類究竟不能沒有宗教。世界的宗教有很多種類，有邪教有正教。所謂邪教是以人的利害為出發，以滿足人的利己心為目的的宗教是邪教。以真理之神為對象，以神意之完成為目的，信的人甘願奉獻其生命及一切的宗教，才是正教才是真正的宗教。不信邪教是當然的，可是連信真理之神的宗教亦不信，以為這樣不信有神才是真正的自由人，才是真正地在做人，那就大人地錯誤了。

世界現在有幾種可以認為正教的宗教，基督教、天主教、回回教、佛教、印度教、道教、儒教（有人以為這不是宗教）等，但是，從信的人來說，就不能有這麼許多種，信的人只能信一種而已，不能同時信兩種，信了兩種宗教，那個信仰就不是純真熱切的信仰。本人信仰基督教，從本人來說，基督教是本人唯一真正的宗教。

國父孫中山先生說「主義是一種力量」，從信宗教的人說，他所信的宗教更是一種的大力量呀，本人今年七十八歲，本人是三十二歲的春天信仰基督教的，這四十六年來，本人沒有一天一刻不信仰耶穌基督是我的救主。本人在還沒有信仰的當時，本人的老師日本人植村正久牧師告訴我，你要為你的同胞台灣人造福，而必須與日本人的政客軍閥作對，你需要力量，只是依靠地面上的力量而已，你是難得敵過他們，你必須有信仰有宗教，才能有無限的力量來取勝他們，本人由我老師這句話，得到很深的感動。以後接受他親切的指導，不久我就信奉耶穌基督為我的救主，邇來真地本人覺得增加我生活奮鬥的力量極大。無論往時與日本軍閥政客的鬥爭所受的苦難，我都抵當得起而沒有屈服，就是現今跟各位董事協力在經營此所學校，所遭遇的樣樣困惱，若不是受信仰的力量支持保守，恐怕這所學園，不可能有今日的成就，更不可能繼續工作下去，這是本人切身的體驗與誠懇的告白。

然則基督教信仰的力量從何而來的呢?本（四）月八日是禮拜五，是耶穌基督上十字架受難死了的日子，十日是禮拜七或稱主日，是耶穌基督死了復活的日，信徒年年以此日為復活節，熱烈地慶祝耶穌基督的復活勝過了罪與死。基督教有很多的故事與教義，僅僅在這三天內，就有了基督教最重大的故事，而這故事含有基督教最重大的教義在咧。這兩個故事及其所含的教義，是其他的宗教所無而基督教所獨有的。耶穌基督被釘十字架死了，三日後復活，這兩件事實的含義，第一、表明了有計劃有權威的獨一真神的存在，第二、表明了神的本性是公義是仁愛，第三、表明了在公義的面前人類有虧欠有罪應當死，在仁愛的面前人類因信耶穌基督、蒙受聖靈充滿，罪就得赦與耶穌基督結連同得永遠生命。這兩個受難與復活的事實，是聖經所預言而初代基督教徒以無數萬的殉教而證實的，這三個教義，亦是基督教徒全體古往今來所體驗所高調的。基督教有現在世界的發展，今後更是將要傳到全世界的天邊海角，其基本力量就是在此兩個事實與三個教義的信仰。各位同學，以上說得太簡單了，料想大家尚未信的人，一定讀了是莫名其妙的，希望各位以此為出發，慢慢地接受牧長的教導，並認真地查考聖經，相信大家會一直明白起來罷。

要提醒民族自信心（一九六七、十二、十六）

台灣本為中國屬地，據台灣通史說隋書已有記載。迨明朝遺臣鄭成功率領軍民據台抗清，三世不繼降清而後，二百幾十年間台灣確為中國之清朝領土，其居民除少數山地人外，悉由中國福建廣東二省遷住者，其生活習慣文物制度俱與閩粵二省相同。滿清光緒二十年（甲午西曆一八九四年）清兵敗於日本，翌年三月二十三日馬關條約成立，台灣割歸日本版圖經五十年之久，而台灣民眾依然保存其炎黃子孫之氣派，迄中華民國三十四年，國民政府率領全國軍民，血戰八載戰敗日本，因之台灣得以光復重歸祖國懷抱，台灣人民除對祖國之國語國文及法令政策稍感生疏外，其生活表現仍如閩粵二省同胞者。台灣人民之能保有其民族特性，顯不為台灣同胞之獨有，凡我中華民族，無論居住於世界中之任何地點，皆能保有其中華民族之特有生活，台灣人亦不例外而已耳。

光復以前的台灣同胞，可謂華僑之最大集團，以祖國同胞之莫大犧牲，人地重還中國，而成為中華民國之一行省，並為反攻復國之鞏固基地，台灣同胞之幸福與使命誠極重大，吾人應該自覺而必有所貢獻。而今要談「從台灣的鄉土文化看中華文化復興」，所謂台灣鄉土文化，其基本形態並沒有與閩粵兩樣，若要更詳分析，第一可以說台灣同胞的生活，五十年間多受外族欺凌，民族精神與愛國觀念普遍強烈，其生活行動一律奉公守法。第二可以說台灣同胞，勤勉好學，特以中央政府遷台後，當局亦關心教育設施，現今的台灣教育水準，可謂為全國之冠。第三可以說台灣同胞的生活表現，在國家社會高階層的士大夫生活少，而在一般中下層的勤勞生活多，因此思想文筆的生活比較淺陋，若以文質兩字來評價其生活文化的內涵，可以說是質勝於文，樸質無華的直線行徑吧了。

轉觀中華文化，我們的中華文化，是世界上歷史悠久的文化，是有其優良特質才能留存發展到如此地長久。其優點所在是根據人性適合人性的需要，中華文化是人本主義的文化，邇來交通發達人類的交往頻繁，中華文化一直受到各國各民族的重視與吸收，大有成為世界文化的重要部份之可能。不過中華文化亦有其缺點，因其注重於人對人的範圍，眼光很少看遠，容易傾向於保守而虧欠了冒險進取的奮鬥。可以說中華文化對宇宙觀感則甚貧乏，自然對高深的宗教生活以及科學研究，也就非其所長的了。我們的基本認識，若是不太背謬的話，那麼中華文化的復興，便就可以找出努力的端緒。

中華文化復興，第一要著的就在使我同胞普遍瞭解中華文化的優良特質，由此自信心而發揚民族精神團結力量，有此團結的力量，我們足可消滅反人性反民族文化的共產政權，完成我們復國建國的使命，然則如何能使我同胞大眾普遍瞭解中華文化，而發揚民族自信心的團結力量呢？我中央政府業已宣告以　國父的誕辰，作為中華文化復興紀念日，發動各界廣泛宣傳中華文化的優良特質。全國一致響應政府的決定，廣泛熱烈地宣傳，必可收到鉅大的成果。宣傳是要人力、物力、時間、工具、與實證的。人力物力政府已有決心，定時動員全國官民團體或個人，全面普遍地行動工作，這力量是夠雄厚的。時間的問題，就要考慮國策推行的需要如何而定。當今本國大陸被共匪暴力所佔據，從反攻復國的需要來講，時間是不能慢，是要愈快收效愈好，這個是在反共基地台灣的事，若是就反攻收復地區來講，不消說亦是時間愈短收效愈快是愈好的，但是大陸各地受共匪破壞得糜爛不堪，而民心受其毒害得昏天黑地，要在短暫的時間內收到理想的效果，恐怕非有特殊苦心的努力，是難得如願以償的。冉次宣傳的工具，所謂大眾廣播只要有機器設備，問題比較單純，想到語言文字的效力，那問題就非常地複雜，倘若像過去二十年在台灣所做的樣子，僅用國語國文講完就算了事，這對全省絕大多數的民眾是難得發生作用的。因此，本人乃有在普及國語文之外，應該重視本省主要方言閩南語的建議，並提倡使用國語注音符號式閩南白話字，來增強宣傳教育之功能。這是一件極關重要的事。將來在大陸各省地區，深信這是更為重要的。盼望大家若以中華文化復興，在反攻重建的國策推行上，具有極大的重要性，請注意使用國語國文之外，亦應注意到使用各省各地區的主要方言，並使其方言文字化，用來收穫宣傳教育的速效，這乃是本人對於大家一點誠懇的建議，希望大陸各省人士預作準備。本人自七、八年前，用新制的國語注音符號台灣式白話字，編成「國語閩南語對照常用辭典」一冊，不久將印成出版，敬請大家指教。宣傳需要雄厚力量，適宜的時間，以及有效的工具，但若不是有確切的實證作其後盾，只是講講而已，排排場面，所謂為宣傳而宣傳，終是要喪失信用要落空的。宣傳是為激發公眾的信心，來集結力量遂行國策，所謂民無信不立，作宣傳的人絕不可以像做戲的，台上台下兩樣的生活！

在宣傳中華文化的時候，我們總是搬出四書五經，說先哲先聖的遺風垂訓是如何如何，殊少切實將我們目前現在的生活行動作深入的檢討，以求改革進步。文化不僅是書本上的問題，更是個人生活社會生活的問題。古訓亦有「言顧行行顧言」，在文化宣傳的時候，一面闡明先代的生活成果，同時也述說現代大家當前的生活狀況如何，這樣一脈相承的文化，才有生命力量，才能激發強盛的民族精神，中華文化的復興，需是這樣才能激發強盛的民族精神，中華文化的復興，需是這樣才能展開局面，才能使中外的人心興奮與信服。

台灣省文獻委員會要本人提供對「從台灣的鄉土文化看中華文化復興」的意見。本人以為台灣自早就是中國的屬地，最近五十年間割歸日本版圖，中斷了一段短小時期而已。台灣的人民其絕大多數，是中國大陸閩粵兩省的移民，特別是明末鄭成功率領其保明抗清的軍民，集體遷移到台灣，民族精神至為強烈，經受日本五十年的帝國主義統治，其民族性受日人的欺凌打擊，如同鋼鐵更為堅硬，直至光復當時，台灣人與閩粵的人依然完全沒有兩樣。不過，光復當初中央派員來台接收，其接收的情形非常離經，例如公賣局有幾十斤阿片不知去向，監察委員查詢，當事者的答覆，說是白蟻給吃掉了，一時傳為笑話，其後陳儀長官又一意孤行，大失人心，前面提過，台灣同胞的性情是直線徑行的，加以潛伏的匪諜份子，乘勢挑撥，光復不久不幸事件就爆發了。若是有人因此就要懷疑台灣同胞忠貞的民族性，那是更為不幸的。我中央政府遷台以後十八年於茲，台澎金馬的安定與進步，要先歸功於政府的領導有方，固不待言，但是，絕對多數的台灣同胞，民族精神強烈，奉公守法，勤勉安份，勿論服役納稅都是十足盡力以赴，本人側聞，金門砲戰的時候，參加戰列的省籍戰士，其勇敢善戰的表現，足可欽佩。本人深信今後在反攻大陸的戰列，本省出身的士兵，一定秉其前述的民族性，勇往直前，建立不朽的戰功，為祖國服務。就是說，在今後的復國建國上，台灣同胞無論是前線是後方，都能負起重大的責任，表現其強烈的民族精神，直線徑行義不返顧，為中華民國的復興貢獻其一切。

本人每於更深獨坐，合掌靜思自發微笑，不知其然而生感謝之念。祖國地大民眾，政治不修，遍國文盲，有強權而無輿論，三民主義的中華民國初建，即受日本侵略，繼而共匪作亂，惑眾竊國，國民政府八年血戰，僅得台灣這塊乾淨土，四面環海遠隔大陸，島上人民又能保存其純樸之炎黃子孫的民族性，以應知恥圖治的政府領導。而今共匪發狂，敢向具有五千年歷史之中華文化，舉其紅衛兵螳螂之斧，要革中華文化之命而自亂，暴露其政權末期之症狀。美國及各友邦，徵諸越南戰局之趨勢，漸悟姑息敵人為不利，逐次加強其軍事壓力減殺共同敵人之力量，於我大有利焉。這豈非我祖先之遺德，而獲上天憐佑，有以致之者乎。

總而言之，今日提倡中華文化復興的意義，是在提醒炎黃子孫之民族自信心，知恥圖強，大同團結，光復大陸，重建三民主義的新中華民國。幸而台灣孤島，具有各種有利條件，成為反攻復國的鞏固基地，以待英明　蔣總統號令，遂行其復國復興中華的使命，吾人的前程是大有光明的呀。在此本人有一點奉告於本省弟兄姊妹者，當前世界局勢對我國家日見有利，國家對我們的期望至鉅。偉大的　蔣總統正以「不是敵人，便是同志」的寬宏襟度，號召國內外同胞團結向敵，廖文毅、鄭萬福、吳振南等諸先生，已先後欣然來歸。但現在尚有少數年青同胞，在外呼喚台灣獨立，查彼等亦皆熱心之反共志士，對內部之政治作風，如有不同意見，儘可共商改革，何必苦苦呼喚獨立，削減團結力量，而俾親者痛仇者快耶?彼等年青有為，何故出此無謂之舉動，台灣人絕對多數是中華文化保有者，是炎黃的好子孫，是堂堂正正的中國人，要獨立到那裡去呢?聽説間有倡奇説者，謂台灣人不是中國人，本人懷疑真有此説，這樣無視真實的人，如何有談論政治的資格，何況呼喚獨立哉。明白説一句，當今的中國人，不是中華民國人就是中國共產黨人，而中華民國的中國人，一定會消滅中國共產政權的。就算在空想上，台灣從中國獨立了，請要記住，凡是真正的中國人，必不准許台灣從中國離開而獨立，中國一天有力量，台灣必定是屬於中國的，像　孫國父的決心一樣，必將離開的台灣爭取回來的!敬請家長各位，不幸若是您有子弟在外作這樣的夢想，請告訴他趕快清醒起來，不要胡思亂想，以誤自己的前途。

怎樣推動中華文化復興（一九六七、十一、十二）

總統蔣公提倡中華文化復興運動，於今週年，政府各部門固不待言，全國社會各界莫不熱烈響應，聲勢浩大，氣象萬千，誠為國家復興之一大措施。萬惡共匪在我大陸，利用青少年「紅衛兵」，以「文化大革命」為名，大搞其狼羣狗黨爭奪之能事，將我幾千年之民族文化，毀夷無遺，乃我炎黃子孫之浩劫，亦為國族難受之大辱，務須及早謀其拯救之法。我最高統帥領導反攻復國，固屬拯救六億同胞之正面步驟，無如共禍為國際性暴力，不可單獨處理，需要國際力量之合作。所謂政治七分軍事三分，從此角度亦可知其涵義，政治作戰是以思想文化之作戰為首要，所以　總統提倡中華文化復興，蓋其英明領導之用意所在，舉國同胞應有切實具體表現以赴之。

而我國人有一共同之歷史的缺陷，坐而談者居上，起而行者就下，思想言論與實踐篤行，往往分離脱節，重詞章而輕實學躬行，以致中華文化顯有尚古而不科學之傾向。然我中華古代文化並非如此，舜躬耕，禹治水，古史明載，不需多贅，後代演變竟成為不可否認之民族頽風，久而久之，所謂士大夫階級之面目定形，動輒拿四書五經作口頭禪，儼然周公孔子再世，陶然自醉。本人殊不願自卑自侮，奈何事實昭彰，舉世共睹於今猶然。既欲中華文化復興，此一民族生活之缺陷，應以壯士斷臂之勇，徹底自覺自新，先予洗刷乾淨，言顧行行顧言，各自做到劍及履及，特別是現代士大夫階級，應即起而行帶頭領導實踐風氣，以為中華文化復興之開始。

其次，須要認識清楚者，中華文化復興地區為何？我們而今在台推動中華文化復興，並非謂台灣今日中華文化失墜，需要來一次復興運動。今日台灣正是中華文化之保存地，沒有復興之可言，至多只可謂其加強發展而已耳。復興是在大陸之事，此點至關重要，絕不可有毫末含混。本年七月廿八日中華文化復興運動推行委員會發起人大會時，本人當場已有指出，翌日某報竟有微詞，嗤笑我在咬文嚼字。此點若不弄清，硬說當下台灣也須來中華文化復興，則吾人豈非全無自信全失復國之依據，這將從何說起。我台灣一千三百萬中國人，正是中華文化的保有者，這個自信心正是我反共復國的真本實力，毫末不可含混，不幸有些含混，而起互相疑忌之心，則吾人前途真是黑暗危險。一言蔽之，今日台灣之中華文化運動，其重心在於加強民族自信心，提高團結一致的力量，做到此點，中華文化復興前途，光明燦爛。台灣光復當初，台灣省籍李某曾指說本省同胞幾十年接受日本奴化教育，已經奴化而缺中國人之特性，因此，李某到上海，被一羣不服氣的台胞在大街上痛責一頓。在此需要更進一言，現在有極少數台胞，在外國提倡「台灣獨立」，在台絕大多數之台灣同胞與大陸同胞，一心一德，專心一意要光復大陸，要負起重建中華之艱巨使命，是皆基於愛祖先愛中華文化的民族自信心，自然而然的自覺行動，毫不因外來雜音而有所疑慮。奉勸「獨立」提倡者，君等倘認為內政之表現有不佳之處，何不堂堂正正喚起輿論提出改革方案，何必「獨立」，「台灣獨立」絕對不合中國人之民族性情，絕無成功之可望。若謂政府不容異論不願改革，那是被認為暗圖破壞反共復國之團結者。只是提倡「台灣獨立」，正合共黨之統戰策略，有百害絕無一利，保有中華文化之中國人，勿論台灣與大陸，都不容其存在。

最後尚有一點，中華文化之特色，是倫理生活與大同思想，所欠缺者是民主與科學。我中國人之倫理生活，足為世界各國各民族之楷模，仁愛是世界人類生活總目標，而其表達方式，我中國人是以「幼吾幼以及人之幼，老吾老以及人之老」，重視家庭生活，所謂「孝悌也者，其為仁之本」，是中國人所把握的鐵則，是中國人普遍躬行時所實踐者。萬惡之中國共黨，先以人民公社，再以文化大革命，將此數千年中華文化大好結晶，加以毀滅，令人痛心。共匪不僅對舊文化加以破壞，且對人民普遍灌注暴力鬥爭之階級思想。因此，須知反攻登陸後之重建工作，是萬分艱巨而繁重，實不能以向來之風行草偃觀念應付者。吾人欲期大陸中華文化復興，必須縝密做到基層福利生活之領導，真民主而科學，反攻大陸後之公務員，真要個個是中華文化之實踐者，亦是中華文化之教育者，不是坐在辦公廳而是要到民眾那裏去，作為他們的褓姆導師。 總統指示自明年七月起，本省國民教育年限，應排萬難而延長至九年，是乃台灣土地改革以後最大創舉，對將來復國建設準備，又是英明之一大領導。將來之政務，果真公務員能做到直接領導民眾的話，則需急速在國語文之外，熟習收復地區人民之主要方言，並準備宣傳及教育資料之印刷稿件，以應來日之需要，此點至關重要，請自今有所準備。

記者的責任（一九六七、十二、十六）

諸位同學在貴校學新聞，將來是無冕之王，很多人都認為：皇帝是自由的，無人可以束縛他，既然記者是「無冕之王」，筆桿握在手裏，想寫什麼就寫什麼。但是，新聞也有新聞法規，是不能亂寫的。今天我就要對同學們說說「人生最終的目標是什麼」？最後的目標認清了，你寫出的東西，就沒人可加干涉，就可以真的做「無冕之王」。

人生最後目的在那裏？恐怕就是在創造價值。這價值也是人類共同的價值。也許此話太籠統，但 國父說：人生以服務為目的。這裏所謂「服務」就是一種價值。把什麼都貢獻出來，譬如母親對孩子，我的前妻就是為了看護生病的兒子，而犧牲了自己的生命。孔老夫子說「仁」，西方基督說「愛」。基督說：人為朋友犧牲他的生命，那個愛是最偉大的。

至於愛是什麼？現在我來分析說明：

一、**要有東西給他**。包括你的時間、精力、甚至生命。但並非對方要求什麼就給什麼，譬如小孩愛糖，你盡量滿足他的結果，可使他壞了牙齒，傷了胃。因此我們要選擇對他有好處的，才貢獻出來，也就是說：成全他。

二、**尊重他**。如果一個乞丐來討飯，你給了他一碗飯之後，即聲色俱厲的攆他走，這就是沒有尊重他，而他是一個「人」，你給他飯，成全他之後，還應尊重他。

三、**不求報答**。有條件的成全、尊重，還是不好。耶穌說：左手給人東西，不要讓右手知道。這三個項目都做到了，就是「愛」。然而，還必須長時間的，永遠保持下去。至於如何才能繼續下去？是屬於專門的問題，我沒有時間談，希望各位自己去研究，多讀書，多聽長輩的言談。

前面我說過「仁」與「愛」，這兩者非常接近，但並不太一樣。「仁」是人創造出來的，而「愛」不是，愛更深一層。仁與愛是宗教與道德上的問題，現在我來說說實際的問題。各位將來是無冕之王，無冕之王是人，是有好品德，高尚的人。換句話說，就是代表愛。如果一篇文章寫得天花亂墜，但是騙大家的，共產黨如此之壞，如果把他寫成好的，亂子就出來了。把假的寫成真的，是記者受騙，或是被收買，而受到虛偽的宣傳，大眾就都被騙了。說謊幾次，都會讓人信以為真，作為大眾傳播的記者如果作虛偽宣傳其害處就更為可怕。

記者是寶貴的職業，但不能亂寫，有人說：有什麼寫什麼，這也是不可以的。人生最終目的是愛，要合乎愛的條件才寫。好記者是不怕壓迫的，壞記者才受收買。社會的好與不好，新聞記者有著極重大的責任，希望諸位多多勉勵。

有關中華文化復興運動幾點商榷

（一九六八、十一、一）

我們　總統提倡中華文化復興運動，在去年七月廿八日組成了中華文化復興運動推行委員會，於今已經有一年多的時日。此間有很多名流發抒各種高論，啟發不少，獲益良多。我有幾點不成熟的個人意見，或者說是疑問更好，謹將其坦率報告出來，以就教於大方人士。

第一點、我們　總統所提倡的中華文化復興運動，各界都熱烈在響應進行，這運動是政治作戰性的呢，或是文化教育性的？我們　總統早在大陸就提倡過「新生活運動」，那是文化教育性的，那是蔣公為建設現代國家，要訓練我國民生活達於現代化的運動，目標是在民眾——是在於提高國民的文化水準，是對內之教育的運動。然而最近在台灣倡中華文化復興運動，這是因為近年毛匪在大陸搞「人民公社」，破壞我中國文化的精華「家庭制度」、「倫理道德」，去年來又驅使紅衛兵作中華文化全盤的大破壞。另一面國際間對毛匪的力量估計錯誤，輕視我民族的文化力量，姑息主義囂張塵上，助長共匪氣焰。針對這兩方面的阻力，我們需要積極進行政治作戰，激發我舉國同胞對固有文化的自覺自尊心，是絕對急迫而需要的。我們有了固有文化的自覺自尊心，我們舉國民心就會更加團結而發出更強的光輝與力量，這光輝力量，可以使國際姑息主義者，認清我們而有改變其想法與作法，對大陸的反攻工作更可增強無比的戰力。如此了解是否正確，倘若正確的話，我則以為過去我們所表現的作為，似乎有修正的必要。以我淺狹所見，過去我們在推行中華文化復興運動上，僅只在有關文教界人士的開會，雜誌報章上的討論，而所討論的範圍大體屬於觀念概念者居多，可以說是學問上的理論介紹而已。我們的中華文化復興運動的動機，既然是含有政治性的，那麼我們便要起而採取行動來推行，不可僅是坐著作啟蒙的思想討論了事。這樣下去是否有曠日誤事之虞呢？這是要請教的第一點。

第二點、常聽到亦常看到說，中華文化復興的意義不是復古也不排外。前面第一點的問題，若決定是屬於文化教育性的話，不是復古，也不排外，我是可以承服遵從，但若不然而是政治性的話，則覺得有點莫名其妙了。教育性運動，是內向革新進取的事功，所謂日新又新改良向上，不要復古不要排外，擇善而從當然是很對。但是，倘若當前的中華文化復興運動的性質，是屬於政治作戰性的，是因要應付外力的壓迫，需要趕快振作增強內部的力量，確保我民族的生存，進而宣揚我國文化的光輝特色，來改變自由世界部份的錯誤觀感，若然，不力倡民族文化，豈不就是南轅而北轍了嗎？我們要憑藉什麼以與敵人作戰呢？「不復古」若就是舊文化都不要了，「不排外」若也就是我們都須採納外來不合於我們的東西，若是這樣，豈不就是我們只有投降而沒有別途了嗎？當然不是這樣的意思，亦斷不可以有這樣的意思，敵人要毀滅我們的文化——最重要的是我們的倫理道德，忠恕大同之道，我們的三民主義，這都是我們的固有文化的精華，我們需要保持而珍重之，在大陸已經被毛匪毀壞無存，我們不能不努力奮鬥而使其復興，才是我們當前的急務，我們的民族國家才有生機可言。至於倘若有人以為說到復古便是意味著復辟或再行纏足，這樣的人可以說是不懂文化為何物，不懂文化有其存精棄腐之能力者，中華文化早已摒棄了這些，再沒有帝制或纏足留存而為中華文化之內容也。我所說的「復古」，是指復興我國固有的優良傳統文化，而不是不分良莠的復古。這第二點本人深信多數同胞是同此見解的。

第三點、在台灣省與金馬二島推行中華文化復興，是有其特殊任務的。我們　總統提倡中華文化復興運動，並組織了推行委員會，其用意是在喚起我自由中國全國政府民間的責任心，要我們大家感奮團結表現力量，趕快來向受盡毛匪摧殘的大陸同胞，推行中華文化復興的運動，這運動的真正開始，是在反攻大陸以後的事情。今日在台灣省與金馬二島，對此重大問題，我們　總統是要我官民一致認識此問題的意義，以及其重要性，要我們負起全責而有所檢討、計劃，而作積極的準備，我們一到反攻開始足踏大陸的實地，到那時候不慌不忙，我們便可依照所計劃所準備的，遂行我們拯救大陸同胞最重要的事功——即是中華文化復興運動！以上是原則性的了解。我們　總統現今在復興基地提倡中華文化復興運動，亦有其附帶的作用，就是在純文化教育的意義上，要勗勉我們全民族對自己的傳統文化，更能有深入而普遍的認識，以增強各自內心的民族自尊心，進而更能相愛，相親，互信，互助，而團結一致，這雖是附帶的作用，卻也是極其重要的領導目標呀！這第三點的了解，我自以為是正確的，讀者以為如何？倘若不然的話，真的在這反攻復國的基地到今天才要來推行中華文化復興運動，那我們已往的努力難道不算復興文化的工作嗎？那我們還有什麼話可說呢？這點是淺而易見的事情，但是我們總需要明確而有自信有把握才行。我每在更深夜靜為我復國建國而作禱告的時候，深刻而明顯地感覺我們祖先的遺澤，以及上帝的恩典，賜給我們自由中國，這塊復興的土地，與這羣酷愛傳統文化勤勉奮鬥的同胞，而成為我們反攻復國最重要的力量，雖然不幸有極少數的年青子弟在外，受人煽惑而在聲張所謂「台獨」謬説，這於全體大勢是沒有影響的，何況這少數人都是受過教育的理性份子，我們　總統的英明領導與精神感召，必能袪除他們的誤會，而彼等在國內的父兄家長亦會據實加予勸勉，不久自能幡然悔悟歸來，若不然，他們將成為國際的孤兒了。

第四點、是有關推行運動技術作風的問題。中華文化復興運動的推行，其重要的課題何在？我以為是在「需要深入而普遍」的用心與工作。不深入不普遍的運動是不合時代需求的，我們作風，從前就犯了這毛病。

文化是羣眾生活的寶藏，我們都有自信自負，中華文化是世界人類中的優秀文化，然而由於教育不普及，優秀的中華文化幾乎歸於過去士大夫的專有（在意識上而言），因之，外來的共產毒素馬上就被侵入感染了。而今，大陸同胞，雖然自知陷在水深火熱之中，欲自救卻是缺乏能力以自拔，倘若中華文化早就普遍深入為大陸羣眾所共有，我錦繡河山絕不會變色如今日之慘狀。轉觀世界各國之情況，亦是文化不深入不普遍之地區，紅流氾濫的危險最大最急。

我們國家民族的命運，全靠我傳統文化力量之表現如何而定，我們　總統下令，一面排萬難也要斷然施行九年制之國民教育，另一面要努力來推行中華文化復興運動，蓋係深知教育文化之深入基層普遍全國，於反攻復國之艱鉅戰鬥，將可得到無限力量之表現故也。我冒昧敢於建議，今後在中華文化復興運動一切工作上，必須以大眾同胞為對象，必須動員大眾，使其各自在文化復興上有所作為，有所應負之責、有所應得之權，成為活氣充沛之全面行動，這是作風上的建議。

其次在技術上的建議，我屢次提到國語國文是每個國民必用的工具，因為不懂國語國文的人，他就不配做為堂堂正正的中國公民，因此，凡吾同胞均必定會國語國文，縱然不懂也必應埋頭苦學，然而我們如欲迅速達成復國建國的使命，絕對不可脫離大眾而遺棄不懂國語國文的人在一邊。因此，在運動工作上能用國語國文的部份，儘量使用國語文來工作，但是對於那不嫻習國語國文者，為了推行中華文化復興，我們需要採用補救而有速效的辦法，就是要運用地方語言，予以文字化，作為暫時性過渡時期的宣傳工具。一面以普遍地開演講會，或是講習會，另面以文字化了的方言，作宣傳分發給不懂國語文的家庭，這樣積極推行運動，深入而普遍，以使之成為保衛中華文化的鬥士。這樣全民都成為反共的精兵了！請大家再想想看，反共建國的大業，其最大部份的工作是在大陸上，等待我們去解救去處理。大陸的民眾不懂國語不識國文的是更多呀，何況他們多年感染了共匪毒素，恐怕不是一道的公文，就可使他們遵循從命的。他們已經懂得民眾的地位與力量，反攻大陸以後，在各省服務的公教人員，諒必需要深入民間去說服領導，不可能坐在辦公廳而發號施令！如此看法若是對了。敬謹報告於在台的各省同胞，為要復興中華文化，為要服務於復國建國的事功，那末，請自現在起揀選各省地區的主要方言，使用國語注音符號，給予所選的方言文字化，再用此文字化了的方言，準備在收復各省各地的時候，在教導民眾疏導民眾的工作上，就最為切要的事項，以該地文字化了的方言，寫成文稿，以備將來在各地區深入而普遍地，以與失學大眾接觸而啟導之。若能這樣做，我以為對復國建國的收效而言，乃可節省勞力節省公帑而收速效，這是非常緊要的事情。我在過去已經多次作了這個建議，而且在百忙中，特地抽空，做了適合本省需要的如上建議的工作——就是十幾年來，使用國語注音符號，（閩南語中很多有音無字）而編成一部「閩南語國語對照常用辭典」，這是第一個嘗試。去年秋天以來籌備開始付印，其間遭遇到重重的困難，終於最近將可出版，其收效如何，還需徵之今後的事實。不過，中國國民黨業已規定，其中下層黨工人員，在國語文之外，必需嫺習閩南語而在廣播電台，許久以來也開始了閩南語學習講座，在本省語言上的隔閡，可以說已經進行到打通的方向了。深信將來在大陸各省，倘能如此的深入工作，則其成效將無可計量矣。

這裏還要提到一事，復興中華文化，讀經是非常重要的，但是，經書都是文言古文體的，不僅失學大眾無法領教，就是今日受過高等教育，而不是唸過國文系的人，亦未必閱讀得懂。我們既然需要深入而普遍地宣傳文化，我們就該將四書五經（易經有其特殊地位，可暫置之，而加孝經），使用文字注音的方言，譯成像基督教的聖經，俾令不懂國語文的人皆可自由翻讀。此事雖要相當費力，若是計及其效益之大，實在值得馬上設法推行，各位同胞以為然否？

第五點、下筆到第四點，原想擱筆結束本文，隔兩天，總覺得意有未盡之處，雖然，若再執筆，又怕問題超出舉國全民運動之外，似乎在此不宜再寫下去。左思右想躊躇再四，結果，自以為不談文化則已，既然談到這裏，不談下去似未盡責，乃決心拿出愚誠來就教於高明之士。

我在此所要披誠陳述者，是宗教問題。我們　總統提倡中華文化復興運動，是以國家元首的地位提倡的，是在公的立場，所以事事要依據憲法而行，而我憲法是規定宗教自由不可有所偏執，我躊躇下筆就在此點。後來所以決心要寫出來就教先進者，是限定遵此規定，只限在文化與宗教的關係如何，不涉及各宗教的批判而有所偏與。各宗教的評價，在個人求真的立場或作佈道的時候，是不能避免的，應該有所評價有所偏與，我現在不涉及這些，但是要提高文化，必須考慮到宗教生活，很多人士，以為文化完全出自人為的成果，是實實在在的，宗教有其神祕莫測的一面，不可包在文化之列。我們中國儒者一般是抱此見解，孔夫子亦是少言「神」的，而孟夫子更有「天視自我民視」之說，可知儒教文化是道地的人本文化，而此人本文化的儒教傳統，又是我中華文化的主流，我所以決心要披誠陳述的理由亦就在此。中華文化是我們民族生活的精華，因其基本性格是人文主義，不太關心真正的宗教，甚或輕視真正的宗教，則我民族的將來，我以為非常可慮！中華文化的主流儒教，一般的人說不是宗教，那麼就稱為儒學好了，因為儒學不是宗教不講宗教，而它是我中華民族的基本領導力量，結果擺在大家面前的事實，我中國絕大多數的人民，因為不認真研究真正的宗教，反而誤解宗教的教義了！請看，觀音菩薩與關帝聖君都供奉在一起，而當作個人求福消災的工具了。眼睛明視這事實存在，而硬說宗教不包在文化之列者，將作如何辯解？我深刻而明顯地認為，宗教是人類生活的精神寄託之一。真正的宗教與生活有真正的關連，個人生活才有價值，才能安身立命，民族與國家的生存才有光明，才能有發展有進步。當前我們的中華文化，正受否定宗教的共產魔力所摧殘，而我們將以傳統的中華文化作為反共復國的基本力量，我深深憂慮，如果真的儒學不重視宗教的話，中華文化復興的前途，恐怕問題尚多，讀者先生以為然否？

以上是一種假設的看法——是就一般而言，是假定儒學不重視宗教而言的。但是本人自己，不以為儒學不重視宗教，儒學不是沒有宗教成分，儒學只是敬鬼神而遠之而已耳。孔夫子是「祭神如神在」的，他在危難的時候，亦真誠地說「天生德于余，桓魋其如余何」，當顏淵死，他也說了「天喪余，天喪余」。孟夫子亦曾說「天將降大任於斯人也……」云云。書經裏更有「天生蒸民，有物有則」，「昭事上帝，聿懷多福」的話。這些都是表示最熱切而高超的宗教觀念，豈能抹煞淨盡而說儒學沒有宗教成分呢？不過，儒學對宗教的認識不夠深度，將來我國我民族，在反攻復國以後，要領導人類文化更進一層的話，我們必須努力，俾以儒學為主體的中華文化，多多增加真正的宗教意味，才有希望。這是我個人為我國族的前途，坦誠而簡約的報告，敬請大方愛國人士指教。

五十七年九月底脫稿

恭祝財團法人台灣基督長老教會成立五十週年（一九六八、十一、一）

耶穌基督的福音，傳入台灣業已一百零三年，而台灣長老教會的財團，得到政府承認登記為財團法人，到今年十一月十四日正是五十週年了。教會當局的同道先生，函囑本人為其紀念專刊，作文陳述鄙見以資慶祝，至感榮幸。

世界各民主法治國家的政府，對於凡屬社會福利之宗教慈善團體，一概都視為社會公益之服務機關，對其財產或所得一律免除課稅，俾其儘量為社會公眾服務，如同政府自己服務其人民。台灣長老教會，固屬社會公益之慈善服務團體，乃有資格登記為財團法人，享受免除對其財產收益課稅之特權，先是日本政府，現是我中華民國政府都是一樣許可。此乃世界民主法治國家之通則，亦係近代社會政策實施之具體表現。此一制度之基本精神，是在維護社會公益，使社會公眾均受福利，亦即是基督教最大教條之一，「你們要彼此相愛」之實際化也。

教會是信徒的組織體，其目的有三：一是敬拜　上帝。二是彼此相愛。三是傳佈福音於未信的人們。因此，教會一定要有財產，這財產是由「敬神愛人」而來的。初代教會大家都知道，信徒都是熱烈地奉獻，現在的教會看其教會財產的狀況，可以看出其信徒信仰冷熱的程度。天主教教會的財產非常地多，這卻有其他的特殊理由，天主教的歷史經歷悠久，組織龐大，又在相當長的期間執掌了國際的政治權力，所以天主教會的財產是非常鉅大，或者可以說是天下無比。但是，教會的財產大，不一定是好，有時反而對信仰有害，新教的出現，其一部份的理由在此，而新教的裡面，又再發生了無教會主義的一派，其大部的理由亦是在此。本人的摯友，而且是東京大學的總長矢內原忠雄氏，就是這一派的中堅信徒。今日在台灣的教會裡面，因為教會財產的關係，不能說沒有問題存在，可不戒哉。

總而言之，教會要崇拜　上帝，就要有場所，需要有錢，要彼此相愛，不能空口説話，亦需要有錢；要播揚真道就要有行動，更是要有錢。本人以為無教會主義一派，未免太極端了，教會仍是要有財產，真地要來傳佈信仰，要擴大天國在地上的話，教會的財產愈大是愈好的。另一面，我們同道的弟兄姐妹，實在也是有原罪的人，時常虧負了　上帝的榮光，而受金錢地位虛榮的誘惑，以致發生貪圖、嫉妒、結黨、爭吵的醜態，惹人指責與不信，聖道遂失光輝，教勢低沉而不振。台灣基督教會是否有此現象，值得我們同道坦誠檢討與反省！眾所周知，近年來教勢不能向外擴展，掌權者感覺寂寞，大事向內活動，所謂合一運動囉，什麼靈修退修的聚會囉，什麼部會業務會議囉，教會政治的範圍與分量，越來越增加，儼然形成一個政府在發令施號，將大部份的時間經費花在旅行開會的上面。因有更大的組織，當事人的權柄也就更大了，對外的代表地位也就更崇高了。因此，什麼大會，總會的議長，以及什麼主任幹事的地位，也就成為教會領導者所關心的目標。國家社會的政治地位，普通是以投票來決定的，因為人人要爭取，發生強烈的競選，甚至用錢收買選票。教會的選舉，還沒有到這樣醜惡，但是為選擇而結黨，互相揑手的事，大家心裡都明白，最明瞭排在大家面前的，就是選出來的不一定是德高望重的人士呀！現在大概是以妥協輪流方式當權的最多吧？以上是有關教會財產而生成利弊得失的概述，提請同道弟兄姐妹重視與警惕。一言以蔽之，我們同道對教會財產的情形，是陷在進退矛盾之中，這或者是世界性的教會危機，不僅是台灣一地的問題，不過，既然是危機，是問題，總要想出辦法來補救才行。

本人非常重視這個問題，因此常在禱告中求主指點補救之法，茲略陳一己之見的辦法如左：

一、因為信仰是個人與　神之間的關係，是絕對自由而純真的，只有　聖子來作中保，不必有牧師如祭司來帶領禱告或禮拜。因此，禮拜是個人做的，禮拜的集會以少數的同道在個人家庭舉行為宜，不宜出高薪請牧師或傳道師領導舉行，以致牧師變成職業化，形成特權而導致信仰墜落。但是，信徒時常做大規模多人數的聯合禮拜，特請專門而靈性豐富的傳教師證道，是有其必要的，詳細請待他日另論。

二、信徒在崇拜　神之外，依其信仰的教條，必然在其同道間，或對未信者而遭遇困苦的人，必須實踐彼此相愛相助。為此，要有獻給　神的公款，用此公款互相幫助，解救困苦。此公款交由適當的同道保管，必要時公決支用。公款數額大時，可登記為財團法人處理之。

三、聖道必須宣傳到地極，真正的基督徒必受　聖靈推迫而熱心於播道。要播道就要有巨大的力量，就是要有人力與物力，來作宣傳廣告，設備場所，聘請專人講道等等，都需要有鉅多的人力與財力。各有關的信徒或信徒的集團（各禮拜堂），為某次的播道會，大家協商聯繫，由各信徒各團體所有的款項分攤奉獻開支，完成播道的使命。

四、信徒各自隨時隨地作個人傳道是必然的，但普通信徒各自另有專業，且對教理未必有深入徹底的研究，因此，大規模的佈道，必須有特別研究與訓練的專門人員，更好的是要有靈感豐富的人充任講員，方能勝任達成使命。要有這些專任佈道的人員，就需要有教義研究所或神學院之創設，來培養神學者或佈道專家。又信徒要對社會民眾行愛，以榮耀　上帝、彰顯主耶穌基督的救恩，就應設立各種救濟或教育的機關。此等創設的經費，必須由信徒個人或各禮拜堂分擔支付。而所創設的機關，不屬於某教團，只屬主耶穌基督，而個別的機關，悉以財團法人運營其業務，無論是神學院、醫院、孤兒院或學校，一律個別以財團法人辦理。要點是在避免教會世俗化，使傳道者保持其純真的信仰，專為敬神愛人而服務，不受向來的教會政治所困擾，而能專心多做救靈的工作。

右述是本人多年來，深知教會的危機所在，祈禱又祈禱，所得的心聲，坦率誠懇報告出來，不敢說就是　上主的指示，敬請同道兄姐指正。本人在台灣光復當初，從祖國重慶要歸台的時候，熱切祈禱　上主指示，返台後從重開始何等工作為首要，結果最先浮現的心聲，是白話字（國語注音符號式的）普及，與教會政治的改革。白話字普及的事，歸台後未曾一日忘懷，一方面多請各方理解協助，另一方面努力著作，自年前以來，已將「閩南語國語對照常用辭典」的原稿付印，因遇各種困難，一延再延，在本年底以前，當可發行問世。至於教會政治的改革，因本人的力量薄弱，雖在重慶就起草一文，於今未敢發表，僅在偶有的機會隱約陳述鄙見外，在通常教會生活，則絕對拒任長執而不參加教會政治。現今本人雖在教會所屬之學校經營者的地位上，但本人不以參加教會政治視之，而是以在一個獨立經營（財團法人）之教會所屬的機關負責，以榮耀　主耶穌基督的聖名而已。

中華文化之特色（一九六九、六、十五）

中華文化復興運動，自兩三年前被提倡以來，舉國上下一致宣揚，形勢熱烈，誠為復國建國之良好徵兆。國家民族與文化關係，猶如人體與精神之關係，個人之有其精神之特色，猶如民族有其文化之特色，換言之，世界人類形成各個國家民族，乃由其文化之特色使然。故民族文化之特色愈顯著，其國族之存在愈具重量，中華民族在今日世界中之顯著地位，蓋係我中華文化之特色使然。

世界人類文化，可大別為精神文化與物質文化。精神是附在人體，故精神文化是以人為重心，是人對人之關係為主的文化，就是以倫理為特色的文化。物質文化以物質為重心，是人對物質之關係為主的文化，就是以科學為特色的文化。我中華民族的文化，是屬於人對人關係為主的文化，也就是以倫理為特色的精神文化。

物質文化是以物質為重心，是人對物質之關係為主的文化。物質是無生命，是可以任人的意志加以處理，也可以任人的需要予以利用的。因此可以隨時隨地加以觀察試驗，可以使用極其周詳客觀的方法，加以處理利用，終成為一種所謂「科學」的結果，就是物質文化。此物質文化對人類的現實生活而言，是極有貢獻極能滿足人類的欲望，現在人類已能飛天鑽地，甚至將要登陸月球，這都是所謂「科學」的貢獻，就是物質文化的特色。

轉觀世界人類的現狀，受這兩種文化——精神文化與物質文化的影響如何。大體上概略地說，東方的各國各民族，是偏重精神文化，而西方的各國各民族，是偏重於物質文化。這兩種文化影響世界人類最大最強的，是物質文化，因此這物質文化，幾幾乎吞併了精神文化，而主張要來創造一種新的文化，從精神文化物質文化並存的舊傳統文化，要來創造一套完全沒有精神存在的新純物質文化。這種文化又標榜超越民族，超越國境的所謂無產階級文化，就是世界革命的共產主義文化。這種革命的新文化的特色，是無神的，是暴力的，是無自由而不合人性的，雖然其凶燄極旺，整個世界被侵佔了將近三分之一，全人類已經分成兩個陣營在鬥爭，天天在各地有無數人在流血在死亡。但是，這新文化的特色，是無神而不合人性的，所以深信終屬不能成功，現在一時雖然勢力兇猛，將來不久必受消滅，必受修正。這是愛護精神文化的人類所深信，而繼續在犧牲奮鬥的。

我們中華國族，先受國際共產勢力的侵害，而今正在圖謀要來反攻復國，其最大力量是在我們的固有文化，是在我們中華文化的特色，因此我們舉國同胞要來展開中華文化復興運動。我中華文化的本質，是精神的倫理的是以敬天愛人為依歸，是敬神明而重人道的，在平時尤愛自由而重和平，在亂時則以殺身成仁為志尚。所以我們要來展開中華文化復興運動，是要來振作我們對中華文化的自覺自信心，要來「艱難兄弟自相親」，要來同胞大團結而開始反攻復國的大行動。我們深信，我們若能忠於傳統文化的愛護，能於宏揚精神文化物質文化並存的生活，而與物質一元的唯物主義共產暴力鬥爭到底的話，我們深信，最後勝利，是屬於我們的。

不過我們要復興中華文化的時候，我們應該承認，中華文化亦有其缺點，就是缺乏科學的成份。因為缺乏科學的成份，我國族的生活，對物質方面的開拓活動就比較微弱，以致利用厚生的表理就比較落後，我國族的力量就比較單薄了。因此　蔣總統在提倡中華文化復興運動，就很明白指出「倫理」「民主」「科學」是復興運動的三大基本要綱。

台中濟陽柯蔡宗親會，在下月將續出版族訊季刊，囑為文發表意見，以資共勉。本人以為同族敦親，原屬中華文化之一大特色，尤其大陸同胞的家庭生活，徹底受共匪破壞無遺，我們需要努力來鼓動復興。

前面已經提起，西方歐美文化，是以科學的物質文化為其特色，而比較對倫理的精神文化有遜色，因為其社會生活，高度工業化的關係，人口集中於都市，家族分散，又因生活費高昂，男人要在外做事，女人也要在外就職彌補開支，以致家庭缺乏禮教，兒女以及翁姑都無人招呼服務，家庭幾臨崩潰的狀態。因此，老人極感寂寞人生乏味，少年犯罪，男女不正常的現象極成問題，這都是起因於倫理觀念，精神文化的動搖。就此點而論，我中華文化的光輝，還是深受西方人士所賞識，就是我中華文化——倫理的精神文化，特別是孝悌忠信的倫常道德的基礎堅固，在發揮其特色。我國族的宗親會，在這方面實有其發揚光大的使命，本省各地皆有宗親會的設立，尤其是海外華僑所在，如菲律賓、泰國、美洲各國，都有宗親會的活動與服務，大受世界人士的注目。不過，我中華民國已是法治民主共和國，國民一律平等自由，敦親睦族固然是我民族文化的特色，但需注意到法治的立國制度，四民平等五族共和的進步的民主的原則需要尊重，切不可回復到封建時代，囿於原始的民族思想，而生彼此歧視的近視的狹窄作風才對。敬祝各位宗親福安。

恭祝《社會建設》季刊發行並陳兩點基本管見（一九六八、八、十一）

中國社會福利事業協進會出版的《社會建設》季刊創刊號，將於本年二月發行，為配合我中華民國政府實施民生主義現階段社會福利政策，建設台灣為三民主義模範省，誠係適合我國復興建設之需求，而我們舉國熱心的有識人士，在此刊物上互相研討意見報告消息，以供建設社會福利事業之參考，實屬切要之舉，本人能得在此先表恭祝創刊發展之微忱，並開陳兩點建設社會福利事業之基本的管見，覺得非常光榮，倘蒙各界人士指正，更是幸甚。

本人所考慮的第一點，是我們的國家當前上下一心一德要來反攻復國，要來完成台灣為反攻復國的鞏固基地，要來工業起飛從農業社會轉入工業社會裏去。因此，社會形勢發生變動，人口一直集中都市，家庭傾向於分散狀態，社會風氣也就逐漸在變遷了。這個變遷的趨向，雖有其好的一面，但亦不能不說有其可慮的一面存在。

好的一面是在能應付我們目前的國計民生的需要，我們的國計需要充裕，我們的民生需要提高，我們若不向工業化進展，而仍然僅存留在農業生產的時候，我們台灣土地極其有限，生產不足而人力有餘，國計民生的需要無法應付，乃極明顯的事，所以工業化的發展是勢所必然的。二十年來我政府的努力，可以說大部份是灌注在這方面，而其所得的成果，已經博到中外一致的好評。然而我們豈非需要有所戒慎之處嗎？

西方國家特別是美英兩國，工業化的程度最高，兩年前本人親往觀光，看見他們國家社會各種的設施，固然都很進步，比起我們都是高明得很多。但是，本人沒有親眼看到他們西方人的生活是幸福的。本人到處都看到他們很忙，沒有一個人悠閒地在走路，他們的臉孔都很緊張而少有柔和的表情。本人所看過的家庭卻不是最高級的，但亦可說是中等階級的，他們男男女女都要親自洗碗碟掃地板。家庭很少有老人，老人在公園或路旁曬太陽的多得很。小孩少有人看管，因為家裡的大人，先生要到外面做事，太太也要到外面做事的多，家庭幾乎變成旅館，只供睡眠休息的樣子。他們平常少有時間燒飯煮菜，吃的都很簡單，要吃好一點的都須往菜館去才有。農民儘向市鎮集中，在英國看見很多牧場而很少見耕地，因為大家都集中在都市，追求職業以及現代設施的享受，以致空氣不好而少見天日，一到週末家家戶戶都帶乾糧向山野海邊流動，每家大概有汽車坐，有的在汽車後面拖帶小車箱，當作臥房廚房使用，全家人馬撰擇所好的荒野林中過宿，真是奇怪的現象。每個人獨立自主的精神極強，除了法律的管制以外，宗教的信仰、倫理的規範已經很顯著地失去其權威，自由思想與人慾增高相結合，暴露出男女兩性的奔放，離婚多未婚的媽媽亦多，加以共產潛力的的挑撥，政治的社會的特別是種族的鬥爭到處都有，都很厲害，社會人心呈現不安與紛亂。從這些角度觀看，我們台灣的現狀，算是很好的囉！

前面本人親眼所看到的美英各國的情形，我們這裡雖然還沒有到那樣程度，倘若今後我們都要專事工業化，什麼都是要講經濟發展，為要經濟的增長率提高，孩子也可以不要生了，若是這樣下去，這正是步了西方各國的後塵，那麼社會福利事業建設的事，鄙見以為就不必太認真做了。因為，西方各國特別是美英兩國，他們的社會福利事業建設，早就做得很多很好，我們現在才要認真來做，恐怕是趕不上他們，就是趕得上，料想也是沒有用場。因為講工業化講經濟效率的社會裏面，是隱藏無限量的人慾在內，人慾橫流不予節制的話，社會福利事業就是如何積極來建設，亦是枉然，前面已經指出西方工業先進國家的窘狀，足以供作前車之鑑矣。

這裏我們需要回憶　國父在民生主義遺訓中的一段，「民生主義的社會，不是以競爭為基礎，而是以合作為基礎。各階級互相依賴，在互信互愛的情形之下，共同生活，人人以其所付出的勞力為比例，來分沾其利益，如此，人民全體都有生活的機會，有完全自由並有充分的娛樂和幸福。」我們回憶　國父此段的教訓，「各階級互相依賴，在互信互愛的情形之下，共同生活……」云云，我們舉國上下必須有此信念，由此信念出發而為國族服務，在此大前提之下，才講工業化，才講提高經濟效率，這樣就不致放縱人慾而任其橫流，社會福利事業的建設，方能獲得有效的基礎，多做一分便得一分的收效。但是，實際觀察我國復興基地的台灣，今日排在眼前的情形如何，識者必有其戒懼的地方。

其次本人所考慮之點，建設社會福利事業的終局目標，是在實現和諧而穩定的社會，其細目的工作，如大同篇裡所說，「使老有所終，壯有所用，幼有所長，鰥寡孤獨廢疾者，皆有所養」等救濟設施。上面第一點所考慮過的，是關於社會構成的原理，是要以互信互愛互助的共同生活，來構成社會，然後社會福利事業的建設，才有功效才能達到目的，而不是功利主義，只講經濟效率的工業社會所能達成其使命的。此處第二點的考慮，是關於社會成員的能力素質的問題，換句話說，就是國民教育的深度與普遍不普遍的問題。世界人類自有歷史以來，其最大部份的社會成員，都是文盲與貧窮的男女。而文盲無知又是貧窮的最大原由，因此，國家民族的強弱興衰，僅看其國民之教育程度，便可窺其全貌。自古至今世界各個社會，還是沈溺在貧窮而無知的民眾為最多，為要救濟這部份人，社會福利事業之建設，直到最近才被提倡興辦，所謂僧多粥少車薪杯水，終屬無濟於事。乃有赤色政治野心家出現，利用最大多數人之無知與不滿，揭起階級鬥爭世界革命的旗號，掀開世界混亂當前的局面。簡單地說，並非是馬列主義有什麼了不起的魔力，乃是各國各民族中的大眾無知，而受階級仇恨的欺騙與搧動所造成的。結局基本的問題是在教育與領導，教育不普遍領導不周全，信心與愛心未能確立，至少對這一點不予關切不用力的時候，只是茫然舉辦社會福利事業，或者不至於完全徒勞，恐怕終是功半而事倍吧。

根據上面的考慮，我們既然要有計劃地開始社會福利事業的創辦，就該從根本上著眼，來進行社會福利事業。這裡想起中國國民黨總裁　蔣公在其民生主義育樂兩篇補述有所指示，

「民生主義教育的目的，是要教導一般國民，使其適於民生主義的社會生活，並成為革命建國的器材，首先的一步就要使一般的國民都能識字，都能具有公民的常識。……掃除文盲運動，乃是地方自治團體和市區鄉鎮中心學校的基本工作。」去年以來　蔣公以國家元首的命令，開始實施九年制國民義務教育，足見　領袖謀國的真知遠矚。鄙見以為在台灣固然要如此做，但是，將來復國的時候，在大陸各省各地要實施九年制義務教育，恐怕就大有困難，雖然，掃除文盲的運動，教導一般國民適於民生主義的社會生活，那是絕對需要盡力去推行的。

於是乎，本人誠懇地建議，我們在推行社會福利事業計畫上，應增加掃除文盲的工作項目，並使用本人所編制的閩南語注音符號，來實行掃除正在維持台灣社會，特別是農村或工廠的成人文盲，使其有機會能識字，能懂國語國文，能適於民生主義的社會生活，並成為革命建國的器材。我們中華民族有今日之地廣人眾，是由於車同軌書同文的緣故，我們固然要繼續尊重踐行，無奈文盲的成人民眾過多，實為社會國家萬病的根源，不從這面著手醫治補救，只僅費力於一般的社會福利事業而已，終是所謂揚湯止沸，而不是釜底抽薪的根本辦法。

有一部份人杞憂，閩南語注音符號，宣傳普及之後，台灣的民眾就不願學習國語國文了。這個顧慮絕對是多餘的，中華民族是永遠認定台灣是中華民國的一部份，而台灣民眾永遠是其國民。世界各國沒有一個正正堂堂的國民，不講他的國語不懂他的國文的呀，若是有那不是小孩子就是不見大雅的愚民吧！一個國家有其一定的國語國文，做其國民者沒有一個人，不願意參予其國家的公事，而與其廣泛的國民交往的呀。世界各國各地有了那麼多的文盲無知者，是由於帝王與官僚多年的愚民政策所使然的。現在台灣有這樣多的民眾不懂國語國文，原因是在五十年之久，日本帝國主義者的愚民政策所使然的。而台灣光復後二十多年來，除了學校教育以外，民眾幾幾乎沒有機會可以學習，因此，不能上學校的成年男女，就都不懂國語國文了，斷斷不是台灣民眾有什麼特別的心思，而不願意學習國語國文的。做國家的公民，而不懂其國語文的人，是落伍，誰願意呢！

本人早就注意無知文盲的民眾多，乃是國家社會的大病，所以自早就出盡微力，期能掃除同胞間的文盲。日據時代的事不必提了，台灣光復當初，本人在重慶陪都將返台灣的時候，第一便想要來著手掃除文盲，就在重慶作了一首閩南語白話字歌。在日據時期用閩南語也做了一首，作為宣傳之用，這次在重慶做的是用國語，其歌詞曰「文明開化誰不愛，原子時代已到來，四強之一大中華，落後百姓處處在，白話字像天使，要把學問的金鎖開，化我家庭成學界，你長進，這天使，帶你跑上文化的天台。」曲子也同時做了可以唱。返台後就用國語注音符號，改編了一套閩南語注音符號或名為閩南語白話字。國民黨中央遷台當時，本人曾經向其建議，說明利用這符號來掃除文盲與教導民眾的重要性。本人在公餘的時間，用這符號七八年之久，編寫了「閩南語國語對照常用辭典」的稿子，直到去年才由正中書局付印，因為遭遇印刷上各種困難，大概要再兩個月，就可印好發行請教各位。鄙見用這注音符號，足可教導成人民眾，脫離文盲的苦境，而成為適於民生主義的社會生活，豈僅能講國語能讀國文而已哉!!請准本人重複報告，我們現今在台灣，如欲教導民眾而收速效，除非利用此項注音符號，與大眾傳播的方法，是絕對沒有別樣更好的手段可用咧。

論到將來返回大陸，遍地都是更多更多的文盲存在，而他們二、三十年受了共匪惡毒思想的影響，絕對不可能是一呼百應的乖順人民，必定要從思想作風上，徹底加以一番善導與教育，社會才能安定才能有所建設。如說即欲實施九年制義務教育，那是顯然可望而不及的，第一政府財政必然極端支絀，其次師資從何而得羅致呢？所以光復後的大陸各省教育，必須因地制宜，重視地方方言，藉用注音符號，以平易的刊物或大眾廣播電視等方式，既省經費又免眾多師資，所不能免的教育訓練即可施行，便可獲致速效，便利祖國的重建復興。假如此一做法是絕對正確而需要的話，則如本人所編制的國語注音符號式的「閩南語注音符號」，亦請各省的有心人士，從速就貴省的重要方言，研制如本人所編制的一套符號，自今開始撰寫各種適用而必需的原稿，以備將來返回貴省使用，此舉竊為至關重要，讀者先生以為然否？

以上第二點的考慮，寫得過份煩雜，直截了當地說，就是掃除文盲教育失學民眾，正是社會福利的基本事業，倘若忽視此項的基要性，而貿然施行一般所謂社會福利事業的話，鄙見以為其收效則甚有限，此點就台灣的實情言，是屬如此，就將來大陸的情勢考慮，亦無不然吧?!敬請讀者指教。

民國五十八年二月六日稿

本校創辦的由來與使命

本校的創辦，乃是基於台灣長老基督教會北部大會的決議，要做為台灣傳教一百週年的紀念。而使台灣的傳教作風，由施惠感恩引人入信，更進而以靈性的覺醒獻身服務，換言之，即是由向來受惠感恩之消極的接受信仰，更邁進而為積極之精神轉向靈性歸順，不僅是做禮拜頌讚　主恩而已，而是信者以全生命全生活奉獻於　神前，作聖靈之工具與　神同工，參加完成天父上帝經緯人世未竟之功。為此，只僅以向來之傳道方式，在台灣在中國的現狀下，實有十月黃花之慨，信者不能遂其時代使命，教會再不及時切實檢討，而有所改革，則將為時代之落伍者。聖經已對我們有明訓焉。「叫我主啊，主啊的人不一定能入天國，唯有踐行我在天之父的旨意者方可」。聖教在台傳道百年，固屬可喜可賀的事，可是，另一面社會的耳目，已經漸對教會的信仰冷漠甚至反感，以為傳教亦屬一種職業，口裡喃喃而已，實際上傳教者多數亦都在旅行開會，為自己的榮譽奔走，浪費時間與金錢，不是以信德成就得到愛戴被任為大會或總會的議長執事，乃是以名利均攤的世俗的政治的方式妥協輪流獲得領導地位。台灣長老基督教會總會的第一任總幹事黃武東牧師，當其堅辭該職而將往菲律賓傳道時，曾經在台北市雙連教會證道，以「買櫝還珠」為題，痛切地警告台灣教會，謂西國人士來台傳教，猶如古昔中國戰國時有賣珠者，把藏珠之小櫝啟開，買主竟不識寶將珠退還，僅看上了小櫝美麗將其收買而珍存之。播教百年後之台灣教會現狀，與此略有相似，信仰如珠仍歸西方教士，台灣教會所留只是框殼儀式而已，應加警惕。本人欽佩其言之確切中肯，非具充分體驗而受　聖靈引導者，誰敢作如是的警告?!

我中國台灣之信仰生活，應由向來之感恩讚美之幼童作風，百尺竿頭進而成為報恩服務之成人作風。信仰的幼童作風，乃是受惠、感恩，知罪求赦的，信仰的成人作風，乃是充滿聖靈為神而活，踏義行愛的奉獻服務。踏義行愛不是輕鬆的事，　主耶穌要祂的門徒背起十字架跟從祂，就是要祂的門徒做行愛踏義的生活，在這充滿罪惡的世界，要來行愛踏義，往往是要犧牲自己背起十字架的。在日據時代的台灣，基督信徒都是日本政府的順民，對日本政府不義的惡政，敢作正面敵對而不順服的人，都不是基督信徒——本人最初也非信徒，因為台灣的信仰還在幼童時代，能（靈）力還發不出來。現在這時代是更兇惡多了，所以中國要復興復國，非靠基督信仰的成人能（靈）力的發揮不可，因為日本那時只是對人行惡而已，現在的共產黨徒不僅是對人黷武行惡，就連　神上帝他們也都要加以毀滅的呀！

欲得信仰的成人，就是要有能（靈）力背起十字架而與時代搏鬥的人，傳教非向智識份子進行，而俾其精神徹底悔改不可。本校跟別的學校一樣，在課室教授學生規定的課程，此外在宿舍生活之中，還有靈性的培養，本校的特色是在此點，本校做到了沒有?而親愛的學生，特別是第一屆畢業的學生已經得到了沒有？本人身為主辦者之一，深覺責任重大，願與全校的師生，共加檢討而改進之。

台灣傳教百週年紀念最好禮物（一九六五）

今年是基督教台灣傳教一百週年，全省基督教各教派教會共同一致將在六月中旬作盛大之紀念慶祝會，同時台灣教會公報社適為其創刊八十週年紀念，決定發行特刊紀念號，要本人發表感言，襄助盛舉，殊感榮幸。

宗教信仰絕對自由，乃是各法治國家在其憲法所規定，亦是文明世界各國各民族間之共同公約，亦可以說是現代人類生活之基本自由，因此人類和平之建立，以此自由著著在進步發展。幾百年前之事固不論，即一百年前在世界各國民族間，一般民智未開，彼此之交通殆屬閉塞，宗教信仰自由談何容易，幾乎以宗教信仰關係互相殺戮，實為世界普遍情形，中國台灣都不例外。基督教乃入世救贖之宗教是積極性的，因之其傳道佈教之活動，比其他宗教特別旺盛，況且其信仰中心之耶穌基督，自稱祂是生命之本源，是真理與自由之發軔，不信仰祂即無有生命，亦不得真理與自由。祂為證實此一真義，甘心嘗盡十字架上之痛苦，以促世人後代之崇仰，凡屬耶穌基督之信徒，無不以傳播此真義為己任，一百年前之英人傳教士及其後數年加拿大傳教士來台傳教，蓋由此信仰而發動者。

基督教有其高深之信仰理論，但更是有其血淋淋之奮鬥事實與結果，絕不是空空洞洞之虛渺談說。本來人類皆屬罪孽之身，不奉信仰而以自私自主為本色，其最明顯之象徵，乃為當今禍害世界人類之共產黨徒，此類黨徒否認生命否認宗教，主張階級專制階級自私，不准自由思想自由行動而以獨裁殺戮為手段，以期其控制世界人類為目的，是亦一明顯之事實也。美國可謂是前者信仰自由之愛護代表，而中共蘇共可謂是後者暴力獨裁無真理無自由之領導中心。此兩者所領導之全世界兩個陣營，正在對壘爭鬥流血中，更是一大事實，將來孰贏孰輸，想不久自有結局，吾人奉宗教愛自由特別是基督信徒，絕對確信勝利是屬於世界人類之　神上帝，亦是屬於我們信奉真理信奉自由者。

不過當此紀念慶祝台灣傳教百週年的時候，我們親愛的同信兄弟姊妹所應親切了解與決心者，我們今後應如何表現我們的信仰，奉仕我們的　主耶穌基督上帝，這是最緊要的紀念與慶祝的方法。不久以前聽說名佈道家趙世光牧師，曾向一羣本省各教會的領導者警告，本省教會好像一池死水，只有流入而無流出，而所積聚之水終必發臭，凡聽此警告之人，莫不感覺如刀刺心，本人雖不是直接恭聆其警告者，但總不免深覺慚愧，而必有一番決心與行動以補救於將來。回憶初期教會，因大家邪惡不信，　主耶穌的　上帝不得不遍行神蹟奇事，以開啟眾人之頑愚，以鞏固門徒之信心，其後又藉信徒犧牲救濟的仁愛行為，遍到迷信人羣的中間佈道，基督教的信仰乃得漸次普及於世界各個角落。台灣教會趙牧師說是一池死水，其由來是在外國傳教師之佈道方法，多藉施惠施捨的救濟手段，向貧窮無識之民眾佈道者多，而向有識有產之人士，促其人格覺醒自知罪孽之真切說詞太少所致。這個不能說是宣教師故意這樣做的過失，而是言語的阻隔與進步的過程所使然的。時代任其過去好了，我們今後當務之急，就是向人格的覺醒，人性的本質，直搗其要害來傳道才好。

世人究竟是頑愚，欲啟其頑愚有時神蹟到必要時，　上帝仍然會賜給的，世人是自私，欲引導幼稚的人，施行仁愛施醫施物亦是需要的，但是這些都是不得已的手段，前面已經說了。但只是這樣的傳教，是不夠的，是不能生根發芽，發生生命的作用。終局一句話，就是我們信　主的人，要依照　主的教示各自負起其十字架，作人格覺醒的服務與佈道，不僅在貧窮無識者之間，更是需要努力到富者識者的羣裡，現身說法使其真心覺醒，悔罪信　主才是今後本省教會需要努力的方向。說一句赤裸裸的不客氣話，現在台灣教會不少部分的牧師傳道師，已經在眾目所視之下完全職業化了，其所負擔的工作比較輕鬆而簡單，其所領受的薪全報酬比普通社會還要優厚一點，可以說他們自己沒有他們的十字架，那有能力可以傳出主十字架的福音呢。本人這句話恐怕要得罪不少，但是本人確信今後台灣教會若要不成一池死水，要有入亦有出的話，那麼需要由教會的幹部來一番信仰的復興，各能真誠地克苦負其十字架，向公眾人格的覺醒而進攻，使其大家不自私而能彼此相愛，做活活的獻祭來敬奉　主上帝，這才是台灣傳教百週年紀念的最好禮物，北部台灣基督長老教會在今年秋，要新建一所高等教育的學校，不顧加拿大母會有無補助，斷然負責進行，亦可謂一具體之小禮物吧。

雜文及其他

我的信仰（續）（一九八〇、五、八）

去年七月，真道研究期刊，出版了其第四期刊物，內中載有「我的信仰」一文，因時間關係，文中我提及我的信仰過程而已，並未提及我的信仰內容。現在編輯同仁要我再寄稿載於第六期期刊，正可補述我在前文未盡之意，深表感謝，懇請大家指教。

信仰是宗教行為，宗教是神與人的關係，世界中有些人說沒有神，只有真理、道德、利害的關係，沒有神只有人就沒有宗教、沒有信仰。但他們信有真理、道德、利害，這是出自人心的自信，或稱為主義。宗教信仰是神本位的，信心、主義是人本位的，有些人將信仰與信心混為一談，那是不可以的。

世界上宗教有多種，信仰亦有多種，有多神教、有一神教、有泛神教。多神教是以自然物自然現象、或是偉人道德家為神而信仰的。泛神教是沒有一定的神，凡是信仰達到某一程度，信仰的人自己就成為神，所謂開心見佛，即地成佛，這一派不稱神是將神稱為佛，就是佛教。至於一神教亦有多派，有回教有猶太教等，基督教也是一神教。不過，回教、猶太教等是由人所倡始，有所謂教主者，但基督教則不然，基督教的倡始者是神自己、是創造宇宙萬物的真神自己，藉人形出現在人類中間所倡始的。說明白一點，自回教猶太教，甚至各種多神教泛神教在內，一切的宗教都是由人來提倡而設立的，唯有基督教一個不是，基督教是宇宙的真神出現在人類中間所創立，因此說基督教是啟示的宗教，沒有教主——教主是神自己。

基督教不是另有一名稱耶穌教嗎？耶穌是人，豈不就是耶穌教的教主嗎？不是的，耶穌雖然稱自己為「人子」，祂不是由人的色情而生的，是神為完成其創造人類的工作，自己分靈入了處女馬利亞的肚腹成胎，出生而具有人形的神，這是馬利亞受孕之時天使告訴她，連耶穌這名字也是天使同時所給的。馬利亞原已跟約瑟訂了婚，只是尚未過門成親就懷了孕，約瑟知悉想要廢約，亦是天使告訴約瑟，懷孕乃出自神的聖旨，不是馬利亞有私情之行為，約瑟信從天使的話，便娶馬利亞過門（不同房）以後，耶穌才生出世。不信的人說，處女無色情行為而能生子，是絕不可能的事，耶穌教在其出發點，已經是荒唐無稽不能信。是以人為準是不能信，基督教、耶穌教不是以人為準的宗教，是以神為準的，在人不可能的事，在神都可能的呀！所以基督耶穌的宗教能流傳到現在，普及到全世界，今後還要擴展，今日世界各國的公曆，已經採用了耶穌基督的出生誕辰為基準，這是全人類所公認的事實，怎麼不能信呢?!

話雖然這樣說，其實我的信仰過程，先前的拙文中已經表白過，也是相當困難不是一下子就信仰了的。人總是人，父母所生的人是初生人，萬事都是從自己出發是自私自利的。因此，世界人類不能徹底相愛，不能和平相處，對神也是不願真心順服孝敬，多數信神的，不是要為神服務，而是要利用神求神賜福、庇祐以自利，因為初生的人都是自私，都是罪人。神創造人在世，本來是要使人代祂管理世界，使世界相愛有和平，結果若是這樣都是罪人的話，那豈不是神上帝的計劃失敗了呢?!神是萬能怎會失敗，不會的。父母所生的人有罪，是初生人創造尚未完成之故，神使耶穌出世，是要使初生人重生、完成人的創造，就是初生人信靠耶穌得耶穌的靈在他裡頭作主，而其罪得赦免，換話說，就是初生人信耶穌得救重生，除去私心成為靈的完人——神的兒女，順從神的義作神的器具，使世界成為博愛和平的樂土——也就是主禱文中的「天國臨到地面」，榮光神上帝的聖名!!!

我所信仰的基督教亦稱耶穌教，所信奉的神，在我們中國特稱祂為「上帝」，是無始無終無所不在的聖靈，宇宙萬物以及人類都是祂所創造所管理的。神上帝有三個位格，在天上的天國裡是聖父上帝，在地上的天國裡是聖子基督耶穌，在人類信徒之間是聖靈保惠師，這三個位格是一體的神上帝，這是世界眾宗教中的特點。因為神是靈，肉身的人類不能看見，人類是由祂而來，總有仰慕追求祂的心，其所追求的方向、深度不一，以致各種宗教由此而生。神上帝為補救此缺點，免得人類走錯信仰之路，乃特由處女馬利亞取得人身入世，自己啟示為耶穌，使人類能直接看見祂，不再迷路認錯祂，而得盡其為人所稟受的使命，這就是聖經所說神愛世人，賞賜獨子降世，神之有此作為，另具別的意義。神造人是要造有生命有自由的人，不像物體不像機器無自由。神雖然啟示為有人形的耶穌，但耶穌是基督，是救世主，這個認識，神是要初生的人自己自由來決定，初生的人才能重生，罪才能得赦，而成為神上帝的兒女——完人，行義管理世界，俾天國臨到地上。基督教的中心問題，是在要父母所生的人，能以自己的自由人格認定，信仰耶穌是基督，是救主，而行神的義，此人有了這個信仰與表現，他由父母帶來的罪就被耶穌的救恩洗清，成為重生無罪的完人——神上帝的兒女，做榮神益人的生活在地面世界，死後進入天國與神同在享受永生。不信的人（父母所生而無重生）就不受耶穌的救恩，不能重生而永遠帶罪，與神上帝隔絕而滅亡！人又是軟弱的，容易受魔鬼所迷，生活容易墮落，就是已經一次重生了的信徒，也是會變成掛牌的信徒，有名無實。所以耶穌基督在昇天之前，告訴門徒祂在末世時候，要再臨審判世人，無論是死了的或尚活在世的，凡是掛牌的信徒也是要定罪而滅亡的!!

前面已經說過，基督教是神上帝自己創立的，其目的是要人類都能行神的義，做榮神益人的生活，俾地面世界成為天國，貫徹上帝創造的精神。但是父母所生的人都是有罪不能做到，所以神自己分靈降世為耶穌，在世三十三年，最後三年間傳道，斷然宣告人看見他就是看到神上帝，信祂與祂合一生活，就成為神上帝的兒女，俾天國臨到地面。起初極少數人以外，無人要信耶穌的話，耶穌就行了很多神蹟奇事，使瞎子看見，瘸子走路，癩病潔淨，死人復活，聽海的風浪平靜，用五個餅兩條魚飽足了五千人等等。耶穌就說，你們即不信我的話，也當可以信我所行的事，耶穌雖然這樣苦心勸導，那時的祭司文士長老等特權階級的人都不信，不但不信，反以耶穌為擾亂人心，褻瀆上帝說他是上帝的獨生兒子，又是猶太人的王，乃將耶穌送官定罪。官府要耶穌取消祂所自白的身份，耶穌不肯，斷然告白，祂是奉差專為實證神上帝的存在而來的。耶穌被釘在十字架慘死，被埋葬後三天照祂的預告復活了，復活的耶穌基督又與眾門徒們聚會了四十天，然後在門徒仰視中昇天去了。耶穌又曾預告，在世界的末日要再來臨審判世人，無論生與死，連我本人在內。

感謝　主耶穌基督的救恩，六十年前在日本東京，就賜給我以上概陳的信仰。我而今已經九十二歲，在我三十二歲四月二十五日，恭受植村正久牧師的洗禮以來，時刻在禱告中與主同在生活，享有無限真福平安!!信主耶穌基督做信望愛生活，真是寶貴的福音，深願與讀者各位共享之!!!這篇拙文所記我的信仰，不是理論亦不是哲學思想，完全是由聖經、特別由新約四福音書，或考察宇宙自然的秩序，世界人類生活的情形，以及先輩聖徒的體認指點，各種事實的啟示而得，都是根據實實在在的事實而構成，特請鑒察。

主後一九八〇年中華民國六十九年五月八日稿

關於淡水工商管理學校相關資料

致嚴光夏教育部長函（一九六五、五、三）

光夏部長吾兄賜鑒：

敬啟者，本年度大專聯合招生錄取分配名額聞於本週內　貴部將予決定，日前弟晉見面陳純德女子文理學院於去年秋末奉准籌備經過，請賜　指導，該學院現改為女子文理學院，係出自　貴部之指示，即已具體進行籌備，今校舍宿舍業經開始建築，於八月底必能落成，其他所需各項亦在積極進行中。但未審　貴部最近將予分配之各校名額中有無純德女子文理學院之份在內，竊以為該校祇是奉准籌備，而尚未奉准立案，萬一不能分得名額，則本年秋天便不可能開校，若然，則弟之立場將陷於絕境，不能不負一切責任以自處，因此自覺萬分困難，未知吾兄何以教我，倘幸因　貴部既准籌備在前，自能酌予分配名額，俾可順利開校，前陳弟之窘狀不過杞人憂天已耳。究竟如何之處，還懇吾　兄賜予關照，無任逼切，懇禱之至。敬候

政綏

弟　蔡培火　敬啟五月三日

附件：私立純德女子文理學院籌備委員會致嚴光夏部長函

光夏部長鈞鑒：

敬啟者，五月二十日惠函於純德女子文理學院籌備委員會開會席上宣讀，本會各委員體會政府困難，恭承　鈞長德意准予改辦男女兼收三年制專科學校附設同科類之五年制專科學校，本應遵　示辦理，奈因距離教會所預期設立院校之目標過遠，本會未能達成使命，乃有決議請峰山先生再向　貴部長懇請加設三年制家政專科之舉，今聆峰山先生當眾報告　鈞長面示今年無法准許，俟明年度一定准予增設三年制家政專科，希望本會協助照辦。恭聆之餘各委員以為所差一年而已，對教會之所望既有交代，乃決議遵命　辦理，并決議校名改稱為私立北大商業專科學校（**名稱容再斟酌**），明日重新向　貴部呈上設校申請書，並派專人向　貴部高等教育司請示一切，至於董事會之成立為一切業務進行之原動力，懇請迅賜核定已呈之名單，以資本(54)學年度招生開校。敬此感謝

鈞長德意。順頌

鈞安

私立純德女子文理學院籌備委員會

委員　陳溪圳

委員　董大成

委員　黃六點
委員　陳泗治
委員　鄭蒼國
委員　柯設偕
委員　陳耀宗
委員　吳永華
中華民國五十四年五月二十六日

致靜波院長函（一九六五、五、十一）

靜波院長鈞鑒：

肅啟者，日前晉謁報告關於純德女子文理學院今秋開校許可問題培火之危殆處境，懇求我公同情解救，昨由友人相告閣部長似有難色，勸培火改辦專科，不然似將交付小組審查以推責任，因此培火自覺事更急矣，茲再補充報告兩點，懇請諒察。其一，教會前年擬在去年（五十三年）秋天開校（培火為代表將提出靈光理學院設校申請），前部長黃季陸先生相告，對新設院校政府採嚴格限制方針，如今即想獲准大有困難，勸我延緩一年，明年（即去年）從長計議。迨去年夏初，黃部長又懇切相告，理科學院政府原則可以許可固為君所知者，但為避免困難，可否不招男生，不然就改辦專科學校。培火顧及前部長之為難，乃重與教會切實商定，接受當局指示辦理女子學院，但請當局放寬科目範圍，准予開設女子文理學院。黃前部長答應為體貼經營上之困難姑予同意，因有去年秋准許設校籌備之部令下降。其二，培火向來在公私關係不敢苟且將事，自去秋以來，謹慎悉依教育部之指示項目著著籌備，自信今秋必能開校。而今部長調動，萬一培火對眾宣告之今秋開校發生枝節，則培火將何以自處。現一切案件悉呈在閣部長手下，准與不准儘可從命，如謂籌備事項尚有未妥，請即賜示，因到今秋開校時日尚屬充裕，必可依命辦好，現為聘請教員時期，不能再緩，至於改辦專科，似無可能接受勸告，情形如此，伏祈設法 賜教，無任切禱，待命之至。專此。敬頌
鈞安

職蔡培火 謹啟 五月十一日

謹附上五月三日培火呈閻部長之函稿

致星樵主任委員函（一九六五、五、十四）

星樵主任委員賜鑒：

敬啟者，培火為一基督信徒，台灣長老教會北部大會委屬培火負責籌設一所學院，以謀貢獻國家社會，自三年前（民國五十二年）即具體擬在五十三年開設理科學院，向教育當局請教，當時教育部長黃季陸先生相告，政府對開設院校採取嚴格限制，理科學院原則可以許可為君所知者，但須從長研議，希勿硬性定要在五十三年開校，再緩一年如何。迨五十三年即去年春，種種準備就緒，乃於六月一日正式提出靈光理學院之創辦申請，黃部長坦誠指教若只招女生諒能許可，培火了解當局有其困難，又切實與教會商定改辦女子學院，但請當局體會理科學院已屬難辦，而今再不招男生就學更益困難，懇請教育當局賜予放寬科目，因是去年秋末乃有准予籌備之部令下降。於今將近一年，籌備項目均照教育部指示進行，務期今秋能得立案開學，作為台灣傳教一百週年紀念事業，一切案件悉呈在閻部長手下。昨日培火面謁閻部長，請示並報告側聞教育部將在本月下旬分配聯合招生名額倘近日不能獲准備案，則無可能獲得分配學生名額，又在近日中不能獲准成立董事會，亦必無從聘得相當教員，請部長體諒，賜予從速決定，該部長表示難色。培火自覺已臨絕境，不能不承請吾黨中央賜予指導，俾培火能有繼續服務機會，竊以為對本問題，黃前部長之處理極其慎重妥貼，而一切籌備項目亦均遵照教育部之指示辦理，而今竟因新舊部長突然更動，萬一當局之前令與後令有所不符之事發生，則培火應負其全責以自處固屬事小，倘不幸因此而有礙及政府威信者，實培火所難安也，敬此急切事告，懇求賜予　指教，無任翹企，謹頌

黨祺

黨員蔡培火　敬上五月十四日

致張羣秘書長函（一九六六、五、十四）

岳公秘書長賜鑒：

敬肅者，台灣長老教會北部大會年來計劃創辦一所學院，推派培火負責籌備，在民國五十二年培火即向教育部黃部長季陸先生請教，設法於五十三年開辦一所靈光理學院，黃部長指示開辦理學院政府在原則上可以許可，但因對院校之開嚴，政府採嚴格限制方針乃君所深知者，希望不要硬性決定五十三年開校，還是從長計議為妥。迨五十三年春培火又向黃部長請教，渠懇切相告若能不招男生只招女生諒可允准。培火亦知部長有其困難之處，乃切實與教會商定改辦女子學院，以作台灣傳教一百週年紀念事業。祇因理科本屬難辦，而今再限男子不能就學，事實上無法經營，是以請求黃部長准許開設女子文理學院。教育部去年秋末乃有女子文理學院准許籌備之正式部令下降。培火竊以黃前部長處理此事非常慎重得宜，不幸黃前部長急退，閻新部長對此部令表示為難，經託人暗示培火，因此培火焦急萬分，現設校基金約新台幣八百萬元，培火一人所收樂捐近一百萬元，校地約七甲業已買妥，校舍亦已開始建築，本年八月底即可落成。一切籌備項目悉依部令進行，倘與閻部長所暗示今秋不能開校，則培火對眾所言盡是空話，培火必須有所自處，吾　公諒可同情下懷。今天已是五月十四日，聞教育部在五月廿日前後即行配定聯合招生名額，在本月十八日以前教育部再不批准該校董事會之成立，不但分配名額無法得到，而欲聘請教員亦無從下手矣，蓋教員之聘請須在本月末聘定，六月以後各有去處，將無人可應聘矣。情形之急如是，敢請吾　公賜予援手，言無倫次。懇請鑒察，是所切禱。即頌

鈞安

晚蔡培火　敬上五月十四日

致鄭錦榮議長函（一九六九、十二、二十三）

鄭議長錦榮道鑒：

敬啟者，本董事會於本（十二）月二十二日召集開會，先由本董事長發言，請問各位董事，自數月前政府對本校彭校長調動問題有所指示，本董事會對此指示之處理意見分歧不能一致，今要開會以前，本人應先請問明白，出席各位董事是否可以一致接受政府指示，否則本人立場上不能擔任「不能一致接受政府指示」之董事會董事長，而為其會議之主席，敬請先作決定。討論結果決議如左：

根據董事長報告本董事會謂政府指示有關彭校長調動問題本會對此指示之處理意見議論良久不能一致，因學校經營上亦不能再拖延時日，故本董事會滿場一致總辭，敬請北大議長儘速妥予處理。

謹此報告並請迅予妥善處理，耑此即頌

道安

私立淡水工商管理專科學校董事會

董事長　蔡培火　敬啟

十二月二十三日

致少谷秘書長函（一九七〇、二、十二）

少谷秘書長賜鑒：

敬啟者，有關私立淡水工商管理專校彭校長調動問題，雖經嚴兼院長下條教育部，指示該彭校長應負行政責任應予調動，由教育部長妥予處理。嗣鍾部長邀約董事會常董三人面示 兼院長條諭意旨。該三常董即在董事會報告諭旨，乃有顏黃張三董事表示意見，謂非有正式公文到會不能接受指示，董事會遂不能有所決定。培火負董事長職責，乃轉報於鍾部長，後經部派人由培火隨同往訪前記顏黃張三董事，說明 兼院長之諭旨，但在開會時渠等仍執前辭。因董事會意見不能一致（**現在教育部有案之董事人數，實存十三名中能出席者十二名，贊成接受諭示者七名，主張需有正式公文之指示方能接受者四名，一名中立**），培火乃於去年十二月二十二日開會時宣告辭去擔任主席，對方自覺無力推出主席而提總辭職之意見，全會一致由董事長報告長老教北部大會鄭議長處理。我政府管理私立學校之作風，因法規關係付予董事會負其管理全責，政府除有特殊情形者外，均以疏導之法處理之，何況政府年來正在力行法治與政治革新者乎。培火深感職責所在尤知德薄能鮮，雖盡最大努力擬負全責處理，無佘彭校長向各方發出書面聲明，謂政府中某某方面均支持其立場，調動問題悉出自蔡董事長個人自私之偏見，因而教會大會以其舅父陳牧師之勢力，乃有不予調動更要續聘四年之議決。最近又有教育部高職司，明知上峰有諭而大饗其彭校長之盛宴，更有本黨智青黨部，以中央黨部兩大員之介紹，彭校長竟以萬分光榮的神氣而成為本黨黨員矣。培火將有何力氣，可以應付於下月初舉行之教會大會耶（**董事會之改組需由大會提名**）。事關安全系統問題，而　嚴兼院長亦曾　賜示，應請教於　尊前，茲恐晉謁有擾公忙，特上此報告，敬祈　賜示，為禱。順頌

政綏

蔡培火　敬啟

民國五十九年二月十二日

附陳：日前調查局有人來詢，培火是否知道，接近逃犯彭某之人物在淡水工專做事，培火答以略有所聞，但以人事權全在彭校長手裏，本人無能為力。又培火感覺彭校長延長在職一日，不但培火對國家社會所負職責無從交代，　嚴兼職院長之諭示未能貫徹，亦屬有礙觀瞻，因此可否由教育部再邀長老教北部大會正副議長面示　嚴兼院長之諭旨，以促北大部會之慎重考慮。或有其他有效方法同行，譬如彭校長既然加入為本黨黨員，是否可以黨規使其服從　嚴兼院長之諭示。

又本報告副本同日送張岳公　嚴兼院長　張秘書長寶樹

專著

基督者の友に檄す

序

本論の著者蔡培火君は、臺灣の人で、私とは已に二十年以上の交友、臺灣には私の知り合が指を屈しきれないほどある、その中でも私は蔡君が好きで、蔡君は内臺を通じて私の最も好きな友の一人である、文章が上手、演説が上手、唱歌も上手、絵画も上手、所謂縦横自在、往くとして可ならざる所なき才質のお方である、しかも、気慨に富み、信念に篤く、憂国の誠、愛民の情、私は常に敬服いたして居ります。

それ故、君が、今回、本論を寄せて下され、本輯に採録することが出来たのは、私の感銘に堪へないところである。

然しながら、それ故に、私は、君の本論の趣旨に一々賛成であるとは申しません。

私は、元来、宗教家若くは宗教を信仰する人達が、その信ずる宗教上の真理若くは、抽象的絶対の理念を以て、直に、現実の政治に当てはめて批評し、非難せらるゝことを非とする者である。私は、その間に相当の幅の広い距離を画して居る者である、君の本論は、それを一足飛びに飛び越えたものでないにしても、殆んど飛び越えんとした節がある、且、その政治家論は、国家の已に定まつたものは別とし、賛成する人もあらう、賛成しない人もあらう、戦争と政治とは異なる、一概に一億一びといふ訳に往かず、そこには対論の余地のあるものを認めねばならない。

君が宗教家の務めを論ずるに当り

「我等に最も適合する部門の工作は、申すまでもなく、宗教、教育、及び救済の諸事業であります」と唱へられたことは、正にその通りで、怕らく誰一人の異議のない所であらうが、但　それだけでは未だ満足しきれないものが人に在る、殊に君に在る、それを如何にせんやである。

それ故であらう、全篇を通じて、君の激しきつて居られる姿態が窺はれる、私は君の気持を能く察することが出来るが、我が基督教界の先輩君子の感触は未だ測られない、どうぞ、君の辞を以て君の心持を咎めず、その誠意を諒して、その真意をたづね、耳に忤ふの節々はあらうとも、これを忠信なる同信の友の勧告として受け容れ、今後の新計画、新発展に資せられんことを祈る次第である。

昭和十六年五月二十八日

編者の一人として

君の友　田川大郎

ことわり

本稿は昭和十四年九月に、非常な困難を感じつゝようやくにして書き挙げたものゝ一部であります。初めは『新東亜建設のほそ道』と題して、我が東亜の現状に即して、宗教と政治との交渉に就いて書きましたが、時勢に鑑みて労して益なしとの友人の忠言に従ひ、発表を取止めました。昨十五年の夏中、教会合同の内情を聴き、また日独伊三国同盟の実現をも見ましたので、益々時勢の逼迫を感じ、已むに止まれざる心情に駆らるゝまゝに、新しく「南方に見る我が幻影」と「教会合同の問題に就いて」の二項を執筆し今年一月再度の上梓を決意致したのでありました。先きの取止めは、友人の忠言もあつたが、私自分にも教会のことを彼れ是れと無遠慮に書き記したので、旧交ある教友の中私の意を諒とせず、互にマヅイ眼で見合ふものゝあるべきを惧れたからでもありました。然るにその後友情や私徳などに対する私の顧慮から私は離脱し得て、去一月再び上梓を決意し色々と努力して見たけれども、何うも萬事圓滑に運ばれず、再度の公表も挫折して終ひました。

偶々右のことを田川先生に申しましたら、先生は自分も丁度一文を脱稿したばかり、君の稿を整理縮小して自分のと合冊しようかとお仰って下さいました。私は二十数年以来、田川先生を尊敬師事致し、先生も私を愛顧指導して下され今日に至りました関係上、甚だ恐縮とは存じながら、お言葉に甘へて余白に拙稿を載せて頂き、誠に感謝に堪へませぬ。

此の度は政治に関する部分を多く削り、標題を換へて，『基督者の友に檄す』と致しました。文中尚ほ政治的愚見の一部、特に汪氏に関する項の如きを残存して在り、自分ながら大いに十月黄花の感なきにしもあらずでありまして、併し問題は未だ完全に解決せられたものでなく、而もそこには日本自身の問題と日華両国関係の調整に対し、頗る微妙にして且重大なる契機が包藏せられて在るを窺見致しますが故に、陳腐を構はず残して置きました。唯だ憾らくは私の言私の意を尽し得ず、私はそれ位の程度にしか言表し得ませぬ、この点何卒今後の事象に照合せて、読者各位に諒察して頂きたく思ひます。

昭和十六年五月末

蔡培火　白

基督者の友に檄す

一、基督者よ汝の影薄し

(一)無花果の実はいづこに

日本事変はもう四ケ年近くを経過したが、蔣政権が自ら折れて来て、日本に和を乞ふやうにならなければ、事変がまた当分継続すると見るべきであらう。蔣政権では、己れの敗戦責任を隠蔽せんが為めに、中国の民眾に対し、過去四ケ年に亘る抗戦の功績を誇張して、敗退や失地したのは、皆豫定した戦略上の計画であり、此の敗退戦略が、立派にその功を奏し、今や日本は既に一等国の地位から顛落して、二等国となつた。更に結束して抗戦を続ければ、最後の勝利は自分等のものだと言つて居るやうであります。勿論これは彼等の必要から割出した妄断に相違ありませぬ。さりとて日本には全然変つたこともないかといへば、相当変つたところもある。帝都の大路に立札が林立して、或は一菜一汁主義とか、或は勤倹貯蓄、享楽廃止とか、或は全国民一日戦死とまで各方面各団体の特志で、大眾に対し各自の自粛緊張を促してゐる。国家総動員法の実施、国民徴用令の発動、物価統制や生産拡充等、これ等は凡て平素になかつた事変色であります。その上、米国も漸く露骨な素振りを示すやうに向いて来たのだ。帝国日本は元より内には自給自足、堅忍持久の準備あり、外には日満一体の機構、更に日を追うて愈々中国新政権との聯繫が強化されつゝあると擧国一致して、聊かも動ずるところはないのだけれども、所謂非常時性の深刻化は到底否認出来ない。国民大衆の覚悟は益々徹底すべく、夫々の奉公活躍も、益々敏活強盛となつて来なくてはなるまい。何であるにせよ、苟且偷安の如き存在は、国民的義務感から既に許さるべきでなく、況や信仰あるもの、国民的義務感以上の霊的義務感を有するものに於てをやであります。

信仰、特に基督者の信仰は、人間として持ち得る最高の志だ。信仰者は志士の中でも、国家社会の安寧幸福に志を抱くばかりでなく、寔に世界完成、天人同労といふ天的理想に向つて、永遠の創造とその完成を志す志士の中の志士であるべき筈であります。一家一国の為めに尽すは、甚だ結構であるが、斯る程度の奉公尽忠は、信仰者、特に基督者を俟つまでもなく、いざとなれば萬人等しく為し得る行動であつて、此の程度のことに於て、基督者は勿論人後に落ちるものでない。国家に忠、国人に愛である以外に、基督者は敵をも愛します。国家の命令とあれば基督者も陣頭に立つて戦ふ。併し基督者の真使命は、寧ろ戦を無くすることにあるのではありませぬか。自国の安寧を図る以外に他国の安寧をも図る、共存共栄の平和工作こそ、信仰者、基督者の真使命でなければならぬ。戦争は一時的現象だと謂ふべく、不断日常に於ける平和工作に失敗し絶望したときに始めて起る混乱状態である。けれども基督者の平和工作は、平素日々の坐臥起居の間に於て、水が低きに就くが如く、光が間隙を穿つが如く、機会さへあれば、何時何処でも努力して已まざる艱難辛苦の連続であるべきであります。

日支事変発生の前に於て、基督者は何を為したか。事変発生後の今日まで、基督者はまた何を為したのか。少数の無力孤独なる篤信のもの、或は言論に或は文章に於て、今日の如き悲惨事あるべきを且つ豫言し、且つ警告して、孤軍無援で奮闘したのはあつたけれども、所謂有力の信者、教団などは、果して何か信仰者の真使命に相応しい言動がありましたか。唯だ、信者未信者の別なく、擧世悉く信仰の無力を痛歎して居るのみであります。最近偶然、或る大教会の幹部の正直な告白を聴いたのによると、教会の中では、決して時局の深刻さを感せぬ理ではない。その負ふべき責任あるを辨へぬ理でもない。只だ如何せん、平素から教会内のことにのみ没頭して、世間一般の大局大勢に通ぜず、今何をしてよいか、実はその判断に迷つて居る状態ですといふお話であつた。噫！　此の正直な告白は、その正直さに於て敬意を拂ふべきだが、世の沈淪を救ひ潔むべき大導師として立ち、神の独り子イエス、キリストの花嫁たる自覚に燃える教会として、斯る進退谷つた不見識な状態に陥つたことは、責任を尽す尽さぬの問題よりも、責任を尽し得るか否かの素質の問題、信仰の問題になるではありませぬか。

凡そ、最も高貴な存在は、その存在の意義を失墜し、或は逆となつたとき、最も下賤な存在となるのであつて、天使の堕落したものは即ち悪魔であるのであります。真実と生命とを失つた職業的宗教程、俗悪にして醜汚なものはない。聖書に凡ゆる罪を犯しても赦されるが、独り聖霊を冒瀆した罪は赦されないと記してあり、寔に懼るべき警告であります。誰よりも多く聖霊に親しみ、聖霊に充された筈の信者、信者の集団にる教会が、何故に此の空前未曽有の重大時局を衆に先じて認識し、身を以て衆に先じてその苦難を負ひ、是を是とし、非を非として、侃々諤々の言を発して世に警醒を与へ、身を以て大難に当らなかつたか。唯だ大局大勢に通じないから、引込んで居ると言つても遁れられないだらう。是れ聖霊を悲しませるもの、望霊を汚したものでなくて何でせうか。信仰無力、教会無能といふ滔々たる世評を耳掩うて聴かぬ素振りを為し得ても、幾万幾百千万の生霊が、或は死し或は傷き、或は流亡して路頭に迷うて居るのを、何う見ぬ素振りで済まさうとも出来ぬことだ。斯る生地獄を現出する前に、教会は何ゆゑに、之を止めようとしなかつたか、また此の生地獄が現出した後に、教会は何をしてこれが緩和救済の途を講じたか。前記の個人的告白、何をしてよいか実は判断に迷つて居る状態だと言つたその告白は、正直な点に於て、恕すべきであるけれども、多くのものは伝道の美名に隠れて、苟且偷安を謀るのであつて、誠に慨歎の極みであります。昭和十四年度に於ける某大教会の「非常時特別伝道案」と銘打つて発表した其の内容の要点を抄録すれば。

本伝道の目的

本伝道ハ主トシテ国内ノ諸教会ヲ動員シ、非常時局ニ対処スル態勢ヲ整ヘ、内ニ於テハ福音的信仰ノ訓練ト教会ノ強化トヲ図リ外ニ対シテハ積極的伝道ニ邁進セントスルヲ目的トス。

本伝道ノ高調スベキ諸点

本伝道ニ於テ特ニ左記ニ列挙セル諸点ニ対シテ深甚ノ関心ヲ拂ハレンコトヲ要望ス。

一、全会員ニ福音的信仰ノ本質ヲ再認識セシメ其ノ訓練ニ全力ヲ尽スコト

二、教会観念ヲ強化シ主ノ体タル教会ノ実ヲ発揮スルコトニ最善ヲ致スコト

三、教会ノ三大集会タル朝礼拝、夕礼拝及ビ祈禱会ヲ更ニ充実強化スルコト

四、教会内諸体ノ機能ヲ整頓シ其ノ各個ノ運動ヲ教会ノ強化ニ資セシムルコト

五、家庭ニ於ケル信仰生活ヲ推奨シ之ヲ教会生活ト並行セシムルコトニ一層ノ努力ヲナスコト

六、三万六千名ノ他行会員及ビ住居不明者ヲ調査シ彼等ヲ教会生活ニ參加セシムル道ヲ講ズルコト

七、二万六千名ノ現住陪餐者ヲシテ真ニヨク聖餐ニ陪シ教会ノ責任ヲ負フ者タラシムル為メ一層ノ工夫ヲ拂フコト

八、非常時局ニ対処スル教会ノ態勢ヲ整備シ全会員ガ伝道ニ対シテ興味ト責任トヲ痛感

スルヤウ萬全ノ道ヲ講ズルコト

是れを漠然と見れば、その目的の段に於て、国内の諸教会を動員して、非常時局に対処する態勢を整へ、内に於ては、福音的信仰の訓練と教会の強化とを図り、外に対しては、積極的伝道に邁進せんとするのだと、如何にも非常時局に対処する非常態勢に相応しい強力声明のやうでありますが、実質的に吟味検査して見ると、その「内に於ては」といふ項は、結局「教会生活に参加せしむる」こと丶、「教会の責任を負ふ者たらしむる」こと丶の外に何ものもなく、而してその「外に対しては」といふ項は、「全会員が伝道に対して興味と責任とを痛感するやう萬全の道を講ずる」といつて、今にして始めて教会員の伝道に不熱心なるを痛感し、教会の経費数拾萬圓の中より鳩首評定の結果ヤツト參千圓を割愛して、大陸伝道の大旆を掲起し、以てその所謂萬全の道を講じたといふ程度のものに過ぎない。宗教は隠遯的のもの、混濁の現世と没交渉のものだとなすならば、敢てまた何をか言はんやである。現在宗教々団の多くは、その全力を挙げて教会堂宇の豪壮を誇示し、導師教師の飽食暖衣、安易清逸を支持する外為すべきことなしかのやうでありますから、非常時局に対処する特別行事、特別行動として「教会生活に参加せしむる」こと「教会の責任を負ふ者たらしむる」こと等は、教会を愛する精神の発露ではあらうが、只に此の案文に止るのみにして、自らを加へるの余り他を顧みざるやうな事あらんか、それこそイエス・キリストに属する者主の体主の花嫁だと如何でか申され得ませう。

試に外を見られよ、幾百萬の人命は已に失はれた、又人は将に暗黒一徹の此の時局に処して勇奮死に赴かんとしてゐる。此の時にこそ結実なき無花果に類する事なく、我等はそれらの死を一死だに徒にせず却つてキリストの栄光に帰せしめずにはやまないのである。又その為にこそ教会の存在の意味、十字架の上に屻ぬられたキリストの贖罪の秘義が全体的に体得されるのではありませんか。

某大教会の非常時特別伝道案は、前記の「何をしてよいか判断に迷つた」結果として諒とするも、次ぎに挙げる基督教界に於ける二大存在、一人は教会主義派に於ける名望地位の高い老牧師、また一人は無教会主義派中に於ける令名ある闘将の次に掲げまする言説は、実際政治家の一家言としてならば、元より論外に属するけれども、信仰を以て一世を指導し、基督教界に於ける最高権威者としての教説が是れだとすれば、信仰確立の為め、真理顕現の為め、はたまた世情明朗、世相安定を企求する為めに、軽々しく看過することは出来ませぬ。

満洲事変の当初、或る大教会の総会礼拝に於て、その教会の祭司長とも称すべきものゝ説教の結語に曰く、

「私共は今日の場合、教会の職能を思うて、何よりも先づこの回心を考へざるを得ない。祖国の東洋、アジアに於ける使命は、益々重大である。由来我が国民は平素階級間に、政党間にて意見や議論がまちまちであつても、一度国難に直面して立つとき、そ

こに実に涙ぐましい、美しい一致がある。今日、満洲問題や支那問題についても、私共は、軍事行動に出るとか、戦争をするとかいふことは、飽くまでも慎重に考へねばらぬが、しかし実際、祖国のアジアと東洋に対する使命のためには、生を賭しても進むべきところに進まねばならぬ。その一致団結勇往邁進の精神に、一度、神の息がかゝれば、実に祖国の前途は洋々たるものがあるのである。しかし、これを為さしむる第一要件は、何と言つても『回心』即ち基督によりその罪赦されて、新に生れるといふことの他にはない。そして、我が教会こそ、この新に生れる『回心』を所有して居り、益々豊かに所有せねばならぬのである。」云々。

何うです、大した大説教ではありませぬか。大教会の最高権威者の教説が堂々と斯様に公表して憚らないのでありました。一体この大祭司が呼号する「祖国の東洋、アジアに於ける使命は」といふ、その使命は宗教的のものであるか、或は政治的のものであるか、全く曖昧至極であります。我が国民の国難に直面したとき、何時もそこに実に涙ぐましい、美しい一致の精神が発露するといつたのは、蓋しこれは日本人として当然あるべき国民精神でありますけれども、併し夫れは何も基督教と関係するところはない、況や基督教のお蔭で出来た精神では絶対にないのであります。此の精神は明かに、日本国特有の国家的結束の日本精神でありまして、此の精神に神の息がかゝればといふのは、一体これは何んのことか？　まさか教会の中に御神輿を担ぎ込む理には参らぬだらう。キリストは「我が国はこの世の国にあらず」とお仰られたのを、大祭司たるものは知らない筈がないとなれば、彼れの教説は一場の気体めだと断ぜざるを得ませぬ。斯る説教に何の霊力かあらん、祖国の前途は、斯るものゝ説くところの「回心」によつて洋々たり得ないことは、恰も手品師によつて物を壊すことがあつても決して物を殖すことのないことと一般であります。

右は教会主義派側の代表的教説の一斑を記したのでありますが、後に記す伊藤祐之氏が歎かれたやうに、イスラエル中のイスラエルと自負するもの迄も、即ち教会主義派の不純に反対して、真理の純正を保つために立つた無教会主義派の指導者中にも幾多の無能不見識を暴露したのであります。昭和十四年六月頃、無教会主義派の或る代表的雑誌で、次の如き基督信者としての政治論、政策論を読みまして、深く心の痛みを覚えました。

「近衛声明によれば、支那をしてその独立を保全せしめ、日本の主義思想を理解して、新東亜建設の為に日本と支那とが手を携へて行かうといふのであり、誠に立派な声明である。唯問題は『撲られた』支那がさう容易に日本と手を携へて新東亜建設に進んで行くであらうかと云ふ事である。予思ふに是は至難事中の至難事であり、たとひ一時的に支那が日本に屈服し、日本と手を携へて行く如くに装ふ事があるにしても、面従腹背は人の心であり又世の常であつて、何時日本に対し不意打を喰はせないとも限らず、今後の日本と支那との関係は、益々悪化して不断の対立関係となり、新東亜建設の理想が、却て東亜の二国に永遠の対立を来さしむる如き結果とならないとは限らない。斯くなつたならば、それこそ大変である。之を防ぐのが今日の日本の責任である。

事変が茲迄進展して日本が支那に於てその力を振つて居る今日となつた以上、日本はモツト積極的に支那の治安、政治、経済の各方面に於てその全般に亘つて責任を取つて行くべきではあるまいか。此の際支那の独立とか聖戦とか云ふ美しい名称をあまりに振り翳し過ぎ、唯之のみを擁護せんとし、その結果実質的に支那の政治が改善せられず、日支関係が良好とならないならば、それは恰も美服を擁護せんが為に肉体を犠牲にするか如きものであつて、決して賢明な処置ではない。

此の際日本は思ひ切つて支那に於て更に一層権力を把握し、支那の政客を表面に立てゝ躍らせる如き事をせず、日本人が堂々と表面に立ちて、支那の為に善政を布くべきである。かくして支那の一般民衆をして、日本が政権を握る事によりて支那の民衆が非常に幸福になつたと感ぜしむる如くに為らなければならない。若し支那民衆をして、かく感ぜしむる事を得るに至るならば、その時こそ始めて『日本に撲られた』事の意味を諒解する事が出来るであらう』と。

ア！此の議論は明確なる信仰意識の下になされたのであります。私は論者とは直接の交際がありませぬけれども、多年に亘る宗教々師としての清き貢献、特に教会改革による信仰純化の運動に於けるその功績に対して、私は平素から敬慕してゐた方であります。此の人こそ此の時に真に靈力に充ちた警世の箴言あるべきだと期待に堪へなかつたのに、発表せられた教説は以上の如き強硬革新派の政論そのまゝであります。

基督を信仰しその教から割出した時局観がこんなものでよいならば、もう基督教の真理性も卓越性も何もかもなくなつて終ひませう。基督教ではまた何んの勇気があつて伝道をなし、人々はまた何んの必要があつてキリストを信仰せんやであります。嗚呼！

㈡二三の実例に就いて

私が直接経験した事実の中より二三例だけ取挙げて、もう少し私の不平を訴へさせて頂きます。

微賤菲才なる私が、「国家興亡匹夫有責」と云ふが如き感懐からして、真に坐つても立つてもゐられず、満洲事変の直後、もう内政問題で是非を争ふべき秋でないことを思ひ、二十数年来臺灣島内でやつてゐた政治上、社会上の改革促進の諸運動を抛り棄てゝ、私は東京を中心に、日華関係の好転に資すべく、蟻一匹の微力でも尽したく色々と計畫を立て、多数の人士に話しかけました。特に私は宗教的、社会的方面に着眼致しましたので、自然と宗教方面の人、教会内の先輩、友人に望みをかけて、努力して廻りました。遺憾ながら私の接触した限り私の望みは悉く水泡に帰して、教会内の所謂有力者の多くは、或は馬耳東風の為態で、或は積極的なものになると、我々教会人は、教会の屋根瓦が剝取られる場合に立至つたら、その時こそ我々でも死力を尽す覚悟はある、然らざる場合は世間の成行きに任すといふ得々の返事でありました。

私の愚かな考へでは、宗教家たるもの太平無事のときに於ては、専ら神の道たる真理を説いて、世人に警醒を与へ、常に道の存在を明示して以て世人をして道から離れしめないやう、高座より清新の教を垂れるのは、結構であり、幸福な清らかな生活であると思ひます。けれども、乱世有事のときに処しては、そのとき必ず道は破られ、真理は蔑視せられるのであつて、道を護り真理を愛する宗教家は、このときにこそ説くばかりでなく、衆に率先して道を行ひ愛を示さなくてはなりませぬ。それこそ土泥まびれとなり、血腥き活躍奮闘をして以て道の尊厳と、真理の実在とを立証せねばならぬ。然るに世が益々乱れ、人が際限なく死んでゐても、尚ほ高座の上に端然と喃々して居られる宗教家は、果して教会の屋根瓦の剝取られる場合に、死力を尽し得るであらうか。假に死力を尽し得たとしても、それは道の為めではなく、パンの為めであると思はれませぬか。私は想像で此を言ふのではありません。可なり多い実例を私は持つて居ります。

その中の二つ三つ最も私をして悲ましめた実例を挙げますと、或る大先生が、米国へ渡つて平和宣伝に出掛けると聞き、馬鹿正直にも私はその先生に対し、切角平和を宣伝する為めに御苦労をなさるならば、何故態々米国へ往つて中国に往かないか、中国と日本の間に於てこそ先づ平和は説かるべきであると遠慮なく愚見を述べ、その先生の態度の不真面目に憤慨し、私がサツサ出て来て電車に乗ると、一人の人が継いで私の側に坐して私に話し掛け、先刻私の話を同席で聴いて感心したと告げ、而して是には実は種々の事情があるので、我々弟子達がこの際は米国は行かれる様にとお勧め致したものだと具に告げて呉れるのでありました。私はそれならば、平和宣伝の為めとて太鼓を擂いて世を欺いてはいけないではありませぬかと直言して別れました。

もう一つは、私が前々から中国語を日本に普及せしめることの、英語のそれよりもモツト大切なるを感じ、方々に説いて廻つても糠に釘で一向手ごたへなく、竟に或る神学校の校長に話込み、最初は人を介して話したのだつたが埒開かず、私は図々しくも自ら乗込んで談判をした。その校長先生は相変らず不賛成の理由として、第一時間がない。英、独、ギリシヤの各国語を学ばなくては、神学の研究が出来ぬ、神の聖旨が分らぬ。第二に金がない、支那語の教師を迎へるための資金がないとのことでした。私は浪人の癖に、金は必要に応じ与へられると思ふが、時間がないといふお話は解りません、時間はあなた方当事者の見解一つ、考へ方一つで出来るではありませぬか、此の非常時代、此の国家社会の危急存亡の分れる非常時代に、それだからと云つて英語ギリシヤ語は忽にしていゝと云ふものではなく、只その時間の一部を割いて中国語を学び、既にイエスの十字架を仰いで感得した筈の愛、その犠牲愛を大陸に往つて身で行ひ、口で説いて、日本人にもかゝる愛心ありと分らせる方に努力するのが、宗教家として尽忠報国の精神にも称ひ、神の聖旨顕揚にもなるのではありませぬかと云へば、彼は依然頭を振る一方で、自分にはさう思へぬ、自分達はモツトモツト英、独、ギリシヤ語を学ぶ必要があると確信を以て答へられたのでありました。

更に臺湾での一例を挙げて止めませう。今より七十年余り昔から、英国人宣教師が南部臺湾に布教して来た。遂に臺南市をその本据と定めて、学校、病院をも開設し、外科を特色とする新楼病院といふのが、本島人の間で信用が厚く、その第一代の院長マツクスウエル氏は、牧師キヤムベル氏、バークレイ氏等と共に真にキリストの犠牲愛に充ちた活動をして、未信者の臺湾人までが大変彼れらを尊敬したのでありました。ところが歳の経つに従つて、人間も変り事業もだんだん型にはまつて、だんだんと精神的衰退を来して、矢張り惰眠墮落の職業的存在と成り果てゝ終つたのであります。昭和五年あたりでしたか、私は永い前から同信の友数人と共に、前記新楼病院の経営を何時までも外人宣教師の手に任して置くことは、信仰的にも臺湾人の体面にかゝることゝ思ひ、議を括めて該病院の経営移譲を宣教師団に交渉したが、その新任の院長が英国より着任して間もないので、今暫く従前通り経営して往きたいといふ、その儘話が一時立消えの形でありました。その後満洲事変が突発し、その院長が何で不安を感じたか、私に対して以前の御提議に応ずる用意ありと告げられた。其後種々の経緯曲折の後に今日の新楼病院を見るに至つたのではあります。而しその抑々の発端に教会が自らの立つ使命を見失ひその責任のある処を不分明にして、只お膳立が出来たソレデハと云つたやうな労する事少なくして機会に便乗し剰へ教会が何でも彼でも経営しなければ教会の恥だと云つた体の安價な外聞に執はれその外聞の糊塗にのみ急々であつた事は正に隠せない事実でありました。その結果は病院内は挙げて自薦他薦まるで派閥の紛争に終始し病院が当初使命とし教会が当初目的とした処を或は逸脱した憾みなきにしもあらずで、私達は斯くまで事志と異つたのを只々心中痛恨してやまないのであります。

私は徒に曝露を以て喜ぶ者ではありません。而し病院の今日、その現状は是を私に代つてよく物語つて呉れてゐるのではないでせうか。嗚呼！現代に於ける基督者の影薄し、豈所以なきことならん哉であります。

㈢思慮深く信仰に徹せる植村先生

昭和十四年七月二十七日發行『新シオン』誌第六十一號で、伊藤祐之氏が教會主義派、無教會主義派を通じた基督教會に於ける內部的汚點を、抽象的ながら摘刮して余すところなき名文を発表せられました。茲にそれを紹介致しませう。私はこの文を拜読して、近来罕なる感激に撃たれ、思はず主の聖名の為めに感謝の禱を捧げました。今その一節を抄録させて頂けば、

「更に最近私は偶々故高橋元一郎著『平和と子供』を繙きつゝありました時に次の一節にぶつかりました。

……そこで幸徳、堺、内村等は萬朝報を退社して、（註─所謂日露開戦直接後の非戦論の問題の時のこと）幸徳、堺、の二人は明治卅六年十一月十五日、週刊平民新聞を刊行して非戦論の主張に努むる事となり……。木下尚江、……住谷天來……などの基督信者も頻りに文を投じて応援し、内村鑑三は単身『聖書之研究』に據つて頻りに開戦の

非を鳴して居た。基督教徒の青年中に此の非戦論に加担した連中が余程多かつた。併し教会の先輩は……（中略）……思慮深き植村正久の如きは戦争問題、社会問題を外にして唯一直線に福音を説き、徒らに議論をして騒ぐよりも先づ教会の財政を整理して一日も早く外国ミツシヨンの手を離れて自給独立せしめようと骨を折つた。（沖野岩三郎著『基督新教縦断面』より転載）

思慮深き植村正久より肇るのが今日のこの国に勢力ある日本基督教会であります。その牧師達も亦思慮深き人々であるは言ふ迄もないでせう。彼等のうち神学者は少くないでありませう。しかし乍ら理想の為に玉砕するが如き神の忠僕は暁天の星よりも少くあります。比較的堅実と思はるるものでさへ左様であります。斯くして神と世（財剣）とに兼ねつかへる利口な幇間的牧師はウヨウヨすることとなり暗黒の時代に世の光となりて之を導くもの、腐敗せる世に地の塩となりて之を救ふ能力あるものが基督教会に缺乏して了つて、基督教会は世にひきづられ、世に利用され、やがて世に棄てられて踏みつけらるるより他なきものとなるは当然の事であります。

一般基督教会が以上のやうでありますが、更に悲むべきことはイスラエル中のイスラエルと自負するもの（伊藤氏は無教会主義派を指して言はれたであらう）迄が神半分、世半分神と世とに兼ねつかへる堕俗、惰眠、低調に陥りつゝある事であります。人を恃み肉を其の臂とし神の真理を曲げ己が智慧を語るものがあります。或は巧に信仰の看板を掲げ、うまくキリストを利用して甘き汁のみ吸ふて己が腹を肥し、広き道のみ漁り歩く『世渡る僧』、『信仰商人』があります。その言ふ所は実に堂々として居ります。しかしその生活行動を仔細に験して居りますと現世利益、名聞利達、己の為に大なる事を求むる自己中心主義の他何ものもありませぬ。」とありました。

噫！　噫噫!!　同信の諸兄姉よ、以上伊藤祐之氏の言は、誠に寔に、現在基督教界に於ける内部的堕俗、惰眠、低調無力に陥りつゝある実情を指摘し、「世渡る僧」、「信仰商人」に対して、当頭の一大痛棒を加へられた理であります。斯く言はれる伊藤氏は、勿論キの為め道の為めに、止むに已まれず断腸の思ひで述べられたに相違ありませぬ。私が態々茲に紹介致したのも、決して、臭いものゝ蓋を取るやうな考へでしたのではなく、全く滔々たる信者無能、信仰無力、宗教無用の声浪が、満天下に瀰漫して、如何にも残念でなりませぬ。最近、東京朝日新聞の社説にも、「深刻重大な時局の進展に即応して、尚社会的に、特に際立ちたる宗教活動の認められないかのごとき非難の声を聞くことは、単に当事者のみの遺憾ではなかつたのである。」とありました。深刻重大な時局に即応する際立ちたる宗教活動のあるべきことは、通俗に云ふ「家貧出孝子、国乱見忠臣」の如き意味からでも、当然期待せらるるのであるにも拘らず、他の宗教はさて置き、キリストの贖罪愛を蒙つて回心し、己が十字架を負ふて主に従ふことを誓うた基督者基督に属する教団までも、恰も時局の険悪化を他処事に観るが如き態勢にあるのは、世を救ふ為めにその独り子を賜うた神の愛、我々の罪を潔める為めに十字架上で流された基督の熱血に対して、申訳ないばかりか、只だに君国を思ふ一念で、甘じて身を捨て父母妻子を棄てゝ、戦場の露と消え去られた幾多の将兵に対しても、全く慚愧の至りではありませぬか。

私は茲に一言辯解をさせて頂きたいことがあります。伊藤祐之氏の文中に「思慮深き植村正久より肇るのが今日の此の国に勢力ある日本基督教会であります。その牧師達も亦思慮深き人々であるは言ふ迄もないでせう。」と言はれた一句、特に思慮深き植村正久と言はれた一句、この一句に就き、何卒私が知つてをる事実で以て、辯解を許して頂きいと思ひます。

故植村正久先生は、薄信なる私の信仰の育ての親で御座います。先生は私が東京留学の初期から、私を見出され、私が一条に素直に信仰を奉ぜず、四五年程の間、私が儒教遵奉者として儒者の生活は基督者のそれに劣らぬとて、先生に無礼な議論を吹つかけても、先生の御眼は私を見失はれませぬでした。私が学校を出ると同時に、先生は大変喜んで下され、「もう以前のやうな子供らしい了箇でなく、愈々実社会に立つて為すあらんとする君なれば、素直に信仰を奉じたら何うだ」と、念入つての御勧告で御座いました。当時破衣破帽でゐた貧乏書生たる私、別に先生の御印象に好かるべき外見とてありませぬでした。然るにも拘らず、私が信仰を恵まれて洗禮を受けたとき、先生は教會の幹部を集めて特別感謝会を開いて下さつたのでありました。先生はあの多忙の間を、八回か九回程臺湾に親しく渡られて、精神的に顧るもの少なき臺湾を顧みられ、日本人の宗教家にして、先生よりも先きに臺湾で神の愛を説き、神の愛で臺灣を愛せられたものは、なかつたやうに思つて居ります。第一こんなことで、植村先生は言はるゝが如く思慮深い方ではあるが単に思慮深しと云ふには余りに温情遠大、真に慮りある方で御座居ました。

先生は日本人でも士族の名門の裔であり、彼れ若し言はれるやうな思慮深き幇間的牧師、世渡る僧であつたならば、彼れは必ずや権勢に媚諂つて、臺湾の政治を謳歌し、私の如きものを小猫のやうに撫馴して、依て以てその愛国振りを発揮したであらうのに、事実はその反対に、先生は私より先きに、又私よりも深く、臺湾政治の不明朗を憎み、これでは日本の使命は果されず、日本の不名誉だとまで憤慨せられ、私達が東京で起した臺湾政治の革清運動をば、先生はその全力を傾けて支援せられたのであつた。日本中央の政界で私が知り得た先輩各位の中、先生の紹介に因つたもの蓋し十中八九を占めました。信仰上では、故島田三郎先生は植村先生とは余り御圓満でなかつたやうでしたが、先生は懇ろに私を島田先生に紹介して下さいました。先生は政党の弊害をも備さに指示せられ、決して一党一派にのみ偏すべきでないことまで教へられ、直接間接各派の一流政治家を紹介して下さいました。在野の政客ばかりでなく、或るときは御自分で私達を率れて、ときの首相原敬氏や田臺湾総督を訪問し、臺湾政治の革清を強談議せられたこともありました。東京在住の臺湾人及び臺湾学生の政談演説会に適当の会場が得られず、先生は自分の教会堂を使用せよと言はれ、私は教会員からの異議あるべきを豫想して遠慮致したしと申せば、俺が完全に責任を負ふからとて、遂に清き先生の説教壇上から、野気紛々たる臺湾政治の改革論が怒号せられたのであつた。先生は大正十三年私達が、臺湾で、臺湾官憲のために牢屋に閉込まれたときにも、堂々臆するところなく、東京から辯護士として最近逝去せられた貴族院議員元朝鮮高等法院長渡辺暢先生を特派して下さつた程、先生はそんなに或る意味で思慮深い方と云ふよりは直情徑行の方でありました。

私から見れば、先生は実に純真至誠の日本愛国の志士であられました。その純真至誠に感化され圧倒されて、無力闇愚の私も自ら計らず、今日まで困苦艱難しても、大日本帝国の大が、宗教的にも政治的にも、層一層と発展向上するやうにと希願して已まなかつたので御座います。闇愚なる私の希願が何んだか漸々別方向に現はれたので、私は殆んど窒息せんばかりに苦しい、アゝ伊藤氏が言はれたやうな思慮深い方でなかつた私の先生、我が植村正久先生が業に已に慈愛深き天父の聖前に召返されて、今此の地上、此の国に在られないのを、私は先生に叱らるべきを知りつゝも、私は敢へて我が師のゐまさゞるを喜ぶと申します。私が存じ上げてをる我が植村先生が、若し今また御在世でありましたら、それこそ大変だ。先生は何んなにお苦しみなさるべきか蓋し想像に難く御座いませぬ。とてもとても伊藤氏が言はるゝやうな、現在の日本基督教会の多くの思慮深き牧師方々の清高さに、我が植村正久先生は絶対に企及致し得ませぬ。此の点、恐らく私よりも更に確実に保証せられる多くの方々が居ると思ひますが、何卒伊藤氏に私は御諒解を願ひます。

伊藤氏よ、あなにの文中にある幸徳とは、幸徳秋水！　あの大罪人幸徳秋水のこととは違ひますか？　若し違はないならば、私が茲に思ひ出す一事——私ならトテモ出来ない一事——その一事を私が今思ひ出します。私の先生故植村正久氏は、あの幸徳秋水の事件に連座して死刑を執行された大石誠之助といふ人の遺骸を、引受けようと願出て許されず、先生はまた白眼環視の中にあつた大石の妻子を引取つて世話せられたのであつた。そればかりでなく、大石の妻女が信者であつた関係、先生はその教会堂で、警官監視の下に、大石遺族の慰安礼拝の会を催されました。ことは極めて旧い、明治何年のときに、若し植村先生は言はるゝが如き思慮深き方であられたならば、彼れはキツトそんなことをなさらなかつたらうと現在の私が思ひ、また伊藤氏思もはれることゝ存じます。（植村正久と其の時代第五巻一〇一三頁以下参照）

伊藤氏よ、右私が縷述した如く、私の先生故植村正久牧師は、あなたが仰せられたやうな思慮深き方、決してそんな信仰商人ではありませぬでした。伊藤氏よ、あなたは今日の此の国に勢力ある日本基督教会の牧師達も亦思慮深き人々であると断ぜられたのは、私は辯解致しませぬ。けれども私の先生は右の事實のみを以てしても、明かにそれらと違ふ存在であります。植村先生が尚ほ御在世でありましたら、必ずや現在の日本基督教会をそのまゝにして置かれないと信じます。先生若し教会を何うすることも出来ませぬでしたら、恐らく日本基督教会を敝履の如く振り棄てゝ、別に教会を建立せられるか、或はそれも出来ぬのであったら、植村正久先生は必ずや、信仰証しの為めに独立独歩でやっても、線太き基督者として、責任ある指導者として此の時勢に処せられたであらうと、私は確信します。アー、基督者の影薄き今日此の時局に、私の先生、故植村正久牧師を追慕するものは、私一人ばかりではないと思ふのであります。

二、東亜共栄圏建設の認識

(一)時局進展の方向

事変は何う片づくか。時局は何う打開かるべきかに就き、是れは恐らく、当今萬人の等しく関心を持つ問題であり、焦慮して已まざる問題でありませう。

事変の初めに於て、我が日本では軍事行動の範囲につき、不拡大の方針を堅持したが、遂にそれが放棄せられて拡大方針となり、軍事行動の期間についても、行動開始後数ケ月に即戦即決を目論見る向きが多く、それが四ケ年近くを経過して現在に至り、尚ほ何時終結せらるべきかを知らない状態であります。行動の有効適切による戦果の獲得に於ては、我が軍は連戦連勝、向ふところ敵なしでありますけれども、一面に於て、蔣政権側の戦線拡大、持久抗戦が實現されたやうな形であります。

事変の意義については、近衛声明を以て、日本が中国の民眾を敵とするのでなく、排日勢力たる蔣政権の打倒にあると声明されました。蔣政権を打倒し、中国民衆の中より、日本の新東亜秩序建設に協力する親日政権を出現せしめんとする点に、本事変の中心的意義があると闡明せられ、更に進んで此の意義を徹底せしめて往けば、所謂新東亜秩序建設の本然の姿態が、そこから顕現して来る。即ち東亜諸民族の大同団結、自力更新による欧米諸民族との勢力的均衡、文化的均等を達成せんとする独立自主の東亜人の姿態を現前せしめんとしてゐるやうに見えます。此の東亜人の新姿態は、勿論事変の当初に於て明かに意識せられ、看取せられた理ではなく、是れは全く事変発生後に於ける凄風惨雨、炎天熱日の鍛錬を蒙つた結果、知らず識らずの間に胚胎されて来たものであつて、昭和十三年十一月三日の近衛声明の一節に曰く、

「帝国の冀求するところは東亜永遠の安定を確保すべき新秩序建設にあり、この新秩序の建設は日・満・支三国相携へ、政治、経済、文化等各般に亘り、互助連環の関係を樹立することを以て根幹とし、東亜に於ける国際正義の確立、共同防共の達成、新文化の創造、経済結合の實現を期するにあり、これ實に東亜を安定し、世界の進運に寄与する所以なり。」

近衛声明に於ける此の一節の中に、東亜新姿態の青写真が現されてあります。

我が国の対支国策の発展的声明に呼応して、中国に於ては国民党きつての大先輩汪兆銘氏が、重慶政府に於ける枢要の地位を敝履の如く抛棄し、その旧き同志の憤懣を一身に引受

けて、安易の生活から態々荊棘多き艱難の境地に身を置かれることになつた。汪氏が此の挙に出たのは、目前その国民の流離顛沛の苦しみを救はうとするにあるのは勿論であるが、彼が声明に於て言った太平洋に於ける永久の平和を維持するため、即ち孫文先生の提唱に係る大亜細亜主義の實現を期することに、その決死的行動の根本的動機が存すると思ひます。

我が日本政府の新大陸政策たる東亞新秩序建設の国策表明と、汪兆銘氏の平和提唱運動との合流したところに、時局進展の方向が示されたと信ずるものであります。東洋民族の進歩繁栄を将来すべき方途は、此の一途の外にもう別途がないやうであります。此の際此の機会に、此の一途に向つて、東亜協同体創設の為めに、それぞれ応分の力を尽すべきだと思ひます。特に平和を愛し、仁徳を重んずる憂国憂民の志士、悠久の道を説き大道を弘布せんと念願するの宗教家は、一般の人よりも率先して、此の東亜協同体の創設に協力し、實際行動を以てより熱心に貢献なさらなくてはなりませぬ。此の問題は決して単なる理想、況や唯だの政治問題なりとして、そつちのけにして終るべき性質のものではないのであります。

幼稚未熟なる田舎の小子、東亜協同体といふ名詞こそは、これを用ひることを知らなかつたけれども、昭和十二年七月岩波書局から出版した『東亜の子かく思ふ』なる小著の中に、大体この東亜協同体の本質に就き、私の幻想を記して置きました。茲にその一二節の抄録を許して頂きます。即ち、

斯るが故に、東洋の子、東亜の子たるものは、須く旧套から脱して、その本来の本

領に立還り、その遠祖列聖の遺風を顕彰して、領土再分割なぞ利己打算の策略から離脱して、良心的歩武を揃へて躍進し、以て無告の弱者を救拯すべき道を熟慮の上驀進せねばなりませぬ。

我々の遠祖列聖の遺風とは何か、政治に関した方面は即ち王道の大精神であります。西洋風の帝国主義の原始的、素朴的な形態として、我が東洋にも覇道なるものがあります。その覇道を我が遠祖列聖は唾棄して措かなかつたのでありました。然り、王道だ！王道の大精神だ！「允恭克譲、光被四表、格於上下、克明俊徳、以親九族、九族既睦、平章百姓、百姓昭明、協和萬邦、黎民於変時雍。」此の王道であります。此の王道の体得者は即ち王者だ。「思天下之民、匹夫匹婦有不与堯舜之澤者、若己推而内之溝中。」是れだ、是が即ち位に在るものゝ遵奉すべき王道の大信条であります。此れこそ紛ひもなく、我が東洋の遠祖列聖の宏謨であり遺風であります。

日本は当今正しく昭和の聖代であります。上には聖明ましまして、内には如何に二・二六事件の如き逆捲く荒濤が起つても、大命一下、直ちにして跡方もなく消去り、外にあつては、已に倒れてまたと立つべからざりし満清の社稷再建を援助して、両国の関係は日増しに敦厚に向ひつゝあります。茲に我が東洋精神の光輝が見えて居ります。満洲国の将来に就き尚ほ豫断を許されぬと言はれますが、若し真に独立国家として三千萬民眾の王道楽土と成り得ば、而して他方に中華民国の統一建設をも、日本が心より之を喜ぶやうになり、更に進んでは印度三億の大衆も此の大勢に力を得て、久しき敗残の身から起つて自立独立するやうになれば何の領土再分割の要あらんやであります。（第六四頁八行―第六五頁一二行）

我が東亜の大局を維持して往く中心勢力は、日本と中国であると思ひます。言ひ換へれば、日華両国が、互に親善して協力するならば、東亜に始めて平和と進歩発達が期せられるのであるが、若し不幸にして、日華両国が何時までも現在のやうに対立し摩擦するならば、我が東亜の前途は、誠に暗澹たるものがあることは、再三申した通りであります。夫れ故に、日本人と中国人を問はず、凡て東亜で生を営むものであれば、等しく此の点について深甚に考慮し、覚悟を定める必要があります。私は微小ながらも、日本人の一員であり、東亜在住者の一分子であります。現状のまゝで往けば、東亜の全地を挙げて、非常なる大不幸の現はるべきを察して、深く思ひ詰めた結果、以上のやうな愚見を披瀝して、以てお互の反省を促したく思ふのであります。以上は、東亜の現状を凝視して、その当面の反省と応急の対策を、粗略ながら申し述べた積りでありますが、それは単なる既成の情勢を緩和すべき一時的の対策に過ぎない。更に所謂「抜本塞源」の根本的考慮、計画を新に建てなければ、たとひ一時の彌縫が出来ても、根本的禍根が除かれた理ではないのでありまして、その内にまた艱難を惹起するに相違ありませぬ。

然らば「抜本塞源」の工夫はあるか。私は考へやうによつては大にあると思ひます。我々は国家の成立した由来と使命を忘れて、単に国家なるが故に、国家を天降り的に考へた迷妄を抱いて居るのではありますまいか。此の点を深切に、日華両国の同胞に考へて戴きたい。日本は建国以来、已に二千六百年に垂んとする萬世一系の立派な皇国だ。而して、中華民国は建国僅か二十六年、幼少の国に過ぎないけれども、それでも四億の大衆を包容せる五族協和の大中華民国ではありませぬか。然るに現在では、両国何れも非常時局とか、焦土外交とか、或は最後関頭とか抗日救国とか言うて、空前の危機に瀕したと絶叫して居りますが、この世界無類の大日本帝国を、焦土と化してまでもと言ふのは、甚だ不謹慎の譏を受けませぬか。また切角幾多の犠牲を拂つて築き上げた大中華民国を、抗日排日とばかり奔命してゐては、この大中華民国の成長発達の上に、凄惨なる強風怒濤が襲来して、目茶々々に荒されて終ひはせぬか。茲に於て、我々はこの矛盾から脱出する途を発見すべきであります。即ち日本を焦土と化せしめないばかりでなく、益々日本の光輝を発揚せしむべき国策や外交の建方をすれば宜しい。大中華民国を目茶々々に破壊すべき運命に至らしむべく、抗日排日の政策を継続するのでなく、中華民国の国基を益々安固に据ゑ得べき善隣の政策に返ればよいと思ふのであります。つまり、完成の途に進み、破壊の途から去るのが根本であります。

完成の途と言へば、種々様々あらうけれども、日本の国勢と中国の国情に鑑みて、私は次ぎのやうな方策に出ることが適当にして且つ賢明なりと信じます。日本は四面圏海の島国で、小締りに始末しよいやうに出来てゐて、その上、徳威広大無辺なる皇室が、挙国億兆の上にましまし給ふのでありますから、国家としては、最も理想的に根幹が立つてゐると思ひますこの根幹を本にして、更に磨きをかけて往くことが、日本の完成ではありませぬか。而してその磨きの工作の中で主要部を占めることは、過剰人口の捌き途と工業原料獲得の途を得ることの二点でありませう。更につきつめて言へば、過剰人口の吐き口を得る一点に帰着すると思ひます。又、中華民国の国情を考へて見るに、彼の国は所謂「地広物博」の国柄で、その缺くるものは平和と教育の外に何物もない。門戸開放、機会均等と云つて居りますが、歴史的に観て、中国ほど門戸開放、機会均等で一貫して来た国は、世界中にまたとありませぬ。現在四百餘州の広土を有し、百幾種類の方言を語る雑多の民族から混成した四億の大衆を包容して居る、此の事實がそれを証明して居ります。故に中国は、要求されるまでもなく、誠にそれ自体が門戸開放であり、機会均等の国柄であり、所謂「四海之内皆兄弟也」といつた立前の国柄でありま す。だが、此の国に於て常に求めようとして居る一つのものがある、それは統一された平和でありまして、その統一の任に当るもの、即ち政権把握者の誰なるかを問ふよりも、常に平和を来らすべき統一そのものを求めて已まないのであります。故に中国に平和と統一を来らせるものは中国の主であり、この平和と統一を来らすべき協力者は中国の友であり、是れた反して、その平和と統一を打ち破るものは、永遠に中国の仇敵となることを知らねばなりませぬ。

茲に於て、我々は一段と問題の中心に触れて来ます。先きに申した抜本塞源の根本策は、そこから発見せらるべきを信じて疑はないのであります。即ち日本は、中国の門戸開放、機会均等といふ其の立国の大精神を摑んで、過剰した人民をば、中国の平和と統一とを来らすべき協力者として、間断なく大陸に送り出すことであります。その為めには、豫め、夫れ等の者の智徳を磨き、夫れ等に中国の言語を教へて、中国の風習に融和し得る素地を造つてやらなくてはなりませぬ。言ひ換へれば、善良なる中国の友人として、夫れ等の過剰した人民を大陸に送り出すといふことであります。若し、斯様な平和的移民をなすときに、中国から排斥されて受入れられないならば、その時は即ち中国が、それ自らの建国精神を失墜したのであつて、中国の亡ぶべきときであります。又若し、上述のやうな用意と努力をせずして、唯だ漫然と特権を主張しても、仕方がないといふことになります。そのときは、彼此相互の間に暗雲が常に低迷し、凄風惨雨の続く日を見るばかりだと、思はねばなりませぬ。

斯様にして、日本は益々磨きをかけて、益々世界無類の国光を放ち、中華民国も同様に磨きをかけて、益々その「地広人衆」の大包容力を発揮して、中華料理の如き豊富な調和ある美味を増し加へるのであります。是れ即ち、我が東亜永遠の平和策でありまして、現在の危局を打開すべき根本策であると信じます。噫！　日華両国は、真に唇歯輔車の友邦であり、同文同種の同胞兄弟であります。この親しき密接の関係にありながら、現在の如き艱難の危機に瀕しても、若し尚ほ互に覚醒して、平和的、協調的方案を立てようとしないならば、それは誠に、天が我が東亜を禍せんとして、先づ我々の心を暗愚にしたと思ふ外ありませぬ。日華両国の同胞よ、大難正に我々の頭上に降りかゝらうとして居る、互に眼を醒して立上りませう、立つて而して、我が東方文化の真生命に甦り、我が子孫後裔の為めに、永遠なる平和の基礎を据ゑて、以て行詰つた世界各国各民族に、新しき光明の道を指し示さうではありませぬか。（第二二六頁九行―第二三一頁一〇行）

以上の如く、私は小著『東亜の子かく思ふ』の中に述べて置きました。東亜協同体の名詞こそは用ひてなかつたが、東亜協同体を形成すべき精神内容を、私は前々からそのやうに夢想してゐたばかりでなく、實は微力ながら、過去の私の生涯を通じて色々と實際的に努力もして来たのであります。不幸にして私の努力は悉く水泡に帰して、而して我が東亜の天地遂に戦乱の巷と化しました。中国側は尚更のこと、我が日本もその為め莫大なる国帑を消耗し、幾多の貴き人命を落し、貴き熱血を流しました。噫！避け得られたら、寔にこの不幸は避けたかつたのであつたけれども、到頭避け得ずして不幸が怒濤の如く襲うて来て、我々は四ケ年近く以来、等しく苦難の真只中に溺れて終つたのであります。体験は最良の教師であらう、我々は絶大の艱難困苦を嘗めて、茲に始めて東亜協同体なる新創作に思ひつき、先づ日本では近衛声明を以て、日本国家の総意を中外に宣示し、引継いて中国では汪兆銘氏の決死的平和提議が開始されて、日華両国の間に一呼一応で声気が融通した次第であります。こゝだ！　此の東亜協同体の創建に、事変処理の目標があり、局面打開の方針が存すると認識せねばなりませぬ。寔にこの目標、この方針は、我々の苦難の中から泌んで出た代価高き名着想であります。我々須く捨身になつて、ともども相携へて此の一途に向つて、活路を開くべきであります。今までの行動に出た我々は、もう此の途に進む外なく、幸に立派に成功すれば、即ち大亜細亜主義の達成であり、不幸にして失敗に終つたときは、それは少なくとも日本と中国との抱合心中となるべきでありませう。

(二)東亜協同体の機構性質如何

昭和十三年十二月二十二日に発表された近衛声明は、帝国の大陸政策、東亜政策の精神大綱を中外に宣明したものであつて、その根幹は、東亜永遠の安定を確保すべき新秩序の建設にありといふことであります。而して、その新秩序の意味を釈明して、政治、経済、文化の各般に亘る日・満、支三国の連環関係であると言はれました。この日満支三国の連環関係、これを別の語でいふと、即ち東亜協同体になります。事変前まで永い間、日華親善といふ題目の下で、識者が色々と論議したことはあつたが、到頭その親善の実現を睹ることなくして、国民政府の統治から脱離して満洲帝国が先きに独立建国せられ、引継き冀東政権が成立し、竟に芦溝橋の銃声と共に日支事変が発生して、華北には臨時政府、華中には維新政府が接踵して誕生し、遂に汪兆銘氏等の蹶起によつて、新南京国民政府が組織されたのでありま す。満洲帝国は現在のところ、国際的地位に於て独立国家を形成して居りますが、日本帝国の人民でありながら、満洲国の官吏となることが出来、満洲国の軍隊が日本帝国の軍隊と共同一致して行動をなし、尚ほ日本の人民が満洲国内で自由に居住し土地を所有するは勿論、一切の経済活動、文化活動の指導を行うて居ります。即ち日満両国は一体の機構を形成し、親善関係よりも更に更に進んだ緊密の関係となりました。そこで東亜新秩序の建設、日満支三国の連環関係、即ち東亜協同体の創建は、如何なる具体的機構方式を以て表現せらるべきであるかは、誠に興味ある問題であります。

現下の政治問題は、政党政派を超越した挙国一致の国家総意を以て遂行せられるのであつて、猥りに個人の私議を許しませぬ。併し将来の問題に属する未決定の事項は、豫想豫見として野人の蕪辞として述べることは、敢へて差支へないばかりでなく、国事に関心を持つ国民の本分の一部であるべきと思ひます。

過去の私の生涯に於て、私は日華親善論を以て一貫し、私の日華親善論を嘲笑して、癡人の囈語なりとするものが少なくありませぬでした。ところが時勢が急速の間に大々飛躍を遂げて、日華親善の程度でなく、東亜協同体の創建をば求める状態に急変化して終つたのであります。日華親善を説く場合に於ては、日本帝国と中華民国とを二人の独立した個人に譬へれば、独立した二個人の握手提携を意味するのであるが、今後の創建を求められる東亜協同体の場合に在つては、独立した二個人の結婚生活を期するにあると申してよいではありませぬか。これこそ共存共榮、盛衰興亡を共にする一体的関係であるべきと思はれます。滿洲建国以来、日満の関係は一の協同体としての関係であります。然らば日満華の連環的、一体的關係、即ち東亞協同体に於ても、矢張り日満の関係を拡大した如きものであるか、またそれであつてよいのか何うかを考察せねばなりませぬ。

日満協同体は既成の事実でありますが、将来の東亜協同体をもそれに倣つてやらうとするならば、それは労多くして功少いのみならず、殆ど不可能に近いと考へられます。日本と中国との協同関係は、政治の点に於て蔣政権を除く外、如何なる政権にしても中国人の自己決定に任せ、その主権を尊重して、日本は単に忠実なる支持者として、また良き助言者としての範囲内に止めて、絶対中国の政治に介入せぬがよいと思ひます。従つて軍事に関しては、協同関係の条約成立後、防共に必要な合作の外、全軍を引揚げて、中国の内部の治安粛清は悉くこれを中国の統一新政権の軍隊に行はしむるを賢策だと考へます。経済に就いては、互恵関税を設けるか、或は相互に関税を撤廃して、有無相通じ、租界や治外法権の如きは完全に破棄しなくてはなりませぬ。萬一諸外国との間に兵端が起るやうであれば、日華攻守同盟を締結して当るべきであります。一般の経済施設とその交渉に関しては、可及的にこれを自由問題として取扱ひ、両国政府の権力を以て強行せぬが大切であると信じます。文化建設のことについては、私は東亜協同体創建の根基を是れに置くべしと強調します。これこそ両国の朝野官民が一致して、力強き大行動を起すべきだと信じます。殊に前述の経済聯携で、日本は先づより大なる利益を得る理であるから、消費者としての中国民衆に奉仕する意味でも思ひ切つて為さるべきことだ。日本政府指導の下に、日本各方面の民間勢力を動員して、中国民衆に対する文化建設とその普及を図つて頂きたい。特に中国人の衛生医療の教育とその機関の施設に最も力を用ひて頂きたいのであります。尚ほ文化建設上、何れの部門についても注意を要することは、資本主義的な大規模の集約経営を為さずに、つまり近代都市文明の発達を助長しないで、質樸純良なる中国特有の農村生活に、近代文化の潤澤を調和せしめるやう、欧米文明の害毒に染まざる新文化の建設普及を切望に堪へませぬ。

以上の如き範囲内容を有する東亜協同体を形成し、東亜新秩序が成立するならば、我が東亜の前途誠に洋々たるものあるべきを望見致します。

現在は方に東亜協同体の懐胎期でありまして、此のときに当り、願はしいことが二つあります。その一つは、中国に於て日本語をその国家の力で普及を謀ると共に、我が日本国内に於ても、中国語の普及を国家の力で計ることであります。最近二三年来，日本国内で大分中国語の普及熱が高まつたやうに見受けるけれども、まだまだ満足の域から遠い、現在英語の為めに費す時間を割いて、それで中国語を学ばせるやうに政府が先づその範を示し、中国語を官公立学校の必須科目に加へるやうにならなければ、東亜協同体の成育の為め、不便不足が多いと感ぜられます。この中国語普及の大切なる所以を、私は久しい前から筆舌を惜まず提唱して来ました。最近に至つて漸く実行されつゝあるのは欣喜に存ずるが、モツトモツト国家的大奨励をせねば、到底有効なる成果は得られませぬと思ひます。

もう一つ願はしいことは、汪兆銘氏の運動についてゞあります。汪氏は重慶に於ける彼れの栄誉あり、而かも比較的安楽な地位を態々放棄して、現在の如き漢奸として罵られる不名誉と生死の間を徘徊ふ危険の境地に処しながら、尚ほよく悠々然とその所信を吐露し、その運動を愈々熱心に継続して已まざるその奉公の至誠、その大不畏、大勇猛心に対して、真に敬服の外ありませぬ。日本では、汪氏の行動に敬意を表するもの可なり多いのだが、未だ、その行動の意義及びその方法について、深き同情と理解が足らないやうではありませぬか。重慶脱出の前までの中国では、声望に於て汪氏を凌駕するものが多くないと思ふ。汪氏はその声望に於て絶大の勢力家であります。併しながらそれは単なる声望に於ての勢力であつて、声望失すれば即ち勢力皆無となることを知らねばなりませぬ。此の故に、汪氏に被せる漢奸なる汚名は、若しそれ単に蔣介石側の誹謗に過ぎないものであれば、何も汪氏の盛名を汚し、汪氏の勢力を殺ぐに足らない。けれども、若しその漢奸といふ汚名が、真に中国大部分の民衆の怨恨の激情を表すものであれば、それは大変だ、汪氏はたちどころに一小市民としての存在さへ保たれず、如何でか、我が近衛声明に呼応して東亜協同体の創建に協力するの力量を現し得るであらうか。漢奸と罵られようが反逆売国と詈はれようが、一向それに頓着せず、只だ日本の勢力範囲内に寄生して地位を保ち得さへすれば、則ち心満意足たるの汪兆銘であるならば、彼れは重慶の椅子に噛り着いても動かなかった筈で、何も好んで風雨に曝される危険に飛込む必要はなかったのであります。また日本としても、それ位の汪兆銘でよいならば、何も殊更ら彼れに求める必要はない、北支に南支に中支にさういふ人物がもう氾濫してをるではありませぬか。日本の武力は已に中国の武力反抗を抑制して充分であるが、唯だ武力だけでは人心を収拾することが出来ない、望むところの興亜建設の大業が出来ないから、中国に於ける偉大なる名望家汪兆銘先生に呼びかけたのではありませぬか。歓ぶべき哉、汪氏は果して日本の呼びかけに応じて、萬難を排して飛出て来て、日本の興亜建設の大業に参画しようと立上られました。日本にとり誠に萬々歳であり、またとない時局収拾の良機でありますから、汪兆銘氏を大事にせねばなりませぬ。肉体的汪兆銘を大事にする以上に、精神的汪兆銘を一層大事にせねばならぬのであります。汪氏による政権統一は何れ実現されなければならぬ重大眼目ではあるけれども、今それを急いでは、汪兆銘氏は中国大部分の民衆から信頼されぬ虞れが多いと思はれます。即ち汪氏は中国を分割分裂させたといふ罪名を負されて、第一に国民党の中心から離れ、第二に中国人の信望を失ふ恐れが多いやうに思はれます。国民党人であり、国民党々員の全部でなくも、その大々部分を引率れ得る汪兆銘氏でなければ、従来獲得した汪氏の盛名輿望を保持するに足りませぬ。繰返して言ふが、徳望信望あっての汪兆銘氏であります。汪兆銘氏から中国民心の帰附を差引いて終へば、その汪兆銘氏は既に現れた新秩序建設の協力者達の何れよりも影薄いものとなるべく、何ぞまた彼れに期待を嘱せんやであります。日本の同胞よ！　右の事理極めて明瞭であつて、絶対に考慮の余地が御座いませぬ。日本は興亜の大業を思立つた以上、絶対に中国の滅亡混乱を喜ぶ理がない。日本の中にときたま、某氏の如きその近著『時局は何う片づくか』の中で述べたやうな、中国の政権分裂を策し、中国の一流人物排斥、その三流人物利用の論をなすものがありますが、斯の如きは一時目先の金贏けには有効かも知れない、けれども東亜永遠の安定を確保せんとする帝国日本の国策として、我が要路の諸公には毫頭そんなケチな料見はないと信じます。東亜永遠の安定を確保するために、東亜協同体の創建に思ひついたのは、正に是れ卓見達識であります。而して、この創建達成の協力者として汪兆銘氏を得たことは、確かに工作の第一歩に於て成功したのであります。此の上注意を要することは、事功を急がずに、汪氏を信頼し、汪氏をしてその判断を誤らしめず、汪氏の手腕、見識を自由に発揮せしめるやうにして、日本政府の要路が汪氏と提携するならば、久しくない内に汪氏は必ず全中国大々部分の民心民力の支持を獲て、彼れを中心とした全面平和が出現し、新しき親日中国を形成して、日本帝国の興亜の大業に翼賛協力するは必至の事理だと信じます。若し不幸にして民心の帰附充分ならず、汪兆銘氏は全く日本の傀儡だといふが如き疑念が、弘まつて了つた日には、中国は必ずや、より大なる分裂、より激烈なる混乱を醸成して、それこそ、汪兆銘氏は中国に於ける第三流以下の人物に成り果てゝ、東亜永遠の安定は遂に日本の独り思案になつて終ひはしないかと深憂致します。私は切に功を一簣に虧さぬやう祈る次第であります。私が斯く希望するものゝ、或はもう已に病が膏肓に入つて、救ふべからざる状態に立至つたのではないだらうか。然らば、私は東亜協同体創建の前途を悲観し、東亜永遠の安定を確保することのために、痛歎せざるを得ないでありませう。

㈢南方に見る我が幻影

時局の進展は、愈々その最大極限にまで到達したやうであります。愈々長期の世界戦争と展開して来ました。佛蘭西は脆くも独逸の電撃に敗退解体して終つて、目下は独伊対英の激戰中であります。米国はルーズヴエルト大統領三選の結果、英国陣営に參加し、唯だ蘇聯の動向のみが問題を剰すばかりであります。さりながら、我が日本の立場から観れば、佈局の大勢既に定つたとして差支なく，日独伊三国同盟は実にその大勢決定の太鼓判であるのだ。此の時に当り、帝国日本の南方行進が開始され、局面の展開一段と積極化して来ました。局面已に斯まで進展した以上，吾人は内部に於て益々結束を堅め、賢明なる方向に歩調を揃へて往かなくてはなりませぬ。

現実問題に主眼を置く政治生活を以て人生の全部なりとする生活態度、人生観に対しては、元よりその浅薄近視たるを憫笑するものでありますが、併しながら我々人間共は、いやでも是非政治生活を送らねばなりませぬ。政治生活を通り越した向ふ彼方に、人間生活の完成があるのだと思ふのであります。政治生活、政治的活動は、凡て現実に即した公的行動であつて、現実それ自身はあさはかな事柄でありますけれども、その公的行動たる点に、意義、奥義、理念、理想が潜んで居り、此の奥義此の理想を現実問題の処理按排に於て、即ち政治する事に於て具現し得たとき、その現実的な政治行動、政治生活が始めて本質的な完成された人生となり得ます。故に政治は君子小人の別なく、凡ての人によつて関与されますけれども、奥義を辨へ理想を体現するものに於てのみ政治は完成せられ、浅薄たらざる本質的なものとせられます。斯るが故に宗教の美名に隠れて、政治生活上の責任から逃避する宗教家があつたとすれば、それは甚だ俗悪のものであつて、宗教の真生命を解せざるものであると謂はねばなりませぬ。

日本は、明治維新以来その国内的政治に於て、世界罕なる発達を遂げました。その結果として，国外的政治、即ち外交や戦争を通して多大な国益増進を獲得したのであります。現在に於て日本は更に進んで、国外的政治の運営に大々飛躍を試みて居る真最中であります。即ち国際的地位の昂揚、所謂東亜共栄圏の設定者、東亜諸国諸民族の盟主として、その地位を確保すべく、日本は目下奮闘活躍の真最中であります。日本はその為め、対外的奮闘をして居るばかりでなく，対内的にも旧体制に変革を断行し、以て新体制の創定と完成に向つて驀進して居るのであります。勿論発展向上の為めではあるけれども、現下の日本は真に国歩艱難内外多憂の非常時局に際会して居るのであります。臣道実践、職域奉公を高調せられる如く、日本帝国の臣民たるもの賢愚貴賤の別なく、一人も安閑その日を過すことを許されませぬ。真に日本は浮くか沈むかの瀬戸際に立至つたのであるし、東亜諸国諸民族も同様に盛衰興亡の岐路に逢着して進退の自由なき状態に陥込んで終つたのであります。私は前々から斯く信じてゐたのだが、昭和十三年一月号の岩波書店発行雑誌『教育』の中に、私は次の如く申述べて置きました。

「私畢生の願ひは、日本国民が真に東洋諸国民の長兄とならむことであります。若し日本国民が、終に此の天与の資格たる我が大東洋諸国諸民族の王者ならざる長兄として、為り損つたならば、その時の東洋は更に悲惨なりと知るべしだ。民国の人と雖も決して手を拍いて笑はれませせぬ。現在に幾層倍してお互が悲惨たるべきであります。」

と、

今日この時でも、私は依然このことを信じて疑はないのであります。前記の愚見が幾分実際化した形にも見えるやうで、今日の日本、今日の東洋は、数年前に於けるその悲惨に比して、幾層倍も悲惨が加重して来ました。不幸にして現状のまゝで往くならば、その悲惨は更に幾層倍も深刻になつて、遂に私の愚見が私の願に反して実現するかも分りませせぬ。アーさうなつたら大変だ！　さうならぬやうな方途がないものでありませうか。

このときに当り、帝国の南進、日本の南方政策を云為されることに関聯して、私は或る幻影を見たのであります。私が見たその幻影は、何等信仰的な高遠絶対的なものではありませぬ。単なる現実に即応した平凡な政治的私見に過ぎないのであります。併し先きに一言した如く、政治的活動は凡て現実に即した公的行動であつて、現実それ自身はあさはかな事柄、只だその公的行動たる点に、奥義理想が潜洋んで居り、その奥義理想を幾分でも政治の上に具現したときに、それは本質的な価値あるものとなるのだと申しました。茲に述べんとする私の幻影は、純な宗教的な真理提唱の立場から申すのではなく、唯だその中に若し公的立場、少くとも東洋的な何ものかを含みますならば、時局に対処する政治的私見として成立つのではありますまいか。

日本は現在世界に向つて、特に英米両大国に向つて、東亜新秩序の建設、東亜共栄圏の創定を自主独往の方針で遂行すると声明し、着々その工作を進めて居ります。此の帝国の意志を率直な語で表せば、即ち亜細亜を亜細亜人の手に返せ、亜細亜人をして亜細亜の主人たらしめよといつたやうなことになると思ひます。此の熱意実現の為めには、速かに日支事変を処理すべく、佛領印度に我が軍の進駐を断行し、帝国毅然の態度を示したのであります。帝国の此の南進行動に関聯してか、シンガポールの英国軍港を、米国海軍と共同使用にするとか、英米人が中国大陸各地から引揚げるとか、米国の日本に対する禁輸品拡大の断行とか、種々対日強硬態度を、英米からも示して来て、斯る相関的関係の結果と申すか、事態はもう日支事変を通り越して、即ち帝国独自の主張立場を越えて、世界事変世界戦争に進展しつゝあるやうな形であります。

是に於て、我々の着眼すべき重大據点は、対欧米の関係から言へば即ち亜細亜を亜細亜人の手に返せ、亜細亜人をして亜細亜の主人たらしめよといふ雄叫びであり、亜細亜人に対する日本の立場から言へば、即ち東亜共栄圏の設定、東亜協同体の創建になるのでありま す。東亜的大見地から見た内外に対する如上の事柄を一言に括めて言ふと、即ち東亜新秩序の建設として叫ばれ、大陸中国の父孫文の語を以てすれば、即ち大亜細亜主義の提唱となるのであります。東亜新秩序の建設、大亜細亜主義の提唱、これが思想的宣伝は已に古き以前より孫文によつて開始せられ、現在今日の日本がそれを政治的実践に移さうとして奮闘努力の真最中であります。私は此の点此の関係に、我々の注意我々の努力を集中すべきだと高調致したいのであります。我々東亜人、就中日本と中国の人達、我々は思想の根本発足に於て完全なる一致を有するのではありませぬか。此のゆゑに我々は同一行動に出づべきであるにも拘らず、現在の如き骨肉相噬むの悲劇を演じ居ることは、誠に実に遺憾の極みでありま す。

事態の因由曲折は、我々にはもう凡て明瞭に分つて来たと思ふ、我々はこの上更にまごまごしてゐてはいけない。現在の有様では、我々が自ら建設すべき事業を、我々自分の力で破壊してゐるやうなもの、真に自己撞着の限りを我々が、お互にやつて居ると目醒めねばなりませぬ。何うか早く目醒めて、目下の難局を打開すべき血路を見出さねばなりませぬ。同憂の友よ、南方に見る我が幻影、この幻影の中に、その路があるやうに思はれてならないのであります。

日本帝国は中外に対して、明かに大陸に於ける領土の野心なしと声明を発しました。隣近の大陸に領土の野心なき日本が、佛領印度に対し、英領印度に対して、領土の野心あるべき筈なきは、明々白々であります。然るに、日本は何故に中国と戦つて居るのかと、英国の帝国主義下で窒息せんばかりに苦んだ印度人までが疑を抱いて、日支事変を解し難いことの如く思ふて居る有様であります。此の事実は我が日本に取つて甚だ不幸な事実だと申さねばなりませぬ。

満洲事変は青天の霹靂の如く、全世界の耳目を駭かして突発しました。世界は一時これを日本の領土的野心の発現なりと解したが、その後間もなく、康徳皇帝陛下の登極となつて、満洲帝国が肇建せられ、独立国家として、既に世界中の十数ケ国から承認せられたのであります。その後更に世人の意表に出て、北支事変が発生し、帝国は極力不拡大の方針を堅持したけれども、遂に是れまた期せずして、上海戦に拡大し南京戦に移行して、到頭戦禍が全支に蔓延して日支事変となつて終ひました。蔣政権国民政府は、日本軍に追はれて南京から漢口に、漢口から更に重慶に遷都した。日本はかく勝通して北支五省の外、中南支の要衝の地は殆どその占據するところとなり、日本が中国を呑んで終つたかの風に見えたにも拘らず、突然として日本の国家総意による近衛声明が公表せられ、世人の夢想だにしなかつた奇想天外の不割壌無賠償の日支事変処理の大方針が確定されたのであります。此の方針の公表に引続き、「最後関頭」を絶叫してゐた国民党の副総理汪兆銘氏が、重慶から脱出して日本の声明に信頼し、死地を出で、萬難を排し新国民政府を組織して南京に還都、日本帝国と国家的条約を締結した地歩段階に到達しました。歩一歩、段一段と変移して往つて、悉く人をして豫断豫測をなし能はざらしむる事態ばかりであり、茲で日本帝国の軍事行動が終結をつげられるかの如くに見えて来たのに、一時弛緩状態にあつた日独伊の枢軸関係が、急激に緊張を呈し遂に三国同盟の出現となつて、次いで皇軍の南方移動、佛印進駐と形勢は愈々逼迫、局面は益々拡大展開となつて来ました。帝国はこれまで日支事変の処理に専念してゐたところ、これからは遙かに事変処理の向を越えて、独伊と協力して世界平和の招来か、はたまた世界戦争の参加にか驀進すべき体勢を整へたのであります。

世界の大勢は往くべきところに辿りついたやうだ。日本もその果すべき使命に対し、意識的であれ無意識的であれ果さねばならない立場に立つたと観なければならぬ。南方に見る我が幻影！　私は何うした理か、日本のため此の幻影を見て悲壮の気慨を感じ、勇壮なる飛躍を覚えるのであります。日本は満洲事変以来、欧米の一部に於てばかりでなく、実は東洋亜細亜に於ても一部のものから、英帝国主義の東方に於ける顕現なりとして目せらるゝ不幸な情態にあつたのだ。曽て印度の国民会議派が抗日蔣政府に同情を寄せて使者を派した等は、その最も顕著なる例証だと申さねばなりませぬ。日本は満洲国を独立国家として擁護し、排日蔣政権こそは打倒するが中国民衆を決して敵とするものでない、防共協定、経済提携、文化建設の三点に於てさへ互に一致すれば、日本は既に莫大の国帑を消耗し、多数の貴き人命を犠牲にしながら、不割壊無賠償、偏に中国の主権を尊重して事変の終局を結ぶと、斯やうに日本としては公明正大の積りで居るのであります。然るにも拘らず、日本の真意は尚ほ中国人の多くから理解正解されざるは勿論のこと、世界の処々方々に於ても尚ほ不信の声が大きいので、全く遺憾千萬と言ふ外ありませぬ。日本の衷情日本の立場から言へば正に上記の通りであるけれども、中国人とその他の第三者をして言はしむれば、満洲国は独立国家だと言ひながら、日系官吏が可なり多くその機構内の枢要部署を占め、日系資本が自由に満洲国内でその勢力を伸張して居る、日本人でありながら自由自在に土地やその他の諸権利を行使してゐる点から言へば、日本国土の延長に近い如くであり、また中国に就いては、蔣政府の排日行為は悪竦であるとはいへ、中国四億の大眾が日本の進軍によつて、文字通り塗炭の惨禍に遭はされて居る。日本は世界の強国であつて、斯く武力を持つて出られるに於ては、主権の尊重も経済の提携も片面的解説に終るべく、結局日本は中国の弱体につけ込んで、その所謂大陸政策の強行を謀るのだと、斯やうに中国とその他の第三者が猜疑して居るのでありませぬか。今日の日本は武力に於て堂々たる大国たるのみならず、人口に於ても一億を擁する大国であります。かく巨多の国民の中に、英国の如き帝国侵略主義の甘夢を自己の身上にも見たく思ふものが絶無とは申されますまい。併し世界に於ける過去の帝国主義行動の人心に及ぼした結果を、日本現在の為政者はよく知り貫いた筈であります。況や時代は既に遠く進んで来て居る上に、中国の国状民心もさう昔日の如くではありませぬ。

所詮、私は日本現在の国家総意、国家声明に全幅の信頼を置くものでありますけれども、その掲起した旗色に尚ほ鮮明さを缺くところがないかと思ふ節があります。日本は今明かに英国に敵対する陣営に加入した。さりながらそれは何んの為めかと言へば、抗日蔣政権を援助するから敵性ありと怒号して居るのであります。抗日政権を支持して日本を困らせるが故に敵性あり、因之英国を排斥し英国の敵対に立つのだと、かう言ふ、これは当然至極と申さねばなりませぬ。併しこゝだ！　私が旗色不鮮明の憾みありと申した点もこゝにあるのであります。

抗日行為は何であれ日本に取っては絶対に許すべからざることに相違ない。その行為をなす蔣政府を英国が支援する、日本に取り英国は完全に怪からぬものであることは、重ねてこれはまた贅言の必要もない。併しこゝに若し英国が日本の怒に戦慄いて、それでは援蔣行為を止めると英国から申入れて来たとしたら、然らば如何？　日本はそれならば汝を排斥することを止め、汝英国と再び旧交を温めることゝせんと応答してよいであらうか？　若しかやうに応答するならば、日本の旗色不鮮明の度合は、更に褪せ果てゝ無色となるか、或はその反対に英国と同一の旗色を呈すると誤認せられるに至らぬかを恐れます。於是乎、日本帝国、日本国民は宜しく排英の旗色を鮮明にすべしと敢へて提言致します。即ち英国帝国主義を排斥すべしと提言致します。世界人文の向上発達を阻害した最大の障礙は、大英帝国主義であることは、蓋し辯証の要がありませぬ。彼れ大英帝国はその過去の罪科の為めに、今正にその解体の前夜に在るのである。その反対に印度を始めとし、英領殖民地に於ける幾億の弱小民族が、永き屈服の生涯から脱して自由独立の人生に門出すべき絶好の機会に遭遇しました。日本は世界の大国、東亜最強の国であります。日本は既に四ケ年間聖戦を敢行して来たと言ふ以上、且又その勁旅を堂々と南方に進駐せしめた以上、英帝国主義の亜細亜よりの退去、亜細亜諸被圧制民族に代つてその解放を要求して立つべき秋であります。日本は斯く立ち得てこそ、東亜の諸民族は始めて虚心坦懐、日本の真意を諒解し、日本に追随して来て、日本の興亜の大業の完遂に協力し得るでありませぬか。日本が斯く進出すれば、緬甸、印度の諸民族が先づこれに元気を得て、夫々の独立行動を開始すべく、日本更に誠意を以て相当の力をこれらに借すに於ては、中国の民衆必ずや日本の義挙に感激して、もはや日本を猜疑せず、大々多数のもの日本に誠意ある協力を惜まぬであらうと信じます。かく日本が英帝国主義を排斥する行動に出ることにより、日本は自らその帝国主義追随者たらざるを立証し、東亜諸民族がそれを見て安心して、日本の東亜共栄圏設定に参加協力してこそ、大英帝国の圧力が始めて東亜の地域から撤退すべく、我が興亜の聖業が始めて達成せらるべきであると信ずるものであります。

論者或は言ふであらう、英国に敵するものは、米国に敵するものだと。それにソ聯の向背尚ほ窺知すべからざる今日、英国を真向から盾突くことは慎しむべきだと言ふでありませう。是れは誠に至当な配慮であります。日本が堂々と排英の旗幟を鮮明にすべしと申したのは、我が国が直ちに大軍を起してシンガポールの英軍港を奪取すること、即ち即時軍事行動に出ると申したのではありませぬ。戦争は如何なる場合にしろ、常に普通の政治行動に於て萬策尽きた後、最後の最後になつて始めて使用すべき国家的非常手段でありまして、飽くまで防護的立場に於て始めて発動すべきであります。要は日本が名実相伴ふやうに、自国に何等の野心を包藏することなく、専ら東亜諸弱小民族の為め強英の侵略を東亜の地区から排除し、以て亜細亜人の亜細亜を実現達成すべき東亜共栄圏の創設以外に他意なきを、適切なる手段事実を以て実証すれば、即ち足るのであります。それには第一に我が日本は、目下漢奸の汚名を着て不評判の中に一命を賭して平和救国を称へをる汪兆銘氏の苦境に同情と理解を寄せて、中国民衆の間に於ける彼れ汪氏の信用人望を、蔣介石のそれよりも更に以上に昂揚せしめる政策の実行を我が日本の方で急速に開始することが大切だと思ひます。如何なる手段方法によれば、汪氏の盛名徳望を蔣のそれ以上に昂揚せしめ得るかは、当局者ならざる一小国民の私の到底預り知らぬところでありまして、兎に角現在の如き汪氏の評判では中国大多数の民心を領導するに不足の虞があると感ぜられます。第二に、抗日政権に対し、彼れ英国がその援助に狂奔して来た例に倣ひ、我が国からも能ふ限り、印度、緬甸等に於ける民族解放運動の勢力に対し、物的精神的諸援助を供与して、その独立政権を助成することであります。第三に、中国々内を始め亜細亜の各地に於ける英国以外の、米国、ソ聯及びその他各国の権益を極力尊重して、亜細亜諸民族を圧迫する英帝国主義勢力の排斥以外、他意なきを感得諒解せしむべきであります。殊に米国の如きに対しては、我が方は最善の注意を拂つて、米国上下の理性に愬へ、成るべく彼等に対しその感情を刺戟せざるやう、事実と誠意を以て当ることが必要であります。最近、『アメリカ人の日本把握』なる新刊書の中で、紐育日本文化会館の館長前田多門氏が次の意見を述べて居られます。即ち

「こゝで唯一つ、我が国をより良く了解せしめ、さうして出来るならばこの日米が相互に了解して行くための途を作る方法としましては、日米間でイデオロギーの問題で良いとか、悪いとかの議論を闘すよりも、もう少しリアリステイツクな立場から、東亜に於ける新秩序といふものが起りかゝつてゐるのだから、それと睨み合はせてアメリカも世界全体の共同政策に対する大きな株主の一国として考へ直させ、そして、日本の社会の力、殊にこのエコノミツクストレングスを最も良く認識をさせて、何と言ひますか、ひとつ日本と話合の途をつけて行く可能性を考へさせる。これより外に方法がないと思ふのです。かう言つた意味で、日本の客観的事情を、最もよく彼等に知らせる必要があるのです。」

と。前田氏の説の如く我が方より、公式的抽象論を闘すよりも、客観的な事情、実際的な事実を提出して、懇ろに米国人に説明し、怠らず我が方の善意を示しさへすれば、米国は結局事実の前には承認理解を与へる外ないではありませぬか。

元来、米国は平和的な国柄であつて、その立国の当初より正義を愛し、英国の圧制を排して建てられた国柄であります。米国は英国同様、現在世界に於ける最大資本主義国であり

ますけれども、英国程の国際的侵略行為を致して居りませぬ。却つて独伊両国を目して侵略国家なりとして毛嫌つて居る、我が日本に対しても疑ひをかけて、同じやうな反感を示して居るやうな次第であります。そこで、我方に絶対的に侵略の野心なく、唯だ亜細亞人、亜細亜諸民族諸国家の国際的地位の昂揚と、その国利民福を図る点にのみ我が真意が存すると、その時その場合に実証を以て、我が興亜の為めの滅私奉公の至誠を、米国に諒解が行くまで飽くまでも感情を見せず、情理を尽して説明疎通を謀つて往くならば、米国は決して決して何時までも、英国を援けて我れに敵対するやうな暴挙はせぬだらうと信じます。且又、利害得失の打算から言つても、日本と正面衝突を起した場合、米国は甚大なる犠牲損失を覚悟せねばなりませぬ。米国は犠牲を拂つて、假に日本を圧制し得たとしようか、然らば米国は東亜から得らるべきものは何もなく、単に英国の強大を安全にし、英国が一世紀以上も亜細亜に加へて来た強圧を、従前の如く継続せしめる外なく、そんな正義に反した非人道的行為を、米国は敢へて為し得るものでないと信じます。若し日本にも不純があり、侵略的な野心を包藏し、非友誼的な米国権益を侵害するが如き行為でもあれば、事態は自ら別様となりますけれども、日本は何処までも正真正銘、正義を身方とし、亜細亜の自立独立共存共栄の為めに行動するのであれば、よしたとへ米国が飽くまで頑迷で敵対して来ても、日本が亜細亜に奉公する真実の明徳さへある以上、亜細亞諸国諸民族は必ずや暴英の打倒に、また英国に協力する米国の不義を憤つて、日本の陣営に欣然と加入して来るに違ひあるまい、此の見透しは大丈夫だと思ひます。

以上、英帝国主義勢力を亜細亜より清掃して、真実なる東亜共栄圏創設の為めの三大方策を申し述べました。即ち第一に汪兆銘氏の中国民衆の間に於けるその徳望信望を、蔣介石のそれよりも以上に昂揚せしむべき方途に急進すること、第二に英国の鉄蹄下に呻吟せる英領殖民地に於ける反英勢力を援護して独立政権として立たしめること、第三には米国ソ聯その外の諸国の中国及び東亜に於けるその各々の権益を尊重して事端を生ぜしめざること、此の三点であります。三点の内でも私は第一の点に最重要性ありと申します。即ち、汪兆銘氏の信望を昂め得るや否やの点が、東亜新秩序の建設、東亜共栄圏の創設に最重且つ最大の関係ありと、敢へて大声疾呼するものであります。同憂の友よ！　何卒此の点につき特に深慮遠謀あつて欲しいのであります。日支事変は一日も早く処理を完結されなくてはなりませぬ。日支の間の交戦状態は一刻も早く解消されますやう禱りたくあります。そのためには、是非共蔣政権の急遽なる崩壊を期せねばなりませぬ。然し今日の如く中国大多数の民心尚ほ蔣の身上にあり、蔣を英雄とし救主とさへ誤認する間は、仲々蔣の政権は崩壊に傾くやうで傾かないのではありませぬか。皇軍の爆撃奮進も蔣政権打倒の為めに必要なる工作でありますが、更に別の要訣として、現在蔣の身上に集められた信望をば、汪氏の上に転移せしむべき方途を講ずることも大切ではありますまいか。蔣介石を支持することは中国の統一復興を得べきでなく、汪兆銘を支持し、汪兆銘に頼つてこそ、中国は統一し復興するのだと、中国民衆の大部分が斯やうに実感を持ち来るべく、我が日本の軍事行動以外の方針方策の急施速行を誠に肝要なことゝ思ふ次第であります。要は我方のやり方一つ、我れにその徳ありや、私はこれ以上具体的に言ふべき語を有ちませぬ。かく潜思熟考してやつて往けば、断じて不可能はないと信じます。事変処理完遂の鍵は我れに在り、今尚ほ我が懐に在ると考へるのであります。

我々の英帝国主義勢力排除の工作に、極力注意して米国を敵に廻さず、汪兆銘氏の中国民衆に於ける実質的信望を高め得て、而して中国政治勢力の大々部分が、日本と協力して興亜の聖業を完遂するまでには、即ち東亜共栄圏の完全なる達成までには、尚ほ印度独立の実現を、その最後的段階として踏まねばならぬと我々は承知して置くべきであります。印度三億の大衆が尚ほ英人数十萬人の鉄蹄に屈伏される限りに於ては、東亜共栄圏の創設は尚ほ空名に終るべきだと知らねばなりませぬ。斯く思うて、私は確かに魅力ある幻影を、日本の南方行動の裡に認めました。噫！　愛しの幻影！　大望を嘱すべきの行動よ!!

三、基督者よ我等何をなすべきか？

(一)大陸へ新文化建設の十字軍

以上時局進展の方向を認識し、東亜協同体建設の意義内容につき、浅薄幼稚なる私の政治的管見を開陳致しました。私が、若し政治上行動すべき余地あつた場合には、此の見解の下に奮進致したく思ひます。併し、政界現在の實情は、到底我等の活動を容るべき余地がありませぬ。我等にして大局の悪化を坐視し得ず、夫れ夫れの奉公の至誠を尽さんとするならば、官界政界に投ずるよりか、寧ろ一般平民の資格に於て、時局処理に協力する方が適切であると思ひます。

日本と中国とは、實質的に現在交戦状態にあります。併しながら、部分的には同時に異常な親善関係にあるのであります。此の現象は寔に奇態であるが、紛ひもない事實として吾人の眼前に展開して居ります。交戦状態は、明かに相互の憎悪心の存在を証據だてるのであつて、戦争が一度開始された以上、是れが終るまでは、その憎悪心の活動は決して鎮静するものではない。殊に中国の現段階は、日本の明治維新に類似した民族意識の熾烈なる時代にして、如何にその憎悪心が強盛であるべきか、蓋し察するに難くありませぬ。是れに反して、臨時政府、維新政府両政権の後を承継いた新南京政府と日本との親善関係は、今まで曽てなかつた敦厚さにあるのであります。

冷静に考へれば、現在日華をして相戦はしめてをる憎悪心も、また相提携協力せしめてをる親善心も、これ等は等しく国家の政治的、政策的必然必要から発生して来たもので、現實に即応した一時的の出来心であります。然るに東亜協同体の建設を目論見るところの思想は、たとひ、その出発を政策的必要に置いたものであるにせよ、人類の社会的、集団的生活の進化に於ける真理顕現としての必然性によるのだとも観られます。我等の願ひから言へば、東亜協同体が若し出現すべきであるならば、それは真理顕現の必然からであつて欲しいのであります。真理の顕現たる東亜協同体でなければ、永久性もなく、東亜の民族に何んの幸福を齎すこともないと思ひます。真理の顕現たる東亜協同体であればこそ、我等基督者の活動する余地もあり、また一般国民に比べて、余計に責務もある理であります。真理の顕現たる東亜協同体の建設！嘻、この建設に対して何んとなく強い希望に耀いて興奮します。

東亜協同体の建設には、その工作の部門自ら色々と分れませう。政治経済の部門に関することは、勿論直接国家または国家に緊密の関係ある団体が、その経綸を施すであらうから、国民として平民としての私的行動をなす我等の立入るべき範囲ではありませぬ。而かも政治経済に属する部門の事柄は、現實の利害得失に出発し、それらに支配されることが多いので、真理に出発した永久性ある事業にのみ興味と、使命とを覚える我等には適しませぬ。我等に最も適合する部門の工作は、申すまでもなく、宗教、教育、及び救済の諸事業でありあます。これらの工作は、實に地味な苦労の多いことで、真に利害打算から超越した誠の親切と、誠の信頼との一致協力に依らなければ到底為し遂げられませぬ。望まれるところの東亜協同体は、如何なる強い推進力によつて建設實現を要請されても、結局純真の犠牲努力に俟つて始めて達成せらるべく、斯る真理の顕現、生命ある文化の建設が、實際の民衆生活と広く深く交渉を持つてこそ、始めて新東亜の恒久的平和を維持する力となるのであります。

愛する日本の宗教家、基督者諸兄姉よ、我等速かに大陸に向つて、我等の大同団結の大行動を開始し、真理の顕現たる東亜協同体の建設、否この東亜協同体建設の基礎たるべくして、而かも信仰をその生命として持つべき新文化の建設普及に、我等の全心全力を傾注しようではありませぬか。此の工作の有無とその成否は、誠に東亜協同体建設の成敗盛衰に絶対的因果の関係を有する、また従って今後の東亞諸民族の興亡禍福にも絶大の関係を有する、基督者にとつて寔に奉公愛国の實踐、敬神愛人の信仰告白の絶好機会ともなるのであります。

(二)日華両国基督者の協力

平民として民間団体としての資格立場から、東亜協同体建設に参加すること、特に基督者の行動を以て当ることは、全く危険にして労苦多き難工作であるに相違ありませぬ。何故なれば、中国大陸はこれから幾年或は幾十年かの後まで、暴行暴力が盛んに行はれる筈であります。我等は、国家の命令によるの外、絶対に武力に武力を以て対抗すべきでない。凡ての我々の行動は信者に相応しく、小羊に等しき無害のそれでなくてはなりませぬ。けれども、日本に敵対するものから視れば、我等基督者も凡ての日本人と等しく日本人であり、日本国民であるのであつて、何等の防禦をもなさゞる平和の使者たる我等が、彼等敵対者の一番よい暴行の目標となるであらう。否、彼等敵対者は、その憎悪の焔の吐け口として、第一に我等を択び、我等をスパイとしてか或は民心収攬者、陣容攪乱者として恨み、その破壊を我等の事業に、その鋭鋒を我等の身辺に向けるでありませう。されど私が永年親愛して変らざる臺北日本基督教会の牧師上与二郎氏が、その廈門視察感想の結び語に、我々基督者がつれだつて大陸に渡り、大陸の人達の困窮苦難を分ち、彼等の病を医し彼等の疵を撫でゝ、それでも尚ほ彼等の怒りが収まらないで、たとひ彼等に擲られ蹴られても、我等は甘じて奉仕を続けて往かねば、東亜建設の大業に対して、中国人一般の真心からの協力を望むことは殆ど絶望に近い、と感深く語られました、全くその通りだと思ひます。こゝに於てか、東亜協同体の建設は、普通一般の生やさしいことでないことが分ります。東亜協同体建設の前途に、真面目であればある程多くの苦杯、多くの十字架が置かれてあつて、それを甘じて乾し、喜んで背負ふところの愛国愛人の勇者の奮起進出を待つてをるのであります。劍を持つものは劍によつて倒されると聖書が教へて居ります。殺伐の後に殺伐が継く、特に中国の如き場所柄では、間違ひなくその通りであります。日本は已むを得ずして中国大陸に大兵を送り、四ケ年間各地に転戦して大勝に大勝を重ねて来た。日本は今また已むを得ずして東亜協同体の創建を、中国の識者民衆に呼びかけて、真面目に当局者は種々と計画を立て努力して居られます。けれども、敗残の境涯にある大々多数の中国人はおいそれと何んの逡巡することもなく、心機一転して喜んで東亜協同体の創建に參加して来るでありませうか。人間の罪業を贖ふのに基督の十字架が必要であり必然でありました。東亜協同体の創建の前途には、永き年月の間に、多くの宗教的犠牲愛に充された人達の刻苦辛労を注がなくては、成果の獲得望み得ないと確信致します。武器を執る皇軍将兵は、東亜協同体建設の妨害物と認められた蔣政権打倒に成功を収めつゝある時に、国家の存立発達に真理性、永遠性を確保することを以て使命とする愛の勇者、平和の戦士たる日本の宗教家、基督者よ、我等もこのとき真理の鎧で身をかため、大陸の建設奉仕に早く進軍の喇叭を吹き鳴して、愛国奉公の忠節を果しませう。

斯く叫ぶ私は、首を廻らして大陸中国の宗教家、特に基督者同信の友人にもお願ひしたい。中国の主に在る友よ、卿等の信仰を實踐し、卿等の忠誠を披瀝すべき機会は今、只今である。日本は大悟徹底した結果、無賠償不割壤、一心に中国の主権を尊重して、以て中国全民衆と東亜協同体の結成を熱心に期待して居る。中国では既に卿等の忠實にして賢明なる指導者汪兆銘先生が、日本の近衛声明に信頼して、平和創建に日本と協力すべく、一死を賭してその歩武を開始せられたのであります。卿等何卒過去に於ける彼れ汪氏の経歴に信頼して、その政治行動に同情ある声援を送り、他方日本の信仰厚き宗教家、特に主に在る人達の平和事業に対しても、何卒中国将来のため、中国民衆の苦痛軽減のために、親切なる協同協力を惜まれざらんやう懇望致す次第であります。政治経済の如き現實問題に関する範囲のことは別として、日本と中国との心的結合は、我等両国の信者の協力一致を絶対に必要とする。我等の使命は重且つ大、我等の努力は天にまで影響しませう。我等の行動に対して世人の一部が無理解にも、或は一時非国民的なりとして看做したり、漢奸として看做したりすることもあらう、けれども同信の友よ、懼るゝ勿れ、若し我等が素直に主の御後に随いて、純真の信仰から出発した己が十字架を背負ふならば、主は必ず我等の冤罪を綺麗に拂拭して下され、闇世を照らす光として我等は何時か認めらるべきを信じます。

㈢職業的教会の革清

真理に基礎ある東亜協同体の建設に係る平和工作が、専ら信仰あるものの自発的担任を要請してをることは、前項に於て申した通りでありますが、周知の事實として、世上に頭角を露した代表的信者の中には、この平和工作の責任に対し逃避韜晦して、宛然痲木不霊の木偶となつて終つたかの如きものが尠なくありませぬ。このゆゑに宗教無用、信仰無力といふ非難の声が囂々と処々方々に揚り、寔に申訳なき次第に存じます。然らば信者の全部が全部までさうかといふに、大いに然らずと即答するに躊躇しませぬ。基督者は基督の臨在を信じ、基督は聖霊として直接信者と交通せらるゝと宣せられました。臨在の基督を信じ、基督の聖霊と交通する基督者の全部が全部まで、この絶対非常の危機に際し、只だ涼しい顔をして読経念佛の真似をやつてをれるならば、それはもう基督者全部全体の虚偽ばかりでなく、神自身の存在、況してや聖霊の啟導など全部虚偽となり、揑造架空の迷盲となつて了ふべきであります。ノーノー決してそんなことはありませぬ。正義にして慈愛なる神が宇宙に實在せられ、同じく正義にして慈愛なる神の独子イエス・キリストは、十字架に釘つて我等人類が神に反逆した不義残虐の罪業を贖ひ、彼を信ずるものをして神の子として復活せしめ、神が義にして愛なるが如く、我等不義残虐の罪人をも義となし、愛たらしめて下され、神と共なる永遠の生命、永遠の平和に引入れて下さいます。斯かる神を信じ基督を信ずる義にして愛なる真實の基督者が、現在の乱世に処し、人間的な世俗的な栄達を振り棄てゝ、不義残虐を消さんため孤軍奮闘して、寝るにも眠れず、喰ふにも食のない困窮の生涯に在りながら、尚ほそれでも屈せず撓まず、若し一命を賭するの必要あらば、主よ御後に従ひますとて日夜筆紙を執り、街衢に喚き廻るものゝ幾人か存在するを見受けます。斯る信仰を生活する基督者が今日此の世に少数とはいへ、確かに實在します。過ぐる世にも聖徒として實在しました。イエス・キリストはその凡ての實在の實在であり、その頭領であられました。

然るに現在祭司の中には、教会と世間とを区別し、我等は政治に関はないといふ一言の下に、高き墻壁と深き溝渠を設け、世の暴風怒濤を他処事のやうに見て、独り教会の内に安坐して、喃々と清談に花を咲かす、甚しきものに至ると曲説阿世、以て教会と権勢との妥協苟合を図らんとするものもあります。此等の如きは現實生活を信仰する単なる俗物でありまして、基督を信じ基督に在つて生きる基督者では絶対にありませぬ。此等白く塗りたる墓、此等羊の皮を被つた狼の為めに誤られて、遂に宗教を否認し、基督が世を救ふべきを疑ふやうになつてはなりませぬ。聖殿を市場と化し信仰を職業として恥ぢざる祭司長老達は、一千九百余年前に尊き天父の独生子、イエス・キリストを虐殺して憚らなかつたのです。今日も若し基督がその祭司長老達の後裔の面前に出現せられるとすれば、疑ひもなくまた彼等に虐殺されて終ふに相違ありませぬ。斯くの如き祭司達の行状を視て基督教を断じ去らうとするものがあつたとしたら、その人は誠に憐れなものであります。

さりながら、天使が墜落して世間を暗黒地獄となし、職業宗教家が神への道の躓石となることは、蓋し公然の事實であります。彼等とても曾て一度は己が罪を悔ひ、基督の十字架に縋りついた誠の基督者でありました。彼等が斯くまで堕落した理由の一は、勿論不信の世界の魔力が強く、彼等がその催眠術に堪へずして居睡りして了つたからであります。けれども、理由の最たるものは、何と考へても、彼等の職業意識を不知不覺の中に堅めて終つた教会の制度組織それ自体に缺陥あり、この教会の缺陥を改革清掃せねばならぬと感ぜられます。斯く申す私は決して無教会を標榜しようとするものではありませぬ。私の恩師故植村正久先生は、大なる教会人であり、私の親友の中にも熱心な教会尊重の方が澤山居ります。私には今でもそれらの人々と一脈相通ずる点なきにしもあらずであつて、唯だ如何せん、現在の實情にまで陥ち込んだ教会といふ旧い皮袋に、新しい酒、新しい時代に対処すべき信者の大活動を容れ得る能力がありませぬ。信者と教会の関係を現状のまゝに放置すれば、信仰に使命を自覚した信者達は、その使命を果すのに、結局教会の拘束繫累を受けるばかりで、自由な力強い働きが出来ない。現状の組織制度では、教会は無能となり信者は無力となる外ありませぬ。因つて茲に敢て教会革清を提議致す次第であります。教会の現制度は、過去の時代に負ふところの使命があり、信仰の保持とその弘布に事實相当の貢献を為したのでありました。昔は我れ主を信ずと此の一言のみを表白しても非常な犧牲、絶大の信仰行為でありましたのに、今日現在では同じことを告白して、名誉を受け衣食を保障せられます。過去の時代に於ける教会制度は確かに、真理保持の為め重大役割があつた。けれども現在の教会制度は、明かに子供時代の衣裳と同じく、進んだ時代の信仰活動を束縛し、信仰躍進の重荷となつて終ひました。

茲に言ふ教会は、勿論、キリストがペテロに「我が教会をこの磐石の上に建てん」と申された彼の教会のことではなく、またキリストの新婦たるその教会のことでもない。茲に申す教会は、基督者を集めて一つの経済組織となし、此の経済組織を運用することから進んで政治的権力を造出し、所謂教会政治なるものを構成して、階級を設け特権を定めて、教会員をその特権者達の領民と化して了つたかのやうな、国家に倣つて教会に対する一種の権利義務を規定し、特権者達がその権限に據つて教会員を指揮監督して教会の膨脹を図る以外に、神に対し更に負ふべき責任あるを知らざるやうな教会を言ふのであります。此の種の教会は、国家の中の国家といつてもよい程、国家に共通した性能が甚だ多い。この小国家たる教会の最も完全に発達したものは、言ふまでもなく、伊太利のローマ正教会そのものであります。此の教会は一時代に於て非常な勢力を有ち、国家の内の国家たるに止まらずして、實に国家以上の国家となつたこともありました。かくの如き組織制度としての教会は、如何に博学能辯の神学者によつて辯護せられ、粉飾せられても、その中には浅間しい人間性、人間の名利慾を唆かす現實的要素を多分に帯びてをることは、今日の實情に照らして認めざるを得ませぬ。旧教々会から分れた新教々会の現状を視て、いはゞ木乃伊取りが木乃伊になつて終つた實情を見て、如何に教会組織の現實性が、基督者の霊性を侵蝕しをるかを知るのであります。

過去永い間の教会生活の経験に徵し、現在の非常時に於ける教会の無能無力に鑑みて、大胆ながら、私は敢て次ぎの如き念願を表明して、同信各位の賛同を願ひたい。現代教会の現情に省み且つ愧ぢて、基督者の主に負ふ現在の使命を痛感する我等は、須く速かに蹶起して教会の一部にやゝもすると発生し易い生命ない羈絆拘束より放たれて新なるキリストと教会への忠順の精神にたち還り、今まで教会に献納してゐた有形無形の我等の力を転じて、単に伝道の名目下に於てのみならず、凡て神の義と愛に適ふ實際工作に之れを用ひ、我等が夢寐の間にも忘れざる神国建設の思想を以て、東亜協同体の正しき基本建設に、我等の力を傾注したいと願ふのであります。目下日本全国の新教基督者が、毎年教会に納める金だけでも、二百二十萬圓あるのであります。この金の半額だけでも割いて、我等が信頼し得る同信の友にして、自ら志して大陸に渡り、主の命じ給ふ工作に励まうとする人達と協力して使用するならば、何程主を喜ばし、また中国の悩める人々を慰めるか知れませぬ。これは軈て日本の名誉ともなり信用ともなる理で、従て東亜協同体の根基も鞏固に出来ると信じます。乞ふ、神を礼拝せんとする基督者の友よ！　現下の時勢に処した我等、何卒上述の如き行動を以て、我等の最善の礼拝となさんことを。乞ふ、日本を愛して忠義を立てようとする基督者の友よ！　現下の時勢に処した我等、何卒上述の如く行動するを以て、我等の最善の盡忠愛國と致さんことを。

右の提案を目して、直に教会生活の破壊なりと断ずる勿れ、幸に此の議が主の聖旨に適ひ、同信の友方の御同意御協力を得て、是れを實際に移す機運に到達すれば、そのときこそ、必ずや一脈の潑剌たる生気が教会内に、教会人の間に起つて来ると信じます。今までの教会員は信仰の名に於て、無条件に一切のことを教会の指導者達に委託し運用させて来た為め、教会の幹部と教会員の間では極めて圓満無事であつたけれども、若し一歩幹部の間に踏込んで窺けば、一瞥して直ちにそこには小国家たるの形相を備へをるを認めるであらう。そこには信仰のことよりも利害打算のことが彼等の胸を占め、従つて彼等の間にも党派あり軋轢紛争が絶えない。この小国家の支配者達は、實際教会政治に没頭すること多くして、その為め教会以外の實社会に何んな非常事変が起らうと、それを理解する能力もなく、遂にそれを傍観する外ないのであります。現在国家が危機に瀕し、人類が滅亡に陥りつゝある際であつても、彼等は尚ほ一歩も教会の城塞から出ようとしないのであります。要するに教会生活は、先きの愚見によつて破壊されるまでもなく、教会幹部の多数のものによつて既にその生命は奪はれて終つたのであります。却て愚案を實行することに因つて、教会内で争ふべき物的存在が少なくなり、不純分子が教会に籠城し得ずして一種の純化作用が起り、教会生活がその為めに淨化して、信仰が復興すると思はれます。

また此の提議に従へば、教会の会員と経費が為めに減少した結果、教会で行つてゐた礼拝がだんだん軽んぜられやしないかと心配する方があるかも知りませぬ。此の点次の如くせば心配無用と愚考致します。現在の教会はその正しき意義に於て、信仰の生長を助成するところであり、礼拝の儀式を司るを以てその本職となすやうであります。いはゞ学校か寺院の一種だ。真實なる宗教に於ける神への礼拝は信者個人々々が心からの誠を以て、随時随所に於て神との交通を図るのが本当で、即ち個人の生活そのもの、生活自体を以て神を崇め、神を礼拝すべきであります。各人の生活を犠牲とする礼拝こそ、神の最も喜び給ふ礼拝なれとキリストが諭されたのであります。その上で時折、特に或る時を聖別されて二三の同信の友、或は更に数を増して十人、二十人程度で、最も相近しい兄弟姉妹がお互の家庭に於て、一緒に聖書を読み、禱り、語り合ふことによつて、神を讃美し、神の加護を願ふやうにして礼拝を行ふならば、今までのやうなともすると形式的に流れ易い教会礼拝の弊を免れる事が出来、延いてそれが力ともなり教会礼拝の清新な心と力を相養ひ慥に教会の礼拝教会の生活を神に向つて規律せしむるに与つて力あるものとなります。斯くして少人数で礼拝を行ひますと、真實なる心の触れ合ひ、精神の一致が出来て、自然と互に励まし合ひ、互の事情を知ることによつて、相互の同情協力も密接となり、主に在る共同生活、相愛生活が適切に行はれる筈であります。尚且、大教会の生命ない組織制度のみに拘束されて、百の説法一つの善事も行ひ得ない体の弊害が漸く顕著ならうとする時それら教会の組織制度を単に外的なるの故にて火急に破壊する事なくそのキリストの体なる教会を真に愛するの故に清新の霊力を再び漑いでキリストと教会の独自性を強固に主張するためにも、少人数で霊光閃くまゝに相談して括まつたこと、或は伝道、或は救済、或は国内或は国外にと、小さいながら霊光の閃く毎に、軽く素直に活動を開始する事の特に今の時代に必要なるを痛感いたします。又この建設的な主張の可能も確信してやみません。若し特別大きな伝道集会や大きな共同礼拝、その他の事業を創始する必要のあつた場合、神に指導を乞ひ、広く同信の友に訴へ、各小集会相連絡して、それ相応の資力を臨時に醵出すれば、如何なる事業も綺麗に運ばれて往けると信じます。假令、期待するやうな大きい事業が出来ないでも、我等基督者には、生命なき形式的大事業よりか、矢張り禱りの精神が籠つた生命ある小事業がよいのであります。

更に信仰の智的方面、即ち神学の取扱ひを何うするかと憂へる方もあるでありませう。家庭本位の小礼拝を平信徒の寄合ひでするやうになると、自然聖書の理解も浅薄になり、お互の間に感話も個人的経験に限られて、遂に信仰を深める資料を欠いて、結局信仰の内容が貧弱となり、礼拝が却て形成化して終ひはせぬかと憂へるのは、蓋し理由あることであります。私は大教会主義の弊を指摘して、家庭本位の小礼拝を主張する本旨は、組織制度の信仰に及ぼす根本的害毒の大なるを認め、何等安定した資財も特権地位も設けないやうにして、信仰の清浄を保ち、信仰の故に働くことは、唯だ働くそのこと自身が目的で、それ以外に何物も求めないといふ境地に、働く者を置きたく思ふのであります。端的に申せば、信仰の職業化、特権化を防ぎたいのであります。信仰の為めに働くもの即ち伝道者には、必要な糧は当然与へられると、聖書が明かに教へて居りますけれども、その教への意味は、働く者に対して、その働きを受けた者或はその働きに協力する者達が、自然とそれに感謝して必要な糧を与へるであらうし、働く者はそれを受けてよいといふ意味に解すべきであつて、未だ何んの働きもしない前から、自己の地位待遇を胸算用するやうな、働く者の権利慾を唆かす意味で、聖書は決て教へないと信じます。神学の研究は誠に大切で貴いと思ひますが、現在の神学校で養成せられる職業伝道者の神学研究は有難くありませぬ。神学研究は伝道を志す信者であれば必ず獨りでもやることで、伝道者が同時に神学者であるべき筈で、また自分の生活資料の保証を他人に依頼し、要求がましい気持を抱くこともない筈だ。彼れの伝道の始めに於て、彼れは必ず先づ自己の信仰を検討し、神学上に於て必ずや或る程度までの自信を得るやうに準備してから、伝道を開始すると思ふ。のみならず彼れまた必ずや自ら幾何かの糧を備へるに怠らないであらう。基督がその弟子達を伝道に送るとき、お前達は金銭を貯へたり、行嚢と二枚の下衣を携帯してはいけないと申されたのは、物質に対する執着心を警戒せしめられたのであつて、働きもせず未だ他人に信用されもしない伝道者に対して、始めから物を持つなと命ぜられたのでないと信じます。忠實に自らの信仰を検討し、誰にも何等の要求をなさざる伝道者であれば、牧師の肩書や博士の称号なくても彼れは必ずや方々の礼拝所から招請せられ、教へを乞はるべきであると思ひます。このとき始めて、働く者のその糧を得るは当然なりといふ、聖書の教へが實際化するでありませう。斯る行動を相当期間中に行つてゐても、その伝道者が尚ほも自分で糧を備へなければ生活が出来ない、伝道が出来ないといふことであつたらば、それはそのものが伝道に適しない証據であつて、伝道の第一線から退陣して然るべしと思ひます。道を伝へることは、何にもまして高貴な大切なことである。伝道者は特別撰ばれたもの、天使そのものであるとまで私は尊敬したくあります。かゝる者は世に棄てられることがあるかも知れない、併し彼れには必ずや自己の生活について何んの不平不足もなく、働けるだけ働いて、終ひには天に挙げられるべきを信じます。肩書なく物を持たずとも、彼れには必ず充溢した光と力とを与へられるに違ひありませぬ。

同信の友、世は今暗黒であります。主が命じ給うた如く、我等光となつてこの世の進路を照しませう。東亜を一家となすべく東亜共栄圏の設定を現在叫ばれて居ります。その誰の口から発せられたにもせよ、これ正に天来の声であつて決してこの世の子達の心から出た声ではありませぬ。この世だけならば、そこには只だ怨恨殺戮あるばかりであります。天来の声が発せられたるものゝ、その内容にその基礎工作に、この世ならざる犠牲愛の発動を見るのでなければ、永遠の安定を確保すべき何ものをも齎し得ぬと断言せざるを得ませぬ。

同信の友よ、東亜現在の惨状を救ふべき我等の工作を為すのに、余りにも我等の本據たる教会が、遺憾ながら世の光たる資格に缺けて居ります。因つて我等は先づ我等の出発、我等の結束を仕直さなくてはなりませぬ。教会に立籠る者をして勝手に立籠らしめよ！　神の義と神の愛に恵まれた自覚ある者、我等は涙を揮って断然今日の教会と訣別をなし、而して従来教会に捧げて唯だ念佛の為めに消耗されてゐたその力量、その金銭を転じて、東亜協同体の正しき基礎建設の為めに捧げようではありませぬか。金あるものは金を、技能と知識あるものはその技能知識を献じて、共に祈り共に携へて、清新なる大陸文化開発の工作、或は教育に、或は医療救済に、更に或は真理闡明の労苦に、凡ゆる人心の上に築かるべき愛にして義なる工作に、努力貢献しようではありませぬか。斯る努力貢献の存するところに、そこに真なる我等の教会あり、斯る荊棘の道を往くことこそ、それは真なる我等の礼拝伝道であるのであります。

主に在る兄弟姉妹！日本の基督者よ立て!!

主に在る兄弟妹妹！中国の基督者よ立て!!

立て而して相互に協心戮力致しませう!!

㈣教会合同の問題に就て

教会合同の問題は、今日に始まつたことでなく、昔から解決さるべくして解決し得なかつた懸案であるのであります。基督が垂れ賜うた教義は、聖書にその明文あり、神一つ、主一つ、信仰一つ、超在した客観的信仰の対象は、絶対唯一であります。使徒パウロもその当時の信徒を誡めて、人を中心として党派的信仰の集団をつくつてはいけない、主の体は一つ、主の体を分ちてはならぬと、厳しく訓誨したにも拘らず、その時代以来漸々と教派問題が深刻化して、旧教時代から新教成立後現在に至つて、教派の対立分裂が益々強烈に趨き、今日日本国中に存在する新教々派だけでも、優に三十以上はあります。此の教派発生の現象は、基督教にのみあるのでなく、世界中宗教の存在するところに存在する現象であるのであつて、佛教界に於ては所謂「我が佛尊し」といふ語が用ひられる位に、教派宗派の問題が極めて煩雑であり、神道が宗教であるかないかは別として、神道の中にも派別の問題がありますす。基督教は幸にその信仰の対象が、絶対超在の唯一神で、その神を体現して人類の経験界に顕れたのは、また独一無二のイエス・キリストでありますので、基督教はその大本その出発に於て、完全なる一であります。さりながら基督教界に於ても、明かに差別的な、対立的な教派が存在し、甚しきは教派的排他の感情をも有し、敵対行動を取ることさへあります。

基督教では信仰は一面に於て、神の啟示、神御自身のまゝを神の恩恵として、我々人類に与へられ、神自ら我々の内に住み給ふといふ、信仰の客観的超然性があります。がまた一面に於て、我々人類は死んだ無感覚の器物でなく、唯だ神から賜はれたそれを受入れるばかりのことをするのではなくして、人類は生きたもの、感覚理性を有するものでありますが故に、器が水を受入れる如くに、神を受入れることが出来ませぬ。必ずそこには感覚、理性が働き、経験認識を以て受入れます。これは生きた人間としての必然性であり、人間の我儘や放縦でするのではありませぬ。然しその人間の感覚や理性の力、認識の力に限りがありま す。神を神自身のままに、キリストをキリスト自身のまゝに、理解し認識することは是れまた誠に期し難い、何うしてもそこには主観的な非絶対的なものが混つて来ます。信仰に於ける此の主観的認識が、同じ富士の高峰を眺めるが如く、その立つ方向によつて、富士の姿態が異ふといふ結果になる、そこに教派発生の根本理由があるのであります。適切な比喩ではないが、信仰を人体に譬へて言へば、信仰の客観性は、人体に於ける骨格のやうなもの、而してその主観性は、人体に於ける筋肉のやうなものだと考へれば、骨格が同数同形であつても、肉づきの変化に従つて、その人体の相貌が変るのと同じく、全く已むを得ないことであつて、教派発生には此の一面、此の正当な一面があります。

斯く言ふものゝ、今日世に存在する凡ての教派の発生が、皆その意味合ひから由来したかと言へば、モツトモツト人間的な、世俗的なことから発生したのも尠なくはありませぬ。百歩譲つて皆悉くその関係から教派は発生したと致しても、神の本然を人間の本然で消すべきでありませぬ。無限絶対を有限相対で置換へらるべきでないのであります。神はどこまでも一つ、主はどこまでも一つ、信仰はその如くにどこまでも一つでなくてはなりませぬ。他の宗教はさて置き、基督教に於ては絶対その通りであります。こゝに教派合同、教会合同の必然性があるのであります。

教会合同の問題は、必然的に解決さるべきものであることは、蓋し自明のことに属する、それが今まで解決されないで、世間が政党の合同とか、党派の解消とか、時局に即応する新体制の運動とか、各種各様の政治的、社会的新動向に刺激されて、他動的に此頃突拍子で騒ぎ出して居ります。基督者は地の鹽、世の光として、世間を指導するの抱負と力量を有すべき筈でありますのに、此の教会合同の如き最も大切な自己の問題をさへ、外界の刺激によつて始めて解決されるとすれば、それはもう鹽でもなければ光でもない証據だ！　鹽でもなく光でもないものゝ寄合ひであれば、それは講演会か講談会か、或は何かの慰安会気休め会と称してもよからうけれども、神の国の雛型、キリストの花嫁、主の体たる教会、その教会の名を何うして借称してよいものでせうか。

基督教界の一角に、無教会主義を称へる一団の信者が居ります。無教会主義といふ名称は、私は嫌ひです、これが神の国の雛型、キリストの体たる真の教会をも否認するかのやうに誤解され易いからであります。「我れこの磐の上に我が教会を建てん」、「我れは汝の我れに賜ひし栄光を彼等に与へたり、是れわれらの一つなる如く、彼等も一つとならん為めなり」と、主キリストが宣せられました。斯くキリストに依り建てられた真の教会があるべき筈であります。主の教会は絶対否認さるべきでありませぬ。このゆゑに無教会主義といふ用語は甚だ不穏当であると申さねばなりませぬ。然し外界の刺激に動かされて始めて合同を断行せんとするが如き教会は、明かにキリストの教会ではありませぬ。そんなものを称するに教会の名を以てするのは、甚しく冒瀆でありませう。無教会主義者の否認する教会は、斯る部類に属するものでありませう。此の意味に於ての無教会主義者の否認は否認できますまい。

キリストの体たる教会は、キリストが十字架上に死して、三日の後復活昇天せられて以来、世界人類の間に建立せられた筈でありますから、無教会といふことは出来ませぬ。又現在世にありふれたやうな、妥協性の、若しくは国家社会とかけはなれてその鹽とならずその光となるべき使命から逃避した如き教会は、キリストの体たる教会としての資格がありませぬ。斯る教会の合同は、教会の此の世的の勢力を増大し得ても、天国の地上建設とは何等交渉するところもない。斯る教会の増大は、国家にとっては寧ろ警戒すべきことに属します。宗教法案の成立した真意那辺にあるかは論外として、神に対す使命を負はず、真理の顕現と交渉なき世俗的の教会は、単なる国家統制下に属すべき一存在に過ぎずして、何等真理による超然性を主張すべき権利を有たないのであります。国家が既に之れを統制する必要あるからには、自然に散在せしめて置くよりも、之れを括めて一団とした方が、労少なくして功多き賢策に相違ないことは分り易いことであります。

それでは教会合同のことは全然問題にならぬかと言ふに、さうではありませぬ。私は現在眼に見える多くの似而非教会に対して、深き不満を感じながらも、確實に主の体たる教会のその内に存在するを信じます。そこに合同の問題があるのであります。キリストが諭されました、「誠に汝等に告ぐ、もし汝等のうち二人、何にでも求むる事につき、地にて心を一つにせば、天にいます我が父は之れを成し給ふべし。二三人我が名によりて集る所には、我もその中に在るなり」と諭されたのであります。二三人我が名によりて集る所にはと仰せられました。我が名によりてとの意味は、真實に悔改めて、肉に仕へず世俗に従はずして、生命生活の根本からキリストを主と称ふるに相応しい信者の資質資格を限定せられたのでありまして、決して唇で鸚鵡返しのやうにキリストの名を称へる似而非信者のことを意味するのではありませぬ。キリストは確かと「我れに対ひて主よ主よといふ者、悉くは天国に入らず、たゞ天にいます我が父の御意を行ふ者のみ、之れに入るべし」と明言せられましたから、少しも混同やごまかしを許されませぬ。而して特に二三人と言はれた点に注意せねばなりませぬ。決して二十人三十人、二百人三百人、況や二千人三千人と言はれない点に注意せねばなりませぬ。またキリストは決して一人でよい、たつた一人で結構だとも仰せられませぬ。二三人だと明瞭に仰せられました。こゝに重大意義が存するのであります。二三人と言はれたのは、多ければ多いなりに、少なければ少ないなりでよい、無理に数を増さん為めに信仰の本質を変へて、遂に主の名に相応しくないものとなつてはならぬ、数のことよりも、否数のことは構はず、唯だ信仰の本質、信仰生活の本質に心せよと誨へられたのでありま す。又一人だけでよいとも言はれなかつたのは、孤高独善を排せられ、信仰生活の社会性を指示されたのだ。神でさへ唯だ御一人でゐられませぬ。キリストは尊き神の御存在でありながら、罪悪充溢の世に降られて、我々罪人の間に伍して泥だらけ、血だらけの御生涯を送られました。而して「我が誡命」と仰せられて「我が汝等を愛せし如く、汝等も相愛すべし」と命ぜられました。斯く汝等二三人我が名によりて集る所にはと言ひ、汝等も相愛すべしと言はれた此等の聖言を以て、キリストが如何に信仰生活に於ける社会性、集団性を重んぜられたかを知るべきであります。此の故に、我々は信仰あるところには、必然的に教会の存在ありと知るべしであります。

さりとて、如何に現在我々の眼前にある教会の為めに、私は辯護しようとも、現在のそれらの多くが即ち謂ふ所の教会なりとは、何うしても言へませぬ。私の恩師故植村正久先生が、大なる教会人であり、彼れの全生涯が教会生活を以て始終したと申してもよい位に、我が恩師は日本に於ける大の教会主義者であられたと、私は存じ上げて居ります。だが私が茲に申したことによつて、如何にも私が旧師に対つて弓を引くかのやうに見られる恐れがあります。私はこのことで何回も愚見の公表を遠慮しようようと考へて苦みました。

けれども私と我が師との間に曽て次ぎの対談がありました。或る夜夕食後のことでありました。私が我が師に伴はれて、教会の長老たる某氏の邸宅を訪問し、我が師が某氏と何か打合せをしてゐられた間に、私が目を張つて某氏の室内を視廻り、その建築材料とその結構の立派さから、その設備の尽善画美に至るまで、私は田舎郎の上に貧乏者であつたせいか、スツカリ驚いて終ひました。その家を辞して外に出ると我が師が直ぐ、何うだ立派なお家だらうと言はれ、私はハイ全く驚きましたと答へて、そして附加へて申すのに、どうもこんな立派な生活をして居りながら、忠實さうに礼服を着て献金袋を持つて廻る姿が、今私の眼底に現れて可笑しく思はれて参りますと、私は遂こう言つて了ひました。私がこう言つた次ぎの瞬間に、お叱りを受けるのでないかと一寸不安を感じた案の外、我が植村先生は即座に、さうとも信仰的に子供みたいなものが多いからナ！　と、私をお叱りのどころか、大いに私の失言に共鳴せられた様子で、我々師弟二人が一つの体となつたやうな気持で、夜陰を暗んで帰りました。兎に角、大の教会主義者だと目される故植村正久先生にも、教会に対して教会員に対して斯る程度の所懐を抱いて居られた一面があつたと、知つて頂ければ充分であります。私が思ふのに、恐らく我が師の考へには、現在の教会をば、信者修練の道場と見て居られたやうな意味合ひがあつたのではありませぬか？　だから私が一口に今の教会は主の体だと言はないでも、あながち、それで私は我が師に弓を引いたことにならぬと言つても、決して強辯ではないと自分で安心するのであります。

以上申したことを綜合しますと、教会合同の問題は大いにある、けれども現在ありふれたやうな教会を合同したところで、問題は依然として解決されずに残る、合同してもしないのと同一だと、こう申した積りであります。それでは問題は何うして解決せらるべきか。

私は現在の所謂教会は、教会ではなく教団と称すべきものであると思ふ、教団だから財産もあり地位特権もあり、争もあり逃避もある、従つて法律の完全なる制約下に置かれます。その教団の中に主が臨在し給ふところの教会が、存在すると信ずるのであります。私が申す教会合同の問題とは、とりもなほさず、此の教団の中に存在する筈の教会の合同のことであります。教団の合同に於ては、多数決といふことで行はれるのだが、その教団中に存在する教会の合同は、祈禱によつてのみ、主の御声を聴いてのみ行はれるべきであります。教団の合同は総員妥協しての行動であらうが、教会の合同は少数者と少教者との合体でなくてはなりませぬ。然り少数者！　方々の教団中に存する主の体、主によつてのみ導かれる少数者が、已に前々から銘々の所属する教団から出て来て、一致合体すべき筈でありました。不幸にも今まで殆どそのことあるを見ず、主の聖霊が我々の信心を動かし、人類相殺の暗黒時勢が我々の良心を促して居る今日此の頃、アー我々同信の友よ！　我々また更に、別々に祈り別々に行動するを許されないのであります。時世は正に非常時代であります。時勢は正に歪曲された現世地獄と化し去りました。キリストを愛しキリストに愛される自覚あるもの達は、何うして超然冷然たり得ようぞ。時代の黒潮余りに飜天覆地の勢で荒狂ふかふ、自分の如き微小無力のものでは、何うもやり切れない、やりやうがないとお互が考へるであらう。それはその通り、弱い我々としては無理からぬ思案であります。さうだからといつて信仰ありと自覚するものは、必ずやこの時代に対する使命を負はさるべき筈だ。決して黙つてゐるべき理はない。使命だ！　使命だ！　時代を平和に引戻すべき何等かの工作に対する使命を果すことだ。殺伐一轍の救済には、平和一轍の外ありませぬ。平和だ！　平和の工作だ！　平和を来らすべき基礎工作が大切なのだ。この平和の為めの行動工作を目して政治運動だの、社会運動だの、宗教圏外のことだのと言つてはいけませぬ。この殺伐の時代に、平和を来らすべき奉仕努力の外に、宗教の真正なる存在ありと思ふか?!読経、祈禱、断食、儀式のみをやるのが宗教だと思ふものは思へ、唯だ真理を愛し正義を愛し生命を愛し平和を愛する活きた信仰を恵まれたものだけは、さう思つてはならぬ、さうやつてはならぬ。此の時代に於て、平和に貢献なき読経も祈禱も断食も儀式も、此等は凡て無用の長物であり、贅澤な暇つぶしでしかないのであります。平和恢復の為めにその最善を尽したもの、それはたとへ読経祈禱を知らず、主の聖名を知らずとも、キリストは必ずやそのものゝ小さい手を引いて、天国に入れてやらるるに相違ありませぬ。「たゞ天にいます我が父の御意をおこなふ者のみ、之れに入るべし」と諭されたからであります。天にいます天にいます我が父の御意を行ふものは、高屋根の下に於て読経祈禱のみをことゝするものよりも余程宗教的であるのであります。

敬愛する同信の友よ、我々わが使命の重きを知り、わが力量の弱きを知るが大切でありますけれども、その為めに我が胸に確かと抱いてある神の召命を、空しく忽せにして終つては断じていけませぬ。キリストを知らざりし大陸の諸葛孔明でさへ「事を為すは人に在り、事を成させるは天に在り、臣鞠躬尽瘁して、死して而して後已むのみ」と、彼れはその主君にかく申し得たではなかつたか。我々はキリストの徒であります。我等は主キリストを信ずる筈だ、我等はまた聖書を読む筈だ。聖書には「イエス彼等に目を注めて言ひ給ふ、これは人に能はねど神は凡ての事をなし得るなり」と記してあります。特にイエス彼等に目を注めてと記してあります。主はキツト同様にして我々にも言はれるでありませう。我等は主を信ず、主は「信ずる者には、凡ての事なし得らるゝなり」と保障せられたので、同信の友よ、召命が我々に降つて居ります、我等此の上更に逡巡すべきでありませぬ。二三人さへ集つて主にお助けを願へば、何か知ら我等は必ず為すことあるに違ひないのであります。集る友が何人たらうとも、集れば集るだけ感謝するし、集らなければ、二三人だけでよいのであります。我等集りて、我等合同して主と共なる教会を新に建設し、現代を処理すべき神の召命に応ぜようではありませぬか。

教会合同の問題に就き、私は先づ第一に右の如く考へさせられ、また願しく思ひます。然らば目下協議中の教団教派の合同は如何？　是れについては二様の見解あり、その一は、各教団教派の主脳者が真に悔改めて神の聖霊に充され、信者の時代に負うた責務を自覚して、以て平和招来の工作行動に邁進する、即ち信仰の活力を神意達成の為めに発動し、各教団の人物資材を集中して、宗教独自の立場に於て、時局収拾の積極的基本的建設に使用するならば、教団の合同は速かに断行實現すべし。必ず神の祝福を受けて、大なる霊能を顕すでありませう。

現在日本国中に基督教徒の数が、新旧教徒を合せて五十萬人はあると言ふ。此の内新教徒で昭和十四年度二十六教派の報告を統計して、二十一萬五千八百二十八人であつたさうであります。全国三十以上の教派を全部集めれば、少なくも三十萬人はあるかと推察します。前記二十六教派の信徒二十一萬五千余人の一年間に於ける献金額は、二百十六萬八千五百八十圓也であります。此の二十一二萬の信徒を指揮し、此の二百二十萬圓の歳費を消化する教師、伝道師の人数は二千八百七十五人であります。何うだ、巨大な勢力ではありませぬか！これまで此れらの人物と資材とは、単なる礼拝伝道の名に於て、消費されて来た。その礼拝は祝福されたであらうか？　その伝道は真理を弘布したであらうか？　誠実にして良心ある者の正直な告白によれば、礼拝の後は唯だ空虚の感あるのみ、伝道した結果は唯だ歳費の消耗、消却あるのみだといふことであります。

聖霊に充されて大に此の時代の悲愁を慰めんとし、天来の霊光となつて此の暗黒の世界に、明朗な景象を現出せしめんと志す為めの教派合同ならば、一刻も早くその実現を希望する。その使命たるや重且つ大であるのであります。各自をその儘にして置いては、どうも情勢に吊られて何も出来ず、合同することに頼つて始めて面目一新、新しき出発を仕直して邁進することが出来るとあれば、神は必ず合同に祝福を与へ、地上神国の雛型として、益々霊光を発現せしめらるるでありませう。此の意味に於ての教派合同は、宗教生活の本質的進歩、積極的前進であると思ふのであります。

教派合同に関するもう一の見解は、時代が行詰つたやうに、各々の教派も行詰つて了つて、極端にその非宗教的現実性を暴露し、一部外国教団の補助を必要とするもの、状勢の変遷により維持に危殆を感じ、合同に頼つて不安を脱出せんと胸算用をなすものもあるとか。また一部有力教派に於ては、時艱の深刻化を見越して、萬事不拡大方針の下に緊縮節約を励行し、以て現状維持の可能を期する。従つて無力教派との合同を極力廻避せんとする気配であるとも噂に聞きます。勿論基督教界の全部に対して斯る不祥なる風説が行はれて居る理ではなく、一部分のものに対しての話であるけれども、誠に苦々しき極みであります。昭和十四年度の報告には、新教各派の中で外国の教団から受取つた寄附金額は二十九萬六千余圓、約三十萬圓也とあります。戦争の巷と化した諸外国の教団から、此の上継いて送金の能力有無にも疑問あり、況や防諜その他の必要上、外人との関係につき国家がその注意を怠らぬのが当然であります。だから今まで外力依存で布教してゐた教派などは、可なり苦境に立つべきは想像に余りあります。

また先月中旬頃に或る大教会の総会席上に、教派合同についての態度決定の為め、論戦が展開するであらうといふので、傍聴に往つて見たところ、会員の議論封鎖の積りでしたのか知らないが、その議長のものが如何にも謹厳の態度で、会衆に向ひ「問題の大勢は殆ど明かとなつたのであるから、会員諸君はその積りで話を願ひたい」と、申し入れて居りました。さうしたら会員の中から、「問題はもう決定されたのなら此の議場に提出するのは変ではないか」と叫ぶものもあつたやうでした。それから議事の途中、会員から条件を提出したときでしたが、何かの宣言文の字句と関係があるので、それを或る方面と電話で問合せて見て、抵触しないやうでしたら、それにしよう、今その問合せの最中ですといふ珍答辯もありました。

以上各様の見聞を綜合して考へるのに、今度の教派合同問題の急進展は、純粋にキリストの体一ったるべき信仰から出発したと云ふ可く余りに、何か楽屋の裡に種々信仰以外のものが混入して居るやうに思へてなりません。この合同問題を通して見た現在の教会は、真理を口先で言ひ儀式をその日常の行事とする外国でいふ伝道会社、一種の商取引組織でしかないやうに思はるべき節があります。私は飽く迄理想や真理よりも現実と生活とを先にする団体である事を恐れてやみません。

現在の教会教派が右の如きものであるならば、合同を愈々急速に断行せねばならぬ。今後の国家状勢は益々逼迫の一途に陥込むべく、人的にも物的にも資材の缺乏益々深刻となるべく、それに口で説かれる位の真理ならば、もう大抵のものは心得て居るのだし、儀式の如きも一時的の気休めでしか効果がない。一層のこと百尺竿頭に数歩を進めて、現実尊重の心をモツト徹底強化させて、完全に新体制の時流に投合し、国家の政治権下に指導して頂いて、教派を統合して単一組織となし、宣撫工作でも引受けて、現実に即した御奉公を真正面から敢行した方が、自他の都合にもよく、目に見え易い成功を獲得すると思はれます。どうも今までのやうな天国には昇りたい、地上の安楽は棄てられずといった慾張り方では、結局天国にも入れられず、地上でも厄介視される外ないのであります。自力更生か、他力依存か、現在多くの教会はこの彷徨の岐路に立ち居るではありませぬか。その何れにしても、もう合同しなくてはなるまい。いや若し此の際に大悟徹底して、真剣に出処進退を明瞭にせず、依然と従来の如き惰眠を貪つて信条擁護に藉口して群雄割據唯我独尊を主張し、純福音的信仰の保持なりと自惚れて、高臺の上で喃々ばかり継続するならば、それこそ済度すべからざるヅウヅウしき存在なりと断ぜざるを得ませぬ。

最近の或日、教会合同の顚末を聴かうと思ひ、八方塞りの世情に直面した陰鬱な心を抱いて、私は平素敬愛してゐた教友を訪ねました。此の教友は知名の牧師であります。その話には，教会合同のことは幸に暫定的のよき結着をつけることが出来て、始めの形勢の如き他動的な合同でなく、各派各教会が深く禱り、互に慎重熟議の結果、政府当局の諒解を得て、従来の各派各教会の伝統や信条を阻害し変更することなく、単に対外的交渉の窓口を一つに統合し、対内的相互の連絡関係を調整すべく、新教の各派各教会より代議員を選出して、連絡事項を代議せしめ、対外的代表者たる統理一名を、その代議員会で公選する程度に喰止め得たといふことでありました。而して此の教友が附言して謂ふのに、合同は理想であるが、仲々簡単に出来るものでない、また簡単に為すべきでもない、それは信仰の本質的一致に出発すべきであり、信条の内面的符合に俟たねばならぬ、だから此の合同問題は、永き祈の中からその進路を求むべきであつて、何時それが示されるであらうか、或は永遠に出来ないのかも知れないと言つて、まあ何んだか、所謂現状維持が当分見込みついて一安心だといふ風でありました。

この話に対して私は、他動的合同を免れ得たのは幸でしたが、信者の一致、教会の一致が言はれる程に絶望的のものであるならば、私は現在深き陰鬱に沈んで居る最中であつて、此のお話を伺つて益々陰鬱になり、益々悲観的になりますと申せば、友は確信を以て、だから信仰といふのです、人間は何も為し得ませぬよ、凡て神さまが為されます、我々人間は唯だ信仰するばかりです、斯る時代に処して往くのに黙示録をよく読むと宜しい、静かに祈ると宜しいと勧められました。

我が友は確かに人間の一面、信仰の一面を語つたのであるけれども、私はそれを全面として承服することは出来ませぬ。それは所謂純福音主義の信仰としての積りで言はれたであらうが、此の時代に於てこの信仰の外に正しい信仰がないといふならば、私はもう甘じて無信仰者になりたく思ひます。友は時代に対し錯覚を有し、また自分を初代教会の使徒、望ヨハネの如き存在であると自負してゐるやうであります。現代は現代であります。友は此の現代の友であります。この事実の真実性は明瞭であります。使徒ヨハネはその信仰を堅持する為め、その道を確立する為めにあらん限りの危険を犯し犠牲を拂つて、遂に人生の日暮れに於て島流しに処せられながらも、尚ほ信仰の為めにその行動を止めず、何うして書いたかその可能の極限に於て黙示録を書き遺したのでありました。ヨハネの境遇に居らず、ヨハネの努力を為さずして、唯だ観念的にヨハネの信仰に潜入して自己陶酔を謀らうとも、それは真実を意識するものには不可能のことであり、況や純福音的信仰の容すところでもありませぬ。

人間は何も為し得ませぬ、凡ては神さまが為されます。厳密の意味に於ては然り、併し粗忽な口癖で言つてはなりませぬ。限度があります。若し粗笨に一口で人間は何も為し得ませぬと言つて終ふと、それは却て神の人間創造に対する不信となりはせぬか。神の許された限度に於て、人間の為し得ることがあり、為さねばならぬことがあります。人間は三度の御飯まで炊くことも出来ず、喰ふことも出来ませぬか。信仰々々とばかり言つてゐても、三度の御飯まで炊く意志もなく、何もかも神さまが為されますと、責任を神に転嫁する人間があつたとすれば、その人間が如何に純福音主義の信仰を所有するものであつても、神さまは必ずや眼を閉ぢてその餓死するを憐み給はないであらう。一人の未信者の回心は、牧師たる人間のみの力では何うすることも出来ない。さうかと言つて伝道の汗を流さぬことはないではありませぬか。人間は何も為し得ませぬといふその人間は、皆安易を貪り、責任使命を自覚せずして、否その根底出発に於て神を信ぜず、キリストと共に死なゝいで、自分の読書、自分の哲学、自分の能辯を唯一無二の生命として、生きてゐるからではありませぬか、人間はアダムの裔として生れたが、併しイエス、キリストを信じ、イエスと共に自己も死んだものであれば、もう唯だの人間ではなく、自己に死んでイエスに生きる人間、即ち神の子たる人間となる、此の人間は何も為し得ませぬのではなくして、却て神の御意の儘に何んでも為し往くものであります。神は宇宙を創造し、キリストを信じた神の子たる人間は、地を継いで宇宙創造の完成に協力させられます。豈唯話しのみ出来るものならんやであります。基督教迫害の過去の時代に於ては、神の子たる人間の為し得た最も貴くして最も困難なる行動は、伝道と教会の設立維持でありました。現在の時代に於ては如何、神の子たる人間でなくても伝道して居る、教会を持つて居ります。時代は変り、行動の意義も変りました。もう今日では教会は寺廟と類似のものに視られ、伝道は読経以上の効果はありませぬ。それ位のことをして、如何に大声疾呼して純福音なりと汗水を流しても、もう響かない時代となりました。愛する同信の友よ！　我等は篤と反省せねばなりませぬ。

私は信仰の社会性を確認して、教会の存在を重んじます。信仰は孤高独善を許容せず、神を第一とし、神の御前に於ては、絶対に我といふものなく、而も神が存在せられる限り信仰者もその下に存在すると、このことを最高の真実として信じます。信者は神に復帰した人間だ、神の指揮に絶対服従の人間だ。神さまは全智全能の宇宙創造者、宇宙支配者であられます。神は光あれと仰せられて時間の経過を許されました。その時間経過の中に、神はその御発意御創作の一つ一つを完成せしめて往かれます。神に復帰し帰順した人間即ち信者は、神の御発意御指揮のまゝに行動し実践します。信仰は目に見えざる神から出発して、目に見える一つ一つの実践に移り往きます。神が信ぜよと命ぜられたので信者は信じました。伝道をせよ教会を守れと命ぜられたので、信者は斬られようが焼かれようが、萬死を犯しても伝道を為し、教会を守つて来ました。今日はといふに、時代も変り神の御計画も追々進んで来て、もう伝道で九死一生のことはありませぬよ。教会でも一番高尚なる社交場となつて居ります。行動の意義が違つて来た、実践の仕方を換へねばもはや神の聖旨に副ひ得ませぬ。今日の伝道は、伝道者の説きたるところを伝道者彼れ自身で実践することにあります。教会を守ることはもう雑兵でも出来ます。偉大なる伝道者は、現在目に見える教会から出陣して、未だ目に見えない全社会全世界を教会と為すべき、受難の伝道に出掛けねばならない時代となりました。

この数年来私の日夜禱つて止まないことは、我が教会の指導者達が、新時代に於ける神の指令に服して、愛の飢渇を医し平和の回復の為めに、平素自分達が説いた真理教訓を大陸に渡つて実践せられることであります。その為めには人手が足らぬ経費が足らぬと申さないで下さい。此の為めに此の事を目標に、我等新教々会各派は協力しませう、合同しようではありませぬか。我等には既に三千名の教職者あり貳百余萬圓の歳費が備へられてあります。三千名中の千名だけでよい、一度に千名づゝを順番に繰出しさへすれば、大陸に於ける愛の飢渇が可なり医されるであらう、内地教会内に於ける信仰の空虚も充されて復活するであらう、これこそ生気に充ちたる伝道となる。日本二十余萬の新教徒が一致して、神さまを喜ばすべき新文化建設の巨歩を踏み出すとしたら、事は寔に重大となつて参ります。先年、臺南長老教女学校の危機発生のとき、直接関係者の間では信仰的煩悶を起し、その内容を知りたる周囲のものは信仰的不安を感じて動揺した。何うしてもその危局を打開すべき人物を得るに窮したと見えたとき、東京柏木教会の牧師植村環女史が奮起せられて、暫く牧会のことを教会員自身に任し、御自分は単身風土馴れざる臺南の地を踏んで、長老教女学校の危局を安定せしめるまで滞在せられました。その結果臺南の地に大いに愛の気風が起り、柏木教会の会員も祈りが益々熱して、恐らく植村牧師に於かれても、よき伝道を為して来たと感ぜられたであらうと思ひます。斯様に私は近年来、我が教会の指導者各位の実践的大行進を禱って居る次第、此の目標に向って教会の協力合同を念願して已まざるものであります。教会は明かに一つの組織であり制度であるのであって、時代の進展に随ってその形態機構を換へることは当然であります。信条や伝統を盾にして合同を廻避し、隠遁を続けてはならぬ。信仰の内的一致があって始めて形態、組織の一致ある教会合同を行うてよいと謂ふならば、それでは各教派内各教会内の信者達の一人一人の信仰内容が、皆悉く一致して居ると思はれますか。寧ろ信仰の内的不一致があり、先進が後進を誘掖鍛錬して往くのを唯一の使命として、今日現在の教会はその正しき成立ちを有するのではなからうか。併しそれでもです、何うも一切が論議のみに終って実践に缺ける点が多いので、先進後進共に空虚を感じて誘掖も出来ず、鍛錬もなされぬで居る現状ではありませぬか。ところで教会設立の目標は会員の誘掖鍛錬にばかりあるのではなく、教会自体が保持せる真理の実践にあるのであります。此の真理の実践に一致すれば、合同問題は直ちに解決さるべきであります。問題は極めて簡単であって、我々は要点を見誤ってはいけませぬ。今日現在に於ては、我が教会の指導者達の実践的示範があって、始めて世道人心に対する愛の実在と真理の尊厳が認められます。真理の尊厳が、愛の実在が認められて始めて、現在の戦乱の巷に平和の曙光が射し入れられるのであります。時代を救ふべき根源は信仰の実践にある！　現在教会の合同は此の為めに速かに実現せねばなりませぬ。

右の意味に於て、私は第一に各派各教会の大同団結を祈願し、是れが出来なければ、私は第二に信者の家庭的小礼拝を中心に、平信徒の教会指導者を離れた、平信徒同志自らの新体制、新行進を開始して、以て教会を革清し新時代に応ずる神の召命を果さねばならぬと思ひます。

噫！　親愛なる基督者の友よ、我等この世界混乱の暗黒時代に処して、果して何を為すべきであるか、我等の信仰が我等に対して、世人の誰よりも先に時代に負ふ責任を感ずべしと耳語くではありませぬか。使徒パウロは、切実なる責任感からして、若し我が兄弟我が骨肉の為めならんには、我れ自ら詛はれてキリストに棄てらるゝも亦願ふところなりと、叫んだのでありました。今の時代程、兄弟の為めに献身すべき時代は曽てなかつたのだ！　寔に現在我等の直面せる時局は、正に開闢未曽有の大危局であり、キリストを信ずるものに、若し特別の真理を把握し、此世と異つた真生命を神より恵まれ居るならば、我等はそれを独り笑顔で保有すべきでなく、須く早く世にそれを輸血して、起死回生の活躍を致さねばなりませぬ。人類の罪業が集積に集積した結果、今日の時局世相とはなつたのだ。基督者の切札を出すべきは此の時である。現時は愛に飢え、平和に渇いてゐる。然り愛と平和だ！　愛と平和のみであります。愛を行ひ平和を来らすべき力は、真實の宗教にのみ存在すると信じて来た。我等はその故に、愛を行ひ平和を来らす行動を宗教に望み、宗教団体の指導者達に求めたのであります。然るに今日まで何らの音沙汰もなく、我等平信徒は遂に自らの貧弱に、その力その行動を求むべきであらうか?! 或はそれも到底望みなく、最後に政治勢力の中にそれを求むべきであらうか? 若し真に政治の中から、我が渇望するところの愛と平和が与へられるならば、その政治は即ち現代の宗教なりと謂ってよいではないか。然らば我等基督者は喜んで政治の軍門に降るべきでありませう。噫! 基督教各派の信者諸兄姉よ! 目下は我等の活躍に最も相応しき時代であって、これ以上我等の待つべき時はない。蠟燭が自ら融け消えて周囲に光を与へ、食塩は自ら溶け消えて凡てのものに味を与へる如く、我等もまた我が全力全能を尽し果て、時代の愛の塩となり、平和の光明とならうではありませぬか。我等はその為め如何なる形式体勢にせよ、兎に角速かに協同一致せねばならぬ。それが即ち真なる主の体であるのであります。我等の一致団結が徹底的に此の精神に立ち得れば、神は必ず我等を祝福せられ、その祝福によって、東亜協同体結成に於ける隅の首石に我等が選ばれるならば、神国の地上建設は先づ東亜から始まったと感謝すべきであります。然らば真に本懐至極と申すべきである! 不幸にして日本二十余萬の新教信徒とその指導者等が、尚ほ各自のお賽銭凾に戀々して、相も変らずその旧巣に立籠んで、自ら結束せず、況や中国、印度の同信に呼びかける熱情もない、然らば一切の真理の実践を政治の活躍に待つべきであらう、所謂活人の宝剣に従ふべきでありませうか! 嗚呼!

自作歌曲集

白話字歌

深思熱切　　　　1929. 1. 1.

1. 世界風氣日日開，無分南北與東西，
2. 五穀無雨眛出芽，鳥隻發翅就會飛，
3. 漢文離咱已經久，和文大家尚未有，

因何這個台灣島，舊相到今尚原在，舊相到今
人有頭腦最要緊，文明開化自然會，文明開化
汝我若愛出頭天，白話字會着緊赴，白話字會

尚原在，怪怪怪！因何會按如，怪怪怪！咱着想看覓。
自然會，是是是！教養最要緊，是是是！咱久無讀冊。
着緊赴，行行行！勿得更延遲，行行行！努力來進取。

咱台灣（一）
（齊唱）

1929. 4. 15.

清朗圓滑

1. 台灣台灣咱台灣，海真闊，山真昂，大船小船
2. 美麗島 是寶庫，金銀大樹滿山湖，挽茶囝仔
3. 蓬萊島 天真清，西 近 福建省，九 州

的路開， 遠來人客講汝梓，日月潭， 阿里山。
唱山歌， 雙冬稻 割昧了，果子魚生較多土，
東北爭。 山內兄弟尚細漢，燭子火 換電燈，

草木 不時青跳跳，白鴒鷀， 過水田， 水牛背脊
當時明朝鄭國姓，愛救國， 建帝都， 開墾經營
大家心肝着和平，石頭拾倚米相共， 東洋瑞士

鳥秋叫，太平洋上和平村，海真闊， 山真昂。
大計謀，上大特別相看顧，美麗島，是寶庫。
穩當成，雲極白 山極明，蓬萊島，天真清。

咱台灣（二）

（獨唱）

1941. 7. 4.

1. 台　灣　台　灣　咱　台　灣,
2. 美　麗　島　　　是　寶　庫,
3. 遂　萊　島　　　天　真　清,

海　真　潤　　　山　真　高,　大　船　小　船
金　銀　大　樹　滿　山　湖,　挽　茶　囝　仔
西　　近　福　建　省,　　九　　州

的　路　開,　遠　來　人　客　講　汝　美
唱　山　歌,　雙　冬　稻　割　昧　了
東　北　平　　　山　內　兄　弟　尚　細　漢

日　月　潭　　　阿　里　山,　草　本　不　時　朝
果　子　魚　生　救　多　土,　當　時　明　朝　肝
煽　子　火　　　換　電　燈,　大　家　心　肝

青　跳　跳,　白　苓　絲　　　過　水　田.
郵　國　姓,　愛　救　國　　　建　帝　都.
着　和　平,　右　頭　拾　倚　來　候　相　拱

咱台灣（三）

（獨唱）

水牛背脊鳥秋叫，太平洋上
開墾經營大計謀，上天特別
東洋瑞士穩當成，雲極白
rit.
和平村，海真闊 山真高。
相看顧，美麗島 是寶庫。
山極明，蓬萊島 天真清。

願主無放摔

獨一至尊的上帝，汝是阮人的天父，
萬物攏受汝創造，萬事攏歸汝統制，
願主無放摔，台灣也是屬汝的，
願主無放摔，台灣也是屬汝的。

台灣自治歌

確信勇壯　　　　1931.4.13.

1、蓬萊美島真可愛．祖先基業在，
2，玉山崇高 蓋扶桑，我們意氣揚，
田畑阮開 樹阮種，勞苦代過代，
通身熱烈 愛鄉血，豈怕强權旺．
着理解 着理解．阮是開拓者，不是憨奴才，
誰阻擋，誰阻擋，齊起倡自治，同聲直標榜，
台灣全島快自治，公事阮掌是應該。
百般義務自都盡，自治權利應當享。

台灣新民報社歌

剛健感慨
1932.1.20.
1.黑潮澎湃,惡氣漫天,強暴橫行,莫敢言,賴有志
2.高聳玉峰,屹立亞東,仙鄉美島太平洋,望大家
3.我報社友,筆陣貔貅,公義掃地,年已久,願吾儕
奮起當先,開筆戰解倒懸,光榮哉 言論先驅台
放開眼眶,共勇往策大同,崇高哉 我報理想民
同心攜手,盡天職勿遲留,和樂哉 我報社友筆
灣青年, 光榮哉 言論先驅台灣青 年,民報!
權擴張, 崇高哉 我報理想民權擴 張,民報,
陣貔貅, 和樂哉 我報社友筆陣貔 貅,民報!
民報! 新民報!作 你前驅台灣青 年。
民報! 新民報!筆 戰陣中道遠任 重。
民報! 新民報!全 社一心力爭自 由。

霧峰一新會會歌

美台團團歌

美台团愛台湾 愛伊水稻双冬刈 愛伊百姓總快活 長青島美麗村 海潤山又高 大家請認真 生活着美滿

美台团愛台湾 愛伊風好日也好 愛伊百姓品格高 長青島美麗村 海潤山又高 大家請認真 生活着美滿

美台团愛台湾 愛伊花木透年開 愛伊百姓逐日美 長青島美麗村 海潤山又高 大家請認真 生活着美滿

(注意) 附圈點之字以土音讀之　　(民國五十三年十一月八日抄錄　)

一新義塾塾歌

1934. 1. 6.

(二)

一新義塾 意氣清新

不學王侯 學覺人

鳥流甘泉 長流不盡

隣里生氣 日日振

我義塾 氣清新

一新一心

一心一新

搖子歌

清靜柔和
1934.2.18.
1.嬰仔睏，嬰仔搖，嬰仔愛睏
2.嬰仔睏，嬰仔惜，嬰仔欲睏
大家搖、兄也搖，姊也搖，
大家惜，兄也惜，姊也惜，
啌啌搖，嬰仔愛睏大家搖。
唔唔惜，嬰仔欲睏大家惜。

竹馬仔

作穡歌

（獨唱）（1）

(一)清靜嚴肅
1934.3.17.
天公愛人活，勤苦攏無息，
有時用日曝，有時用雨撒，咱是小
百姓，工作却小可，鋤頭掘深淺，
關係嶄然大，一寸地也開，一枝草
也撮，會成天肯意，歡喜做牛拖。
(二)深思沉痛
春來緊栽種，秋去就收割，粒粒是
汗珠，無嫌厚拖磨，所收滿層間，所食有幾碗，
世間看咱輕 度董放閒瀾，大地是命根，衆人
加践踏，地若請不顧，人何有依倚。

作穡歌

（2）

(三)莊重勇躍
兄弟請用力，勤勉相接
續，榮耀無欣羨，親像風飛砂，
咱若拚命耕，大家免四散，收成
rit.
A tempo
既然足 細子也賢大，大樹透天
青 灌沃才會活，耕作
是神聖，正是活水 泉。
(四)輕快悅樂
況兼天公好，花園由咱住，
王侯宰相家，也無這濶大，鳥隻
好聲叫，牛羊可作伴，涼風時時新

作穡歌

(2)

好花 饱饱看， 度世風雨透， 安静攏無

差. 清心出力作， 且唱作穡歌。

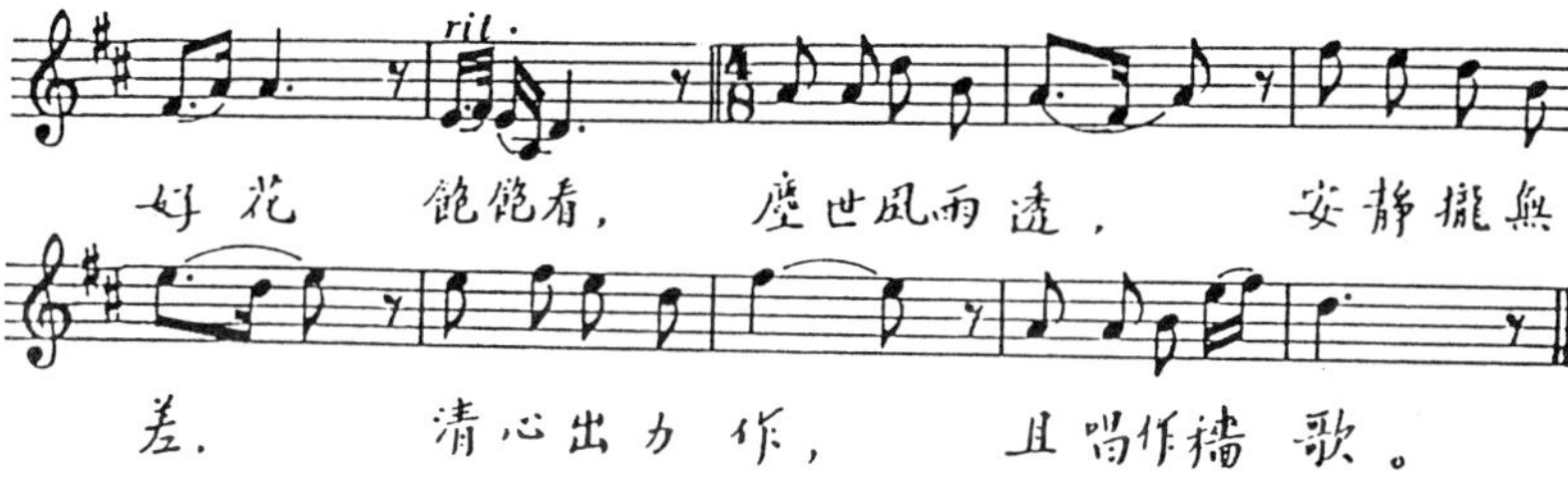

月娘光

清亮柔和
1934.8.5
1.日落西，月娘若目眉，一直光，
2.十五暝，月娘光且圓，魚池內，
3.風歎軟，月琴聲遠遠，大庭光，
真可愛，阿姑阿婷請看覓，
看見見，阿姑阿婷在水邊，
大路光，阿姑阿婷在花園，
月娘若目眉，真可愛，真可愛。
月娘光且圓，看見見，看見見。
月琴聲遠遠，月娘光，月娘光。

結婚祝歌

和樂流亮
1935. 3. 13.
1. 天高一氣清，地厚萬物榮，
2. 人間多佳景，根源在愛情，
3. 堂內點紅燈，堂外放光明，
造化配合妙，日月對照明。
心心能相應，樂園就此成。
室家皆純潔，鄉黨盡和平。
同祝慶，美滿新家庭，
新婦賢且淑，新郎偉又英，
同祝慶，我輩家親
朋，慶祝百年長伉儷
慶祝琴瑟永和鳴。
rit.

震災慰問歌

1. 四月天，花紅稻葉青，大
2. 天做事，不准人推排，逆
3. 眾兄姐，免死狐傷悲，四
4. 手相牽 齊起排萬難，不
地鳴動，頃刻厝倒平，可憐呀，
來順受，何事不自在，免悲傷，
海一家，人類是兄弟，請寬心，
屈不撓，再整舊江山，精神抖，
身屍塞塞盈，塞塞盈。
目屎擦起來，擦起來。
患難相扶持，相扶持。
萬事無困難，無困難。

憶我妻（其一）

綿思悠長
素卿乳名足 吳氏所生育
卿家居台南 我籍笨港北
南北異地生 竟成同穴約
我為村夫子 朝夕自炊粥
高家賢昆仲 勸我娶眷屬
當卿二八時 助妙理布眾
祖母守礼教 厭惡新教育
卿順祖母意 在家受彫琢

憶我妻

磨研雖不工 卞璞終是玉
天生連城質 識者自刮目
一日高家弟 笑我感羞縮
低声為我語 求配須勇躍
相携到府城 卿為妙兒浴
高問嫂何之 婦出未歸着
高要杯茶飲 應好不相却
不見卿親捧 使女代了局

憶我妻（其二）

輕快感懷
出門高便問 印象有幾分
我難迅口答 迅口問再問
其实初一見 卿已入我魂
婚后卿語我 夢裡曾遇君
俗謂前世緣 雖不合時論
卿我此世緣 假若前世敦
高兄知我意 導我詣侯門
侯翁殊礼貌 一翁如坐盹

憶我妻

他日卿說破 彼局藏乾坤
侯翁卿姑丈 一翁卿家尊
早知有佈置 我或駕雲遁
幸喜斯一會 紅轎將卿運
卿我新時人 應以新式婚
新不在鋪設 心意絕比倫
卿我華燭夜 母惟卿親拂
母子三人住 新娘即新媼

憶我妻（其三）

悲哀痛切
卿病近兩載 在外我徘徊 卿
病多起伏 四次我去來 因
念救時急 非我忘恩愛 適
我小着成 卿病陷重態 父
女星夜返 愁眉片刻開 病
魔太不仁 化卿為瘦蟹 病
痛旋再烈 卿呼主救解 我
知時迫切 問卿奚勸誡 卿

憶我妻

將首微拂 囑我圖健在 我
問何所慮 搖手示安懷 我
問岳母子女無憂乎 但告須為孽弟稍安
排 嗚呼我傷哉 斷腸我悲哀
卿子乏人養 卿母誰奉待 我
年未半百 挈家無倚賴
卿非雲上人 定是痴且獃

憶我妻（其四）

讚嘆感謝
我號卿素卿 卿同堂嫂名
卿字表我愛 素係卿性情
孔曰繪後素 我曰素乃靈
靈非卿天性 爲得自明清
我見世態非 不願守家庭
伉儷廿五載 大半學尼僧
我無片瓦覆 子女直加增
我無斗米-收 供給仰親朋

憶我妻

我無珠玉進 未嘗有所請
我有事咐託 未嘗不傾聽
卿非天性清 安得安且靜
卿非賦性明 我能無内病
嗚呼我傷哉 亡妻我素卿
卿我相配合 豈唯影與形
二身成一体 我命即卿命
今卿昇天去 我作兩人生

壽辰祝歌

和樂優美
1938. 3. 12.
1. 森 羅 宇 宙，美 妙 殿 堂，
2. 壽 命 天 賜，珍 貴 無 比，
3. 江 山 基 業，長 上 開 拓，
人 生 其 內，作 主 人 翁。
鶴 算 龜 齡，萬 福 之 基。
經 營 久 年，宜 享 安 樂。
p
老大人，老朋友，吾 等恭 參 添 福 壽，
cresc.
f
mp
歡樂哉，歡樂哉，親朋滿座壽筵大 開， 一 同
舉 觴 祝 康 泰， 祝 賀 高 壽 北 南
cresc.
rit.
山， 祝 賀 鴻 福 如 東 海。

結婚紀念歌

歡樂輕妙
1938.12.16.
大家高唱紀念歌，紀念老翁
娶老婆，老翁當年奇男子，
老婆窈窕似嫦娥，天作良緣
鴛鴦配，真個琴與瑟相和，
翁婆同心同力久，家庭美滿
子(兒)女(孫)多，人生樂趣原不少，
白首卿我樂如何，椿萱並茂，
日月雙輝，親朋聲聲賀再賀。賀。

哀歌

悲哀莊重　　1940.11.15.

(1)天昏地闇暗喊救無方，
(2)死生定命，世事無常，
往者逝矣，留者斷腸。
先人遺德，後代之光。
嗚呼哀哉，斯人已亡，
嗚呼哀哉，斯人已亡，
嗚呼哀哉，我心悲傷。
嗚呼哀哉，我心悲傷。

野人曲

（頭段）

1943.5.22.

野人牢騷放野歌，野氣叢叢怪難過，
牢騷鬱積肚皮脹，散散一些才快樂，
咱們小小老百姓 只管謀生勤工作，
經國濟世那般事，都任狡智去張羅，
到而今，情況竟如何，爾不看都邑成瓦礫，
海空盡兵禍， 文物江山破
白骨堆山血染河，官吏忙收稅，田園荒蕪
民 飢冷 餓，是誰錯？是誰錯？

野人曲

（二段）

二十世紀將過半，物質文明大變遷，只要有錢可使
弄，愚夫愚婦也成仙，雷公拖車馬路跑，電母司燈照家園，穿山
鑽水茶飯事，不翻筋斗遊雲端，遠鄉消息枕邊聽，鄰國風光映
眼前，嗚呼，物質越高明，人慾越不滿，強暴
假仁義擅武斷，肆用物力起爭戰，屠殺良善霸利
權，文明究何益？助紂縱狂歡，世益亂，世益乱。

野人曲

（三段）

民貴為國大中華，五族共和成一家，
冠冕堂皇四萬萬，廬山真相是土砂，幸蒙上
天特眷顧，賜與物博地方大，再沾祖宗有遺
澤，純良思想好文化，最可恨歷代多獨夫，
荒淫專制私天下，不興學，弄八股，蒼生皆
文盲士子笨冬瓜，刻板不靈給笑話，那堪家庶不自
覺，自私自利心眼花，亂是非，迷卜卦，馬馬虎虎過九活，
且樂眼前嫖賭飲還想身後九重塔，
錦繡江山黃帝苗裔，不好誇，不好誇。

野人曲

（四段）

將相無種這話老，男兒自強壯氣豪，
因果關係須細察，不教世情糟更糟，
賊當國學執刀，禍害連遍到，古來青史淚滔滔滔滔
此生若夢幻，後生實遠奧，先人遺德後代寶，
生機脈脈飛騰高，生為此，死為此
雞口牛後通通好，只要萬眾一心幹下去，
選賢任能德是靠，大公無私各獻其勞，
安分守己各享其報，中華正氣能浩浩，
世界和平儘可保，世界和平儘可保。

清平調

嚴肅莊重
1943.12.12.
(1)戰塵掩全球，征陣連九霄．隨處人
(2)茫茫宇宙間，森羅萬象在．象物維
(3)展動兮人群，進化兮人生，群生不
凍餒，我作清平調，死為罪估價，先聖立言
所命，人獨得自裁，自裁逆天意，罪孽將臨頭
進展，地上不安寧，穆穆哉其心，蒸蒸哉其
昭，小子緣無知，臨死乃沸叫。贏政遍覓
抬頭，自裁順天意，天國地上來。天意倫明
性，愛鄰如愛己，甘為友捨命。假公行私
藥，仍然魂渺渺，肉身能不死，強暴更
徵，豈容人肆解，星辰有定運，众西花及
者，視若眼中釘，懺悔前非者，恤護猶
光驍，生不在口腹．口腹盈即消，種粟下土
時閒，桀紂永代惡，幼弱安慈懷，流轉非無
弟兄，所以夙夜祷，神意之達成，所以當苦

清平調

(1) 懷，新栗斯億兆，利鈍榮枯泡影
(2) 常，老天作主宰，天上天下行天
(3) 難，願世之成聖，斯人正是神家
事，聽天承命生悠遥。
意，分厘毫忽毋稍怠。
子，吾輩信崇亦營營。

台灣光復曲

民國 34 年 9. 3.

中華民國南海中，九霄雲上
浮玉峰，豐質麗姿台灣島，
漢族血汗始開創。唉呀..長青
華潤，無量寶藏，吾曹家鄉。

台灣光復曲

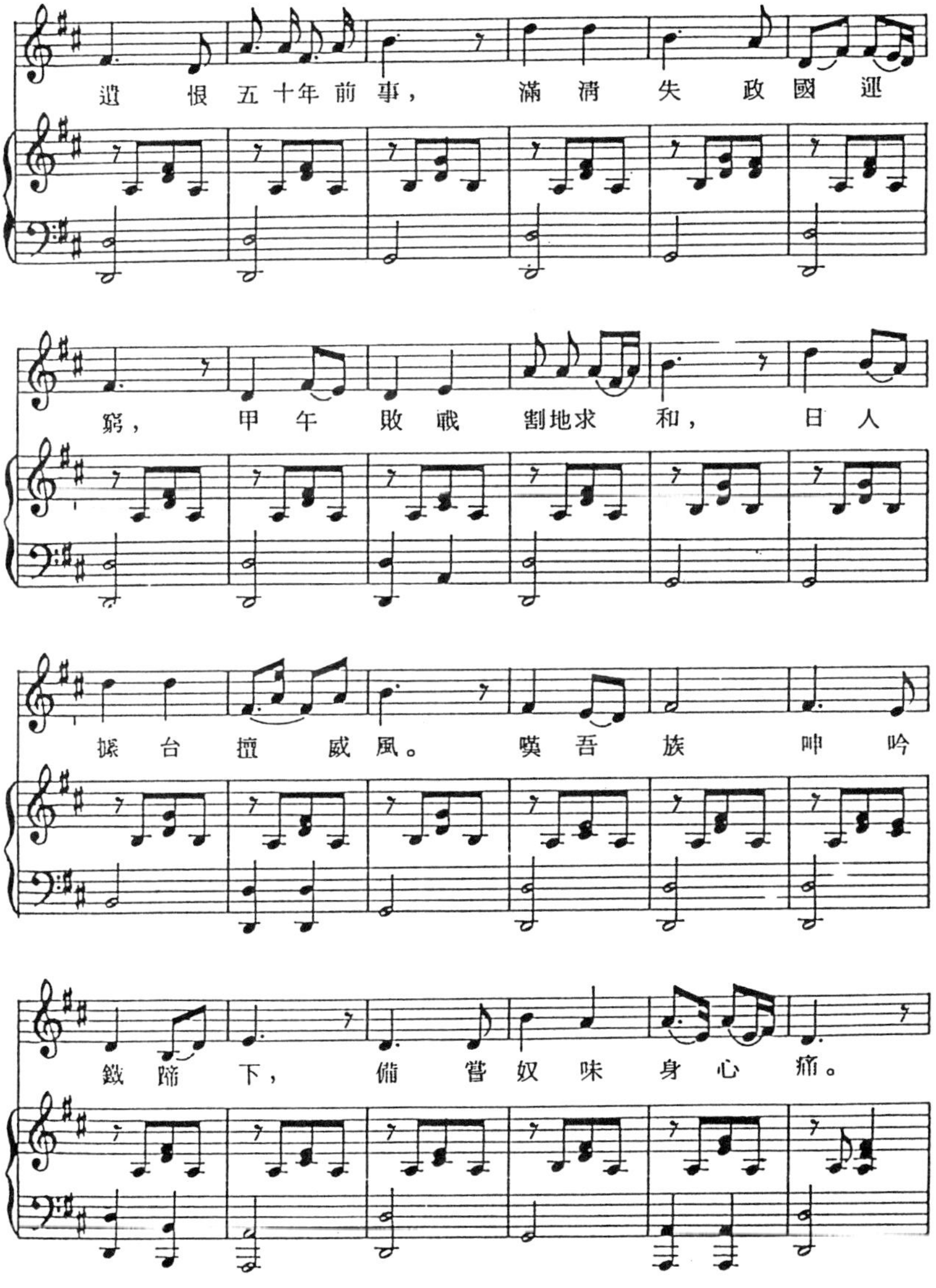
遺恨五十年前事，滿清失政國運
窮，甲午敗戰割地求和，日人
據台擅威風。嘆吾族呻吟
鐵蹄下，備嘗奴味身心痛。

台灣光復曲

台灣光復曲

八年血戰終獲勝利，還我河山見天空，弟兄骨肉重相逢，欣揭國旗高飄揚，青天白日滿地紅，努力建設永祝興隆，協和萬邦肇策大同。
rit.
rit.

21

中華民國紅十字會會歌

降E調
41.(1952)7.15
蔡培火 試作
白地紅十字 救人卹兵旗 文
化 美 華 崇高 標誌服務博
愛 四海兄弟 世界大同履仁蹈 義 亨 利
杜南犧牲倡 始 中華 兒女恢宏其志世
界 大 同 履 仁 蹈
義 服務 博愛四海兄弟文 化 美
華 崇高 標誌白地紅十 字 紅 十
字 救人 卹 兵 旗

東海大學校歌

(二)

東海大學 欣尚自由
朝向眞理 直追求
高深學術 任誰研究
唯有眞理 能悠久
我大學 尚自由
悠久眞理 吾輩追求

(三)

東海大學 尊重勤勞
服務生產 為英豪
天工人力 配合得好
文化美花 開多少
我大學 重勤勞
服務人群 蓋世英豪

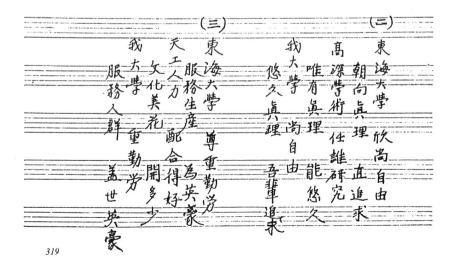

歡樂行

莊重快樂
1966.8.14.
紐約滯在中 峰山作
1. 森羅宇宙，茫茫乾坤，星辰草木，天意是遵。歡樂哉！歡樂哉！
2. 萬流同歸，萬族大同，逆天者滅，順天者昌。
3. 暴風為害，豪雨成災，無風無雨，衆生何來。
4. 鳥不紡織，羽毛豐麗，天工奇妙，令人頂禮。
5. 人生在世，並非偶然，敬天承命，求生在天。
志向確定，目標分 明，腳步輕鬆 行！行！行！行！

淡水工商管理專科學校校歌

附錄

蔡培火年表

一八八九年　五月二十二日出生於雲林笨港，排行四子。
一八九五年　進入私塾受漢文教育。
一八九六年　父親蔡然芳先生逝世。母親一度率全家避難福建祖居。
一八九七年　受教於長兄。
一八九八年　進入公學校就讀。
一八九九年
一九〇〇年
一九〇一年
一九〇二年
一九〇三年
一九〇四年
一九〇五年

一九〇六年　進入總督府台北國語學校師範部就讀。

一九〇七年

一九〇八年

一九〇九年

一九一〇年　自國語學校畢業，任職台南郡阿公店庄（今岡山鎮）公學校訓導

一九一一年

一九一二年　轉任台南市立第二公學校訓導。十月五日與台南人吳足女士結婚。

一九一三年

一九一四年　三月參加坂垣退助所推動的「台灣同化會」活動。開始提倡白話羅馬字。初識林獻堂。

一九一五年　二月被迫辭台南第二公學校訓導職。三月受林獻堂與親友資助赴日本內地留學。

一九一六年　四月進入東京高等師範學校理科第二部就讀。在日本與蔡惠如、林獻堂交遊。

一九一七年　結識植村正久牧師，接觸基督教信仰，開始與日本政界人物田川大吉郎議員等人往來。

一九一八年

一九一九年　擔任朝鮮獨立運動團體「亞細亞公論社」理事。與中國留日學生與台灣留日青年共組「聲應會」。與台灣青年吳三連等發起「啟發會」。

一九二〇年　一月參加蔡惠如等在東京所組之「新民會」。三月二十六日自東京高等師範學校畢業。四月二十五日與妻女一起在東京富士見町教會正式受洗，全家接受基督教信仰。七月十六日擔任新民會發行之機關誌「台灣青年」雜誌之發行人與編輯。十二月與林獻堂、蔡惠如、林呈祿等人決定要推動「台灣議會」之設置。

一九二一年　一月十三日以東京台灣留學生為主體，第一次向日本帝國議會提出台灣議會設置請願書。四月與林獻堂等返台，開始在台推動請願連署。十月十七日台灣文化協會成立，擔任理事。

一九二二年　一月與林獻堂等人赴日，擔任第二次台灣議會設置請願的代表。在東京籌組「台灣議會期成同盟會」謀長期推動議會之設置。四月「台灣青年」改組成「台灣」雜誌，擔任台灣分社主任，東京本社事務改由林呈祿負責。十月與蔣渭水等人籌組「新台灣聯盟」。

一九二三年　一月新台灣聯盟正式依法登記成為台灣第一個合法政治團體。二月七日與蔣渭水、陳逢源擔任請願代表赴東京進行第三次議會請願活動。六月株式會社「台灣雜誌」成立，擔任董事。十月十七日繼蔣渭水後接任台灣文化協會專務理事（秘書長）職務。十二月十六日治警事件發生，蔡培火被逮捕。

一九二四年　二月交保出獄。六月與蔣渭水等赴日進行第五次請願。十月以羅馬式台灣白話字發表「十項管見」。

一九二五年　白話字著作「十項管見」正式出版。一月二十日治警事件宣判，被判刑三個月，入台南監獄服刑。五月假釋出獄，繼續在全台鼓吹設置台灣議會。七月在文協第二次夏季學校講授「科學概論」。

一九二六年　一月與陳逢源等任第七次請願委員，赴日推動議會請願運動。八月任文協夏季學校講師，講授「人生我觀」。

一九二七年　一月三日與文協連溫卿等衝突，宣佈退出文協。致力於白話字運動與台灣民報公司組織。二月捐出文協同志祝賀蔡母大壽的禮金購置放映機器設備，創辦「美台團」進行全島宣傳工作。五月與林獻堂、蔣渭水等人組「解放協會」，之後改名為「台灣民黨」，遭到總督府禁止結社。七月十日政治結社「台灣民眾黨」獲准成立，由蔣渭水主導，蔡培火擔任顧問。代表與總督府交涉，七月十六日獲准在台灣發行「台灣民報」雜誌。

一九二八年　二月與蔡式穀等人任第九次請願委員。四月十日發表日文著作「致日本本國民書」一書，先以台灣問題解決會名義出版，後由岩波書店出版。在全島宣傳議會設置運動，推展第十次請願活動。

一九二九年　一月作「台灣白話字歌」，出版「白話字課本」。積極展開白話字譜及運動，聯合日本友人準備組織台灣白話字會。一月十三日台灣新民報社成立，擔任取締役（董事）。三月一日在台南市武廟開辦第一期羅馬「白話字講習會」，第

一九三〇年

二期被禁止。赴東京交涉在台灣發行日刊報紙，向政界與基督教界抗議總督府的鴉片政策。

二月十二日與林獻堂等人籌議成立新的政治結社以推動台灣地方自治運動。代表林獻堂等人赴日請楊肇嘉回台主持「台灣地方自治聯盟」。三月台灣民報併入台灣新民報，發行台灣新民報週刊。八月「台灣地方自治聯盟」成立。十二月以脫黨參加其他政治結社理由遭到台灣民眾黨開除黨籍，與蔣渭水正式決裂。

一九三一年

一月與楊肇嘉擔任代表在日進行第十二次議會設置請願。台灣新民報株式會社正式成立。二月十八日台灣民眾黨被總督府下令禁止。以台灣白話字會名義出版「新式台灣白話字課本」。六月一日依照伊澤多喜男前總督建議，製作日本假名式台灣白話字。七月十六日舉辦第一期白話講習會，第二期將召開時又被禁止。

一九三二年

一月九日經蔡培火積極奔走，台灣新民報准發行日刊。四月十五日台灣新民報正式成為日報，婉拒兼任營業局長，繼續擔任董事。六月主持第十三次議會設置請願活動。九月九日與林獻堂等人赴日與日本首相見面，為台灣米穀輸入等問題陳情。

一九三三年

一月在日主持第十四次議會設置請願活動。七月參加「地方自治改革促進全島住民大會」。

一九三四年　一月擔任代表赴日進行第十五次台灣議會設置請願活動。八月二十四日與林獻堂、林呈祿三人聯名向發函全島徵詢關於停止議會設置請願活動之意見，九月二日蔡培火缺席，大會決議停止對帝國議會請願活動，改向台灣總督府表達政治意見。八月擬成台灣白話字普及旨意書，得到全島贊成者一百一十一人簽名連署，九月至十一月在日獲得矢內原忠雄等名人四十九人連署。

一九三五年　二月中川總督勸告應暫緩白話字普及運動。

一九三六年

一九三七年　七月二日元配吳足女士逝世。七月十五日出版日文著作「東亞之子如斯想」，由岩波書店協助印行。舉家赴日，在東京開設「味仙」台灣料理店。

一九三八年　一月十八日遭東京視警廳「反軍思想」嫌疑逮捕，二月三日獲釋。

一九三九年

一九四〇年　六月三日台灣新民報改組為興南新聞，被解除董事職務。

一九四一年　出版日文著作「檄基督教之友」（收入田川大吉郎出版之「皇天上帝之說」一書）。

一九四二年

一九四三年　一月頂讓味仙料理店。赴上海，與日本政治家田川大吉郎會商日華和議之道。

一九四四年

一九四五年　五月與田川大吉郎準備密赴重慶與國民政府謀求和平停戰，至半途因日本已經宣佈投降，九月初會見戴笠後與田川前往南京謁見中方受降代表何應欽。十一月經何應欽協助乘軍機赴重慶，謁見國民政府主席兼軍事委員長蔣介石將軍。

一九四六年　一月在重慶正式加入中國國民黨，擔任台灣省黨部執行委員。二月隨接收台灣之黨政要員飛抵上海，會見林獻堂等台灣同鄉代表。自上海返台。

一九四七年　台灣二二八事件。

一九四八年　一月最高票當選第一屆立法委員（台灣省選出）。籌創台灣閩南語白話字會。十一月五日續絃，在南京與廖溫音女士結婚。

一九四九年　因大陸淪陷，返台。擔任陳誠的「東南軍政長官公署」政務委員。

一九五〇年　三月出任行政院政務委員，係中華民國內閣中出現的第一位台籍部長級政務官。

一九五一年

一九五二年　任中華民國紅十字總會副會長。創辦台灣省紅十字分會，兼任理事長。

一九五三年

一九五四年　九月赴日勸林獻堂返台。十一月二十五日受聘為光復大陸設計委員會委員。

一九五五年

一九五六年　七月十二日擔任石門水庫建設委員會委員。

一九五七年

一九五八年　慶祝七十大壽，設立「峰山獎學金」，其後希望擴大成蔡培火基金會，未成。
一九五九年　為台灣長老教會籌設「私立靈光理學院」多次向國民黨中央黨部與教育部爭取。
一九六〇年
一九六一年
一九六二年
一九六三年
一九六四年　十二月正式獲准以私立純德女子文理學院籌備設校。改名為「私立淡水工商管理專科學校」。
一九六五年　十一月「私立淡水工商管理專科學校」正式成立招生，擔任首任董事長。
一九六六年　四月辭行政院政務委員職務。環遊世界十七國之旅。五月任命為總統府國策顧問。十月返台。開始進行「國語閩南語對照辭典」編校工作。擔任國民黨中央評議委員。
一九六七年
一九六八年
一九六九年
一九七〇年　「國語閩南語對照辭典」出版。開始在國民黨內多次提案在台灣推動閩南語教育。

一九七一年　與吳三連、葉榮鐘等人合著「台灣民族運動史」出版。
一九七二年
一九七三年
一九七四年
一九七五年　漢文版「告日本國民書」出版。四月發起設立「中華民國捐血運動協會」。
一九七六年　完成「三民主義育樂兩篇補述」閩南語注音本。出版「國語閩南語對照初步會話」。
一九七七年　出版「國語閩南語對照普通會話」。
一九七八年　出版閩南語註釋版「三民主義」（含「民生育樂兩篇補逋」與「國父傳」）。
一九七九年
一九八〇年　代表向蔣經國總統呈獻中正紀念堂模型。
一九八一年　以中評委員身份向國民黨提案由政府制訂血液政策。
一九八二年　十二月因跌倒與氣喘宿疾復發，病情危急。
一九八三年　一月四日病逝台北市寓所，享年九十五歲。

（本年表由陳俐甫依照張漢裕先生遺稿精神編製完成）

國家圖書館出版品預行編目資料

蔡培火全集／張炎憲總編輯. --第一版. --
臺北市：吳三連臺灣史料基金會, 2000
[民 89]
冊；　公分
第 1 冊：家世生平與交友；第 2-3 冊：政治關係—日本時代；第 4 冊：政治關係—戰後；第 5-6 冊：臺灣語言相關資料；第 7 冊：雜文及其他
ISBN 957-97656-2-6（一套：精裝）
848.6　　89017952

本書承蒙
至友文教基金會
思源文教基金會
財團法人|國家文化藝術|基金會
中央投資公司等贊助
特此致謝

【蔡培火全集　七】

雜文及其它

主　　編／張漢裕
發 行 人／吳樹民
總 編 輯／張炎憲
執行編輯／楊雅慧
編　　輯／高淑媛、陳俐甫
美術編輯／任翠芬
中文校對／陳鳳華、莊紫蓉、許芳庭
日文校對／許進發、張炎梧、山下昭洋
出　　版／財團法人吳三連臺灣史料基金會
地址：臺北市南京東路三段二一五號十樓
郵撥：1671855-1 財團法人吳三連臺灣史料基金會
電話・傳真：（02）27122836・27174593
總 經 銷／吳氏圖書有限公司
地址：臺北縣中和市中正路788-1號5樓
電話：（02）32340036
出版登記／局版臺業字第五五九七號
法律顧問／周燦雄律師
排　　版／龍虎電腦排版公司
印　　刷／松霖彩印有限公司

定　價：全集七冊不分售・新台幣二六〇〇元
第一版一刷：二〇〇〇年十二月

ISBN　957-97656-2-6（一套：精裝）

蔡培火全集○家世生平與交友○政治關係—日本時代○政治關係—戰後○台灣語言相關資料○雜文及其他○蔡培火全集○家世生平與交友○政治關係—日本時代○政治關係—戰後○台灣語言相關資料○雜文及其他○蔡培火全集○家世生平與交友○政治關係—日本時代○政治關係—戰後○台灣語言相關資料○雜文及其他○蔡培火全集○家世生平與交友○政治關係—日本時代○政治關係—戰後○台灣語言相關資料○雜文及其他○蔡培火全集○家世生平與交友○政治關係—日本時代○政治關係—戰後○台灣語言相關資料○雜文及其他○蔡培火全集○家世生平與交友○政治關係—日本時代○政治關係—戰後○台灣語言相關資料○雜文及其他○蔡培火全集○家世生平與交友○政治關係—日本時代○政治關係—戰後○台灣語言相關資料○雜文及